Michel Steiner

Petites morts dans un hôpital psychiatrique de campagne

Édition revue par l'auteur
Postface de Bernard de Fréminville

Gallimard

Né à Toulouse en 1946, Michel Steiner est docteur en psychologie et psychanalyste.

Littéralité :

« ... des mouvements inutiles sans signification avec des pas qui ne mènent nulle part sont à l'origine de la danse. Le chant et la musique utilisent des possibilités sonores et vocales qui n'ont pas de signification... Il y a certainement dans le matériel linguistique des possibilités de combinaisons qui n'ont reçu aucune utilisation codée et avec lesquelles on peut jouer... »

OCTAVE MANNONI,
Un commencement qui n'en finit pas.

Seule la réalité m'a inspiré. Et si les lieux et les personnages de ce roman sont les fruits de mon imagination, les soins fous et les tourments infligés aux « malades », eux, ne le sont pas.

Je recevais mon premier patient à dix-huit heures ; son coup de sonnette retentissait invariablement à dix-sept heures cinquante-sept. Je suivais en analyse depuis quelques années cet obsédé du temps qui passe et de l'argent qui se perd. Après ce métronome, j'accueillais une fofolle aux menstrues indifférentes aux jours qui s'écoulent.

Ces deux analysants faisaient tout mon lundi de psychanalyste. Maigre recette, cela me préoccupait ; je supportais mal de devoir le plus gros de mes rentrées d'argent au poker, que je pratiquais en professionnel dans les cercles de jeu parisiens.

Dix-sept heures, j'examinai mon allure de quinquagénaire dans la vitrine légèrement réfléchissante d'un magasin de fourrure. Je pensai : je ne ressemble à rien, ni grand ni petit, ni gros ni mince, ni beau ni laid. Julie m'avait quitté voilà un an pour vivre seule, pas même pour un autre.

Depuis quelques semaines, le Maître du hasard plaçait pour moi la barre très haut. Les cartes ne me souriaient pas, mes pertes répétées me déprimaient terriblement.

Quatre pièces dans un très vieil immeuble au milieu du passage Molière. Le salon faisait office de salle d'attente et le bureau de cabinet.

Un ascenseur biplace avait récemment été installé dans la cage d'escalier ; j'étais le seul locataire du cinquième et dernier étage.

Sur mon palier, tandis que je tapotais mes poches pour localiser mon trousseau de clés, il me sembla entendre gémir chez moi ; deux tours de panneton dans la serrure à pompe, une pression du pied au bas de la porte... je restai pétrifié.

Dans l'alignement de l'entrée, sur le club, un immonde travelo était affalé jambes écartées, les bras ballants. L'effondrement de son buste avait poussé sa perruque blonde à trois sous sur son front, sa jupe restée collée au cuir du fauteuil lui laissait les fesses à l'air, dans le vide. Ses talons aiguilles, fichés dans mon tapis, stoppaient sa glissade et maintenaient son corps dans une position obscène.

La serrure était intacte, cette monstruosité avait donc forcément la clé de mon appartement ; cela me sembla surréel.

Tétanisé, cramponné au chambranle de la porte comme au bord du vide, je ne pouvais franchir le seuil. Je craignais la présence d'êtres malfaisants embusqués dans une encoignure... Sur mes gardes, j'examinai chaque recoin, revenant sans cesse sur mes pas pour surveiller l'horreur avachie dans mon fauteuil. Mes pensées s'enchaînèrent dans le plus grand désordre, je me surpris à inspecter les plafonds, je donnai de la voix : « Il y a quelqu'un ? », « Sortez de là ! »... Nulle réponse, le silence n'était entrecoupé que des ronflements hoquetés du travesti dont la salive épaisse et grumeleuse dégoulinait dans le cou.

Sa bave, érodant au passage la couche de rouge de sa lèvre inférieure, charriait des traînées écrevisse.

Je visitai chaque pièce... Personne.

Planté devant l'abomination, parlant haut et fort, j'essayai de le réveiller. Ses yeux révulsés ne me disaient rien de bon. Je tapotai son épaule, le secouai : aucune réaction.

Tandis que le téléphone à la main je m'apprêtais à appeler police secours, j'entendis un cri sans portée, une voix de fausset, le travesti tentait des vocalises qu'un gargarisme de salive modulait. Une écume épaisse jaillit de sa bouche et coula sur son visage outrageusement poudré.

Les yeux exorbités, apoplectique, le corps soudain arc-bouté, il devait être violacé sous son épaisse couche de fond de teint. Suffoquant, il retomba brutalement dans la position dans laquelle je l'avais trouvé, les paupières grandes ouvertes et le regard dans ses pensées.

À l'autre bout du fil, une voix monocorde me questionnait :

— Votre nom ?... Octave Lepgorin... épelez !... adresse ?... téléphone ?... un code pour entrer dans l'immeuble ?

Je faisais part de la situation à un flic blasé, vraisemblablement saturé d'appels angoissés. Était-ce la conséquence d'une description trop réaliste de ce que j'avais sous les yeux ? Mon interlocuteur me mit en garde :

— Vous êtes sûr de vous ? C'est pas un copain déguisé ? Parce que ça coûte cher de faire déplacer un car pour des conneries !

— Il est très mal ! Une overdose d'acide, ou je ne sais trop quoi dans le genre...

— On arrive !

En raccrochant, je remarquai un bristol posé à côté du combiné, bien en vue :

À l'attention d'Octave Lepgorin,

Le cadeau-surprise dans votre salon est une œuvre d'art vivante, les « surréalistes » de la fin des Années folles appelaient ça la « beauté convulsive ». Mais vous n'avez encore rien vu. Elle n'atteindra l'acmé de son esthétique qu'à son réveil. Un peu de patience !

P.-S. Votre mort est programmée parmi d'autres. Vous vous demandez pourquoi ? La réponse est dans la nuit de l'asile de Prémont.

Je tournai et retournai nerveusement le petit mot menaçant. Je m'attardai sur cette belle écriture d'un autre temps, cursive, extrêmement soignée, sentant la « Sergent Major » et les coups de règle sur les doigts. Je me dis qu'il y avait maldonne, que cette drag-queen m'avait été livrée par erreur. Je me ravisai, mon nom sur la carte ne laissant aucune place au doute.

Planté sur le paillasson, mon patient de dix-huit heures était statufié devant cette chose démoniaque pour qui la plus orgiaque des nuits de Sodome ne devait être qu'un amuse-gueule.

Je lui dis, masquant mon émotion :

— Pas de séance aujourd'hui !... Même heure, même jour la semaine prochaine.

Inhibé et phobique de la saleté au point de craindre attraper ses propres microbes en se masturbant, il demeura coi.

— Vous m'entendez ?

Mutique, l'air azimuté, il s'effaça et entama à reculons sa désescalade avec la lenteur d'un koala, puis changeant de genre à l'étage du dessous, il accéléra sa descente pour finir par dégringoler les marches quatre à quatre.

Il était trop tard pour déplacer le rendez-vous de ma patiente de dix-huit heures quarante-cinq. Larmoyant, le travelo expulsa soudainement du nez une morve sanguinolente et pissa une urine sombre et fétide.

En apnée pour ne plus percevoir les effluves malodorants, les mains sur mon visage, j'attendis aussi longtemps que je le pus avant d'inspirer.

La monstruosité fut prise de convulsions et poussa un cri épouvantable. Il se leva comme animé par un ressort et, titubant les mains en avant tel un pianiste sur le point d'attaquer énergiquement le clavier, il tenta de s'agripper à moi en fichant dans mes revers

17

ses ongles rouge sang taillés en griffes acérées. Je fis un pas de côté et il tomba la tête la première sur mon kilim. Il suffoqua tel un asthmatique à bout de souffle et, au rythme de ses soubresauts, produisit des sons rauques semblables au bruit d'un lavabo qui se vide en régurgitant.

Il tenta en vain de se relever. Ses yeux étaient grands ouverts, exorbités, fous.

Un brouhaha dans la cage d'escalier, suivi du cliquetis régulier de l'ascenseur... Les flics débarquaient enfin. L'abomination hurlait, sur le dos, les jambes en l'air et les mains dans la culotte.

Quatre bonnes bouilles surgirent dans la pièce :

— Octave Lepgorin, c'est vous ? me dit l'un d'eux.

Sans attendre ma réponse, il se tourna vers ses trois collègues occupés à maîtriser le travelo qui gesticulait comme une phobique des araignées emberlificotée dans une toile arboricole. Il me lança, le sourire aux lèvres :

— Elle est coquette ! Une amie à vous ?

— Pas du tout !

— Vous ne la connaissez pas ?

— Jamais vu !

— Entrée par effraction alors ?

— Non...

Il me regarda droit dans les yeux, l'air exagérément navré :

— Ne perdons pas de temps, s'il vous plaît. Vous avez invité cette pin-up à prendre le thé chez vous et elle a déjanté ? Elle paraît chargée, la mignonne !

— Absolument pas ! Je viens de vous le dire, je

n'ai jamais vu ce travesti ! Je l'ai trouvé installé sur mon club ; et, posé à côté du téléphone, ce petit mot...

Le flic lut à haute voix, puis murmura :

— Des menaces de mort... C'est pas la même histoire !... Il va falloir nous accompagner au commissariat. Je vous embarque dans le panier à salade ; nous n'allons pas loin, mais on commence par déposer la pépée à l'hosto !

Il interpella ses collègues :

— Elle a des papiers et des clés sur elle ?

— Rien ! Son sac à main est complètement vide !

Ma patiente était à l'étage au moment où les flics emportaient le travelo dégoulinant ; ils pestaient :

— Putain ! on a les mains pleines de pisse et de merde !

Je fis signe à la jeune femme de s'approcher :

— Mon emploi du temps est chamboulé, pas de séance aujourd'hui. Rendez-vous la semaine prochaine, même jour, même heure.

Elle acquiesça benoîtement, fascinée par la tragique caricature. Elle avait l'œil amusé et critique de la chipie qui a immédiatement relevé les défauts de la copine de l'homme qu'elle lorgne. Elle ne broncha pas.

Je lui dis, l'air résigné et las :

— Il y a de quoi rester interdit !

Je fermai la porte à double tour. Le plus gradé des flics m'attendait sans me quitter des yeux. On poussa le travelo, qui marinait dans son jus, au fond de l'ascenseur comme de la chair à pâté dans une terrine. Il n'y eut personne pour rester avec lui. Une asperge boutonneuse s'égosilla :

— Tu me préviens quand tu seras en bas ! Tu tiens le bouton appuyé... On descend tous à pied !

Le car stationnait au coin de la rue Quincampoix, à l'entrée du passage. Deux flics fumaient adossés au panier à salade, et regardaient avec effroi la procession s'avancer vers eux. J'étais très mal à l'aise. Un marchand d'art du quartier que je connaissais de vue contemplait d'un air rêveur la pièce de musée qui, encadrée par deux gaillards, les bras en croix reposant sur leurs épaules, avait tout d'un oiseau de paradis aux ailes dévastées. Le buraliste, qui fit mine de ne pas me voir, et quelques clients adossés au zinc, commentaient, l'air amusé. Ils se disaient peut-être que les flics m'embarquaient avec ma copine.

En route, l'état du travelo empira : il poussait des cris inhumains, se contorsionnait et, par moments apoplectique, il suffoquait. Ils s'étaient mis à quatre pour le tenir. Dans le car l'air était irrespirable et tout le monde grimaçait affreusement.

Les yeux fixes, le travelo coulait comme un bonhomme de neige qui en fondant aurait libéré plus d'immondices que d'eau. Les flics ne riaient plus de l'énergumène qui se répandait en diarrhée, urine et vomissures. La puanteur était insoutenable. J'eus des pensées parasites : « Le dégoût est culturel... Qu'un cul de rêve sente le cul et le rêve s'évanouit. » Je songeais à cet ami d'enfance qui, bébé, sitôt qu'il avait chié, bouffait sa merde. Sa mère ne s'était sans doute jamais enchantée de son don. Trente ans plus tard, affairiste obèse et cynique, il affirmait devoir sa réussite à sa détermination opiniâtre à ne jamais faire le moindre cadeau.

Une heure passa avant qu'on prît ma déposition. J'entrai dans un minuscule bureau où s'entassaient des piles de dossiers. Le flic m'invita à m'asseoir d'un geste las. Quarante-cinq ou cinquante ans tout au plus, petit, râblé, les yeux vifs et des lunettes ovales, il portait un costume de velours noir qui avait largement fait son temps.

— Je suis l'inspecteur principal Mathieu Gambié, dit-il en me regardant par-dessus ses besicles de presbyte. Remplissez ce document : nom, prénom, date et lieu de naissance, profession et tout le tin-touin... Et une pièce d'identité.

Tandis que je remplissais l'imprimé, il me questionna en jouant à étirer et relâcher une boucle blanche particulièrement rebelle :

— J'ai le rapport succinct de police secours sous les yeux. Vous n'aviez jamais vu ce travesti avant de le trouver dans votre appartement ?

— Non. Jamais.

J'arrêtai d'écrire et le fixai. Il soutint tranquillement mon regard et m'invita à finir de remplir le formulaire. Nom de jeune fille de la mère... Je m'appliquais. Il m'interrompit à nouveau :

— Elle est très mal en point la bougresse. Pour délirer à ce point elle est vraisemblablement shootée à l'acide... Sur le rapport que j'ai sous les yeux, on trouve écrit : « une hallucinée », « un fou furieux ». Le collègue a eu des problèmes de genre en rédigeant. En tout, s'agissant du même zigue, j'ai compté six masculins et cinq féminins ! Vous vous y connaissez en acide ?

— Oui.

— Ah !... Comment ce drôle d'oiseau a-t-il bien pu entrer chez vous sans commettre d'effraction ?

— Forcément avec une clé ! J'ai regardé attentivement la serrure, elle est intacte.

— Oui... Forcément avec une clé, reprit-il.

— Inspecteur, que les choses soient claires, je ne connais pas cet énergumène et je ne l'ai pas invité chez moi ; bref, ce travelo n'est pas ma copine ! Il n'a pas atterri là tout seul, puisqu'il n'a pas de clé sur lui... À moins qu'il l'ait cachée chez moi après avoir refermé derrière lui. Mais compte tenu de l'état dans lequel il était lorsque je l'ai trouvé, j'en doute... Et le bristol, hein, il l'aurait écrit... Je n'y crois pas une seconde !

— Vous avez quitté votre domicile à quelle heure ?

— Treize heures trente ; j'ai été absent quatre heures...

— Largement le temps de se faire un mauvais trip en vous attendant !

— Soit... Et ce mot...

Il le relut attentivement.

— Belle calligraphie, très féminine. Rien de commun avec vos pattes-de-mouche... si je puis me permettre. De toute façon, il n'y a pas mort d'homme.

Il va bien finir par sortir de sa défonce le coco, et nous raconter ce qu'il faisait dans votre canapé.

— C'est un club !

Il se pencha et inclina la tête pour lire ce que j'avais écrit :

— Psychanalyste... ça pourrait expliquer des choses...

— Ça n'expliquera pas comment ce travelo est entré chez moi !

— Non, bien sûr... Quelle école de psychanalyse ?

— C'est important ?

— Une histoire pareille ne peut arriver qu'à un lacanien !

J'étais estomaqué :

— Hein ?

Il sourit.

— Considérez que je n'ai rien dit... Une cigarette ?

J'aspirai une longue bouffée :

— Vous avez lu ce bristol, je suis tout de même menacé de mort !

— Ouais... en tout cas celui qui veut vous faire la peau semble décidé à prendre tout son temps... Car si c'est lui qui a déposé la belle, ce qui est pour le moins extravagant, il aurait pu vous attendre chez vous et... couic ! De plus, il vous invite à faire un petit tour à la campagne. Vous connaissez l'hôpital de Prémont ?

— Oui.

— Vous y avez travaillé ?

— Oui et non... Un de mes amis y est médecin-chef depuis de longues années. Il y habite un logement de fonction et je m'y rends parfois.

— On en saura plus lorsque ce « trans » sera sorti de sa défonce.

— Il est opéré ?

— À son arrivée à l'hôpital, il a été passé à la douche... Il n'a absolument rien dans sa culotte brésilienne, que dalle ! Est-ce que ce « rien » suffit à en faire une donzelle ? Je n'en sais rien !

Je restai coi. L'inspecteur relut l'imprimé que je venais de remplir :

— Ah ! J'ai également un téléphone portable, voici ma carte... Vous êtes médecin de formation ?

— Non ! Philosophe.

— Vous enseignez ?

— Des séminaires... Par le passé.

— Une spécialité ?

— L'histoire des sciences.

L'inspecteur ajouta, à ma grande surprise :

— Quand je pense qu'Origène, ce théologien de génie, s'émascula pour chasser définitivement de son esprit tout désir charnel, toute tentation voluptueuse...

— Je ne crois pas qu'Origène se soit castré pour cette raison... bien au contraire !

— Je ne vous suis pas...

— Seule une femme peut jouir corps et âme de l'amant divin. L'« amant divin », une bien belle expression que l'on retrouve souvent sous la plume d'Origène. Quoi qu'il en soit, Dieu ne saurait être un amant... comment dire... unisexe... Je m'exprime

mal... Mais je crois inutile de vous faire un dessin !
N'est-ce pas très cruel de devoir retenir au niveau
bulbaire les doux frissons qui ne demandent qu'à
dégringoler le long de l'échine ? Origène, l'idée de
l'amant divin le travaillait au corps, bref, à mon avis,
il s'est castré dans l'espoir de jouir plus qu'avant !

Mes pensées étaient confuses, je n'étais pas en
état de soutenir une conversation savante sur la castration. Gambié se fit très maternel :

— Je vois que ça ne va pas, vous êtes livide.

— Ouais, pas terrible...

— Vous avez l'air songeur ?

— Savez-vous si le cocorico du chapon est plus
aigu que celui du coq ?

— Inattendu !

— Pardonnez-moi, inspecteur, je déraille... Cette
fichue angoisse que je cherche à contenir par tous
les moyens.

Au seuil de son cagibi, je demandai :

— Vous aussi avez étudié la philosophie ?

— L'histoire... Il est probable que je vous convo-
que à nouveau. Cela dépendra de ce que me racon-
tera l'énergumène qui squattait votre « club »... Si
je puis dire ! Mais ne soyez pas inquiet, cette histoire
ressemble à un canular de potache.

Vingt et une heures, le temps était exécrable, il
tombait un crachin froid et je distinguais à peine le
haut de la tour Saint-Jacques. J'étais trop secoué
pour aller souper à mon cercle et jouer au poker. Je
décidai de passer prendre quelques affaires chez moi
et de filer à Prémont. Rue aux Ours, juste avant de

m'engager rue Quincampoix, je composai le numéro de mon copain à la lumière d'un lampadaire. Koberg était enjoué, tout fou, sans doute avait-il empoché trois francs six sous aux courses. Rien ne lui faisait plus d'effet qu'un petit gain. Il jouait à tous les jeux d'argent. Titillé par les chevaux, démangé par les tickets à gratter, un temps mort au poker devenait l'occasion d'un pile ou face en solitaire. Personne ne rêvassait plus que lui, et on ne pouvait compter les entractes durant lesquels il demandait au destin s'il l'avait élu.

— Arrive vite qu'on fasse un p'tit pok en tête à tête, une décave à cinq cents et quelques parties d'échecs, des blitz à cent balles !

— Je viens de vivre un cauchemar !

— Ah... Rien de grave tout de même ?

— Si tu m'héberges, je te raconterai ça dans deux petites heures.

— Annette va être contente de te voir. Il y a une amie psychologue qui passe la soirée avec nous. On t'attend et on te garde quelque chose à grignoter.

Mon appartement puait, je n'étais pas disposé à nettoyer quoi que ce soit ; j'entrouvris la fenêtre, décidé à prendre le risque de perdre ma femme de ménage en lui laissant tout le sale boulot. J'entassai sans soin de quoi me changer dans un sac en cuir, et je claquai la porte.

Le passage était désert, les pavés mouillés réfléchissaient la lumière blafarde des lampadaires. J'avais sous-loué un parking en sous-sol à deux pas de chez moi.

Je roulais en 203, une voiture de collection échangée contre son propre chèque à un garagiste que j'avais plumé au poker quelques années auparavant. Jamais de panne, ma Peugeot tournait comme une horloge. Mes pas résonnaient dans le parking, il n'y avait pas âme qui vive. J'avais pris l'habitude de faire le tour de ma voiture et de l'examiner consciencieusement avant d'y entrer. Je sursautai, un mot était écrit sur le pare-brise au rouge à lèvres. Après quelques secondes à essayer de déchiffrer l'autographe en me tordant le cou, je conclus qu'il était plus facile de lire à l'endroit, j'entrai. Pas la moindre trace d'effraction ; la porte avait été proprement ouverte puis refermée. Je jetai un coup d'œil inquiet alentour et tendis l'oreille : il n'y avait personne.

J'allumai le plafonnier. L'écriture était différente de celle du message posé à côté de mon téléphone : légèrement plus penchée, plus ronde ; les pleins et les déliés étaient parfaits, le « L » de mon nom ressemblait à une lettrine tirée d'un manuscrit ancien. Je lus à haute voix : « On n'attend plus que vous, Lepgorin, le texte est écrit qui souffle la mort des acteurs ! Mistigri et c'est votre tour ! » Je relus l'inquiétant message. Qu'on calligraphiât aussi parfaitement avec un bâton de rouge à lèvres sur une surface aussi inclinée m'impressionna. Malgré le peu de lumière, il me sembla reconnaître l'incarnat agressif des lèvres du travelo. Je restai un temps songeur, la tête en arrière, à renifler l'odeur du vieux cuir. Pourquoi vouloir m'occire ? Une vengeance ? Je passai en revue les quelques histoires pénibles de mon existence, puis je songeai à mes analysants. Comme la plupart des psychanalystes, je n'avais aucun paranoïaque parmi mes patients et je n'en avais même jamais reçu en entretien préliminaire. Qui pouvait m'en vouloir à ce point ? Je n'en avais pas la moindre idée.

Prémont. J'y avais sévi dix ans plus tôt. À l'époque, je travaillais à mi-temps aux relations publiques d'un groupe pharmaceutique qui commercialisait un psychotrope. Je suivais les pseudo-expérimentations cliniques et les ventes de cette molécule. Je négociais la rétribution versée par le laboratoire aux médecins-chefs qui la prescrivaient à la louche. Les chèques que je remettais étaient des bakchichs déguisés, des encouragements à ne pas passer à la concurrence et à forcer les doses.

Durant trois ans, je fus une sorte de rhéteur dispendieux, un homme-sandwich, un cache-misère, un alchimiste du verbe commuant les forfaitures en contributions cliniques, les pots-de-vin en honoraires. J'avais eu beau chercher un soulagement en me disant que je n'avais pas inventé le système asilaire, que je n'avais en rien participé à la médicalisation de la folie, j'avais invariablement honte de moi lorsque je pensais au fric que j'avais gagné en faisant honnêtement ce boulot. C'est à cette époque que j'enregistrai mes plus grosses pertes au poker.

Mistigri et c'est votre tour !

J'effaçai nerveusement le message avec un chiffon imbibé de produit lave-glace. Je fis disparaître

« Mistigri » en dernier. Je marmonnai : « Quelle histoire... Il n'y manquait plus qu'un chat ! »

Je tirai le starter, le moteur démarra du premier coup, j'étais impatient de quitter le quartier. Vingt et une heures quarante-cinq, cent kilomètres à parcourir, ça faisait du vingt-trois heures à Prémont.

Les sens interdits obligeaient à prendre par Rivoli pour remonter le Sébasto. À hauteur de la rue Rambuteau, j'allumai la radio et restai interloqué :

« Lepgorin, la réponse à vos questions est au cœur de l'asile... Savez-vous que vous connaissez la morue qui squattait tout à l'heure votre fauteuil ! »

Je ne pus m'empêcher de m'exclamer : « Mais... non ! »

« Personne n'attentera cette nuit à votre vie, vous êtes en sécurité chez Koberg... Cette cassette a été enregistrée à votre intention. Il y a de la musique dessus, mais plus de message... articulé. »

La coupure, entre les mots « message » et « articulé », était bien marquée. La voix était masculine, particulièrement douce, presque soporifique. Je stoppai net pour téléphoner à Gambié, il était sur messagerie. Je lui relatai à grands traits la suite des événements. La tête dans les mains, je tentai en vain de faire le point. Je redémarrai. Gare de l'Est, le *Te Deum* de Berlioz : ce n'était pas mon préféré. Je répétai rageusement : « Je connais ce travelo ! Je connais ce travelo ! C'est fou ! Je n'ai jamais vu cette horreur de ma vie, jamais ! » Je maltraitai mon accélérateur et ma boîte de vitesses pour la première fois. Arrivé à la porte de la Chapelle, le chauffage commença à se faire sentir. Je pestai, l'autoroute du nord était fermée.

La banlieue était déserte, grise. La brume tourmentait la lumière, les immeubles semblaient animés par une petite houle. Toute la journée, le ciel de Paris avait été chargé de cette chape grise dans laquelle les fumées des cheminées se dissolvent sans jamais s'élever. Dans la forêt de Senlis, ma 203 fendait une brume dense qui, collée à l'asphalte, se changeait en volutes d'écume sans consistance.

Comme un lac se ride d'un coup de vent, un léger frisson me parcourut le dos : ce lieu... Prémont, ce cimetière des vivants.

Je coupai la radio. Pourquoi écouter jusqu'au bout cette cassette triste à mourir ? Après un moment, je remis le son, plus bas, me disant qu'il y avait peut-être par-delà la musique quelque chose à entendre, une information à glaner.

L'hôpital était en rase campagne, à quelques kilomètres au nord de Prémont, sur la gauche de la nationale conduisant au cœur des betteravières de la Somme. À l'extrémité d'une petite route que les Ponts et Chaussées avaient décrétée sans issue, se dressait une muraille monumentale, l'enclos centenaire de générations de tourmentés et d'exclus. Avec l'arrivée des neuroleptiques dans les années cinquante, plus de déserteurs, plus de cris de révolte ni de colère. Les camisoles devinrent chimiques et l'imposante muraille ne fut plus que le paquet-souvenir délimitant les cent hectares de l'ère nouvelle.

Hors les heures de visites, l'entrée de l'asile était surveillée. Un coup de fil passé à Koberg, la présentation d'une pièce d'identité, et la barrière se leva. Le brouillard collé au sol faisait des collerettes aux bâtiments qui semblaient être les monstrueux produits d'une champignonnière mal entretenue. La brume rendait la nuit inégale, les arbres centenaires y perdaient leur faîte tandis que les petits buissons n'en émergeaient pas.

Les logements de fonction, réservés à quelques soignants et administratifs, étaient pour la plupart isolés, à l'écart des lieux d'internement.

À l'extrémité d'un étroit chemin arboré d'énormes marronniers au-devant desquels des réverbères tachaient le sol d'ovales jaunes, s'exondait un îlot d'humanité et de verdure : un petit immeuble moderne et trois maisons de maître du XIXᵉ parfaitement entretenues.

Les Koberg en occupaient une depuis une quinzaine d'années. Elle était spacieuse, presque trop. Les fenêtres, côté nord, étaient sans vis-à-vis et le regard ne rencontrait le mur d'enceinte que les mois d'hiver, dans une trouée d'arbres. En claquant la portière, je coupai la chique à une chouette qui hululait.

Tout ici évoquait en moi souffrances et plaintes, jusqu'au bruit que faisait le gravier que mes souliers écrasaient.

Volubile, l'air canaille et toujours rieuse, Annette était une adolescente de quarante-cinq ans passés, une rousse coquette et une virtuose du clin d'œil complice.

Le nez dans mon cou et les mains dans son dos, elle trouva de la place pour deux dans mon trench qu'elle tenta de refermer derrière elle, comme une amante se dissimule sous une couette pour ne rien perdre de la chaleur qui l'enlace. Elle aimait plus que tout exciter la jalousie de son mari, plus encore avec moi qu'avec n'importe qui d'autre. Ce jeu était la conséquence d'une certitude de Charles : mon incapacité à désirer une femme féminine, une femme aux seins lourds, grassouillette et fessue. Annette jouait à le faire douter, en m'imputant la part active de son propre comportement.

Je l'embrassai sur le haut du front.

— Vieux fripon, soupira-t-elle, on ne t'a pas attendu pour souper, mais on t'a laissé de quoi !

Mon copain n'avait pas levé les yeux sur moi. Accroché aux commandes de la console de son moutard, il pestait, s'évertuant à faire que le personnage ridicule qui s'écrasait sans cesse dans un ravin pour se régénérer aussitôt attrape une bourse énorme estampillée du signe du dollar.

— Annette ! cria Charles qui ne renonçait pas à s'emparer du magot, lâche ce zigue ! Tu sais bien qu'il n'aime pas les femmes !

— C'est vrai ce qu'il dit, mon amour ? me susurra-t-elle à l'oreille, juste assez fort pour être entendue de tous.

— Non, ma chérie... La vérité est pire !

— Présente-lui Geneviève, s'exclama Charles en pouffant, elle n'a que la peau sur les os... Il aime !

Sur le canapé, affichant une mimique navrée, une femme fluette de la quarantaine, joliment mise et délicatement pomponnée, arborait deux tresses rousses dont une se perdait dans un décolleté débordant de seins lourds, disproportionnés d'avec le reste du corps.

Annette fit les présentations :

— Octave, l'ami dont je t'ai souvent parlé ; Geneviève, une copine psychologue qui travaille avec ton vieux camarade de débauche.

La rouquine rouscailla :

— La peau sur les os ! Pfft !

Sa poigne était ferme, ses yeux vert bronze exprimaient la franchise.

Charles leva les bras et poussa un cri de joie : il avait touché le pactole. Il était l'homme le plus riche du monde, c'était écrit sur l'écran.

Cinquante ans, dégingandé, poivre et sel frisé, inattendu et original ; il dormait depuis cinq lustres dans le même pyjama, une sorte de grenouillère ample dont le surplus de tissu bleu pisseux dégringolait, surtout sous les fesses. Chaque jour que faisait le bon Dieu elle devait être lavée le matin à la première heure afin d'être bien sèche le soir à son coucher.

Un matin, qui remontait à plus de vingt ans, je lui avais fait remarquer qu'il manquait à ce sous-vêtement de cow-boy cette option de l'entrejambe mobile permettant d'affronter l'urgence sans risque de salissure ; il m'avait répondu qu'il maîtrisait parfaitement ses sphincters, au nombre desquels il fallait compter le plus érotisé d'entre eux : le fermoir de son porte-monnaie. Son avarice était au cœur des plaisanteries de notre petit groupe d'amis. La perte d'argent au poker le faisait s'invaginer, au point que le plus caustique d'entre nous avait un jour tenté de calculer à voix haute la somme critique à partir de laquelle nous devions craindre de le voir, à l'instar d'un soleil fatigué, disparaître par effondrement gravitationnel dans son propre trou de balle.

Ce vieil avare ne ratait pas une occasion, au coucher comme au lever, de s'exhiber dans son extravagante tenue.

La pipe à la main, l'air amusé, il me demanda :

— Alors, des ennuis ?

— Ouais...

Je contai mes aventures du jour.

Mes premières phrases les firent rigoler de bon cœur, puis progressivement les visages se fermèrent. Charles tenta de dédramatiser mon propos :

— Enfin, ce n'est qu'une mauvaise blague ! Je crois « la Pineteuse » capable de te faire un coup pareil !

Nous appelions ainsi un pote psychiatre totalement déjanté chez qui nous jouions au poker avant l'ouverture des cercles. Nous parlions toujours de lui au féminin, depuis qu'une nuit, hésitant longuement à payer une relance, il avait fini par annoncer au lieu de l'habituel « je passe », « elle passe ».

— Non. Elle s'est fait déchirer dans une partie et s'est mise au vert. Elle est capable de tout, elle ne respecte rien, sauf la propriété ! Elle peut te mettre la main au panier à n'importe quel moment, s'agripper à ton mollet comme un chien en rut, elle nous a fait ça cent fois, mais jamais au grand jamais elle ne pénétrerait chez quelqu'un par effraction !

Charles acquiesça.

— Chez, chez... Tu as raison. Elle ne pénétrerait pas *chez* quelqu'un par effraction, mais quelqu'un... Et puis des menaces de mort, ce n'est pas du tout son genre !

— Regardez cette bafouille... n'est-ce pas une écriture féminine ?

Ils se passèrent et repassèrent le bristol.

— Une femme, oui, une femme, et pas toute jeune ! affirma Geneviève.

— Qu'est-ce qui te fait dire ça ? demanda Annette.

— Regarde cette calligraphie ! Elle est superbe, elle sent la communale d'avant-guerre, la robe-tablier, les lignes et les coups de règle sur les doigts. Tu vois quelqu'un de la génération du stylobille ou du feutre écrire comme ça ?

Mon portable sonna :

— Sans doute Gambié, marmonnai-je.

Ce n'était pas sa voix :

« Enfin, vous voilà parmi nous ! Il y a sur le siège du mort de votre auto un paquet à votre attention. À bientôt. »

Je me précipitai dehors sans rien sur le dos. Charles me cria :

— Mais où tu vas comme ça ? Tu es dingue !

La brume s'était épaissie et l'herbe, crayeuse, avait perdu toute sa tendreté. J'avançais dans un nuage froid qui se condensait au contact de mon visage et de mes mains. Le capot de ma Peugeot, encore tiède, résistait au drap de glace qui métamorphosait les surfaces exposées au nord en supports de miroir. Pas un bruit, pas âme qui vive alentour. L'oiseau de malheur ne hululait plus, il avait dû trouver ce qu'il cherchait. Des gouttelettes en voie de concrétion, en fin de course, comme mourantes, perlaient sur le pare-brise. Les portières avant étaient fermées à clé. J'eus l'idée de ne pas toucher la poignée de porte afin de ne pas effacer d'éventuelles empreintes, mais cette précaution me sembla ridicule. Je pris tout de même la cassette posée sur le siège passager entre pouce et index, mais elle pivota et je la rattrapai des deux mains.

Charles, le visage fermé, tétait sa bouffarde. Un « Alors ? » ponctua ses bruits de succion. Les deux filles me fixaient, Geneviève l'air interrogatif, Annette le visage chiffonné.

Je lançai à la cantonade :

— Bristol, pare-brise, radio, téléphone et maintenant vidéo !

J'introduisis le film dans le magnétoscope. Une image fixe apparut à l'écran :

— Grands dieux ! C'est Trochin, s'exclama Charles.

Je n'avais pas vu ce mec à la redresse depuis dix ans : un médecin-chef vicelard pour lequel je n'avais éprouvé que du dégoût. Je le remis difficilement.

— C'est bien lui ! Cinq semaines que cette ordure a disparu, s'exclama Geneviève.

— Tu ne vas pas recommencer avec ce type, bougonna Charles.

Rien n'annonça l'explosion de colère de la petite rousse :

— À chaque fois que je te parle de lui, c'est la même histoire ! Tu ne veux rien entendre. Trochin est une vraie saloperie... une merde... un être répugnant ! Qu'il crève ce pourri ! Et ne compte pas sur moi pour que je la boucle !

Le visage était glabre, cadré en très gros plan, de sorte que ni la glotte ni la racine des cheveux n'étaient visibles. Un tissu noir cachait les yeux. Le plan s'élargit : une sangle de cuir s'enfouissait dans le cou d'oie qu'elle enserrait en même temps qu'elle maintenait le menton dans une pose aristocratique, comme une croupière relève la queue d'un hongre. On devinait que tout le corps du médecin-chef était entravé. J'étais fasciné par sa langue charnue qui baignait dans une bave aussi chargée qu'un beurre d'escargot.

L'image s'anima et une voix masculine, calme et douce, commenta :

« *Au seuil de l'éveil, songeur, Trochin ne sait pas où il est...* »

— Ah ! c'est bien Trochin ! dit Charles, terriblement troublé.

« *... J'imagine qu'en ce moment même, il cherche quelque chose dans ses souvenirs. Ah ! Voilà qu'il s'impose des mouvements de l'abdomen... Il grimace. Rien à faire, sa pensée ne parvient pas à soumettre son corps douloureux !* »

Le supplicié tentait en vain de se dégager la tête. Charles, stupéfait, murmura :

— Qu'est-ce que c'est que ça ?

« *...Trochin se contorsionne à l'extrême, il veut sortir de ce qu'il croit être un cauchemar. Il éprouve une angoisse cristalline, vide de toute représentation, une sensation d'une extrême pureté entretenue*

par les pensées qu'elle engendre. Il applique froi-
dement ses connaissances cliniques à son cas et,
tout étonné que cette irréalité résiste à sa volonté,
il va pousser un cri terrible qu'il ne reconnaîtra pas
comme étant le sien... Écoutez ! »

Trochin essaya de produire quelques vocalises *mezza voce*, on entendit une voix de crécelle, modulée par un gargarisme de salive dont l'excédent déborda.

Puis ce commentaire bonasse :

« En s'entendant, il pense être victime d'une hallucination auditive. Voyez sa croquignolette mimique de gros bébé ! Elle commémore à son insu cette époque où toute sa pensée tenait dans les onomatopées chantantes de sa mère, tandis qu'elle le satisfaisait de son téton tiède et odorant. Et le voilà maintenant qui se réjouit d'entendre son cri propagé par ce timbre féminin sorti de sa propre bouche. N'est-ce pas la preuve qu'il a bien raison de détester les élucubrations freudiennes ? Certain de ne pas éprouver le désir de la plus infime féminisation, il juge que son tourment est la preuve ontologique que rien de refoulé ne s'actualise dans les rêves. En ce moment même, Trochin s'imagine accoucher par la voie du cauchemar de la démonstration de l'inexistence de l'inconscient. »

— Je téléphone aux flics ! s'écria Charles.

Mais il ne bougea pas.

— Tu veux que je le fasse ? lui demanda Annette.

Pétrifié, les yeux écarquillés, il ne lui répondit pas. Trochin, qui tentait sans relâche mais en vain de se dégager, s'étouffait en ravalant sa salive. Le commentaire reprit :

« *Trochin, je connais bien cette ordure ! Ah ! le voilà qui se calme. Il éprouve une grande fierté, il pense être de la même trempe que ces savants géniaux et romanesques qui expérimentèrent sur eux-mêmes leurs folles découvertes. Mais ses sens refusent toujours de s'ouvrir au monde extérieur. Derrière son masque, il agite les paupières, écarquille les yeux, mais l'obscurité reste totale. Il ressent, dans son impuissance à franchir le seuil de la réalité, la division de son être. En lui, un autre, dense comme un trou noir, aspire sa volonté et le laisse en l'état. C'est comme s'il tentait, à l'instar de Münchhausen, de s'élever dans le ciel en se tirant lui-même par les cheveux.* »

À nouveau un long cri aigu, puis le commentaire reprit sur un ton confidentiel :

« *Il entend cette petite voix fluette, qui n'est pas la sienne, s'échapper de lui. Il ne veut plus rêver. Voyons les effets d'un effleurement de l'index et d'un mot susurré à son oreille que je vais mordiller.* »

Le dos d'une blouse blanche masqua l'objectif. On entendit clairement :

« *Trochinou : sentez-vous que je vous mâchouille le lobe ?*

— *Aïe !* »

Le voile blanc s'effaça. Trochin se calma et articula d'une voix suraiguë de mégère acariâtre :

« *Qui me touche ? Où suis-je ? Qui parle ?... Ce sont mes mots, mais ce n'est pas ma voix !* »

J'éprouvai un grand malaise. Hypnotisé par le spectacle, angoissé, je ne parvenais pas à rassembler mes idées.

« *Trochin, vous souhaiteriez chasser de votre esprit cet innommable songe dans lequel votre volonté s'est totalement dissoute... Ce rêve est plus efficace encore que les plus puissants neuroleptiques, hein ? Vous en venez à penser que de la tête aux pieds, votre corps à demi cadavéreux est la scène d'un théâtre satanique. "Camisole chimique", cette métaphore subversive prendrait-elle miraculeusement corps en vous, ma louloute ?* »

Charles arracha le téléphone des mains d'Annette :

— Comment ça, je dois vous apporter la cassette ! Vous ne vous déplacez pas ? Il s'agit du docteur Trochin ! Vous êtes gendarme à Prémont, vous savez que cet homme a disparu depuis plusieurs semaines !... Mais non, ce n'est pas une blague des internes ! Je vais me fâcher, je vous préviens... Bien... Je vous attends ! Oui, je suis le docteur Koberg. Le gardien vous indiquera comment vous rendre chez moi.

Pendant toute la conversation, Charles, qui n'avait pas quitté l'écran de télé des yeux, avait monté le son à bloc en martyrisant du pouce la touche de la télécommande. Annette, ratatinée, était en état de stupeur, tandis que Geneviève, l'air glacé, presque mauvais, le menton haut et les bras croisés, regardait le film sans moufter.

« *Trochin, vous êtes certain de ne pas être hystérique et, comme les savants de la Grèce antique,*

*vous tenez exclusivement cette pathologie pour fémi-
nine. Vingt ans que vous répétez à vos internes que
l'utérus est la source de l'hystérie et que la preuve
est dans le mot lui-même ! Déclinons : "hystérie...
hustera... utérus" et voilà la racine, la matrice du
symptôme ! L'utérus de la veuve, de la catherinette
ou de la mal baisée a faim, aussi s'agite-t-il, quand
il ne migre pas ! Hippocrate et sa tradition : quel
alibi, quelle aubaine pour un satyriasique de votre
espèce...*

    *Et votre voix de femme, docteur, pensez-vous
qu'un éminent psychiatre tel que vous puisse être
victime d'un mécanisme de conversion ? Cocotte,
somatiseriez-vous aussi ridiculement ? Pensez aux
soins attentifs et pervers dont vous gratifiez depuis
tant d'années, pour votre plus grande satisfaction,
ces femmes à l'excitabilité multiforme, ces hypo-
condriaques dont vous qualifiiez les symptômes
d'"appels du corps". La jouissance féminine, quelle
énigme, quelle injustice, hein !... »*

Le supplicié écumait. Le plan changea. Trochin
était filmé gisant, un drap le recouvrait et épousait
ses formes généreuses. La chair molle du menton
donnait à penser qu'il était plus en gras qu'en muscles. Les poignets et les chevilles étaient liés. La
couche sur laquelle il était attaché était un brancard
chromé aux larges rebords amovibles piquetés de
rouille.

Un paravent en éventail et aux fronces pisseuses,
un triptyque sinistre qui devait dater de l'époque des
salles communes était le seul décor. Le visage vio-

lacé et suintant du psychiatre indiquait que son lieu de détention était surchauffé.

Trochin, telle une parturiente, arc-bouté à l'extrême, le nombril culminant, hurlait de toutes ses forces. Le monologue reprit. Le ton était le même, flegmatique et traînant, sans trace de la moindre émotion :

« *Inspiré par vos pairs du siècle dernier, ces hippocratiques détraqués qui clamaient qu'agacer plus ou moins méchamment l'utérus en empruntant les voies naturelles calme l'hystérique, vous avez généreusement fait profiter des centaines de malheureuses de votre collection de fumigateurs vaginaux, ces godes énormes avec lesquels vous les empaliez.*

Et les sangsues posées sur le col de l'utérus de ces femmes afin d'aspirer les humeurs qui les échauffent... Ah ! Trochin, qui mieux que vous a su approcher l'inatteignable satisfaction génitale que semblent réclamer ces jouisseuses ? Je sais... je sais que vous n'avez pas inventé ces pratiques inspirées par la lubricité ! Mais sans doute, et possiblement à votre insu, vous ont-elles dicté votre voie. Hein, pourquoi êtes-vous psychiatre en chef dans cet enfer ? »

Charles et Annette étaient pétrifiés, Geneviève avait des larmes plein les yeux ; une idée effrayante me traversa l'esprit : le travelo dans mon club... Trochin. Je fixai l'écran, le psychiatre tendait l'oreille et ne gesticulait plus. Un silence entretenu. J'attendais la suite, en sueur. Le conférencier reprit son réquisitoire un ton plus haut :

« *Vous vous demandez sûrement, docteur, comment il se fait que malgré vos efforts, vos pensées,
si parfaitement structurées, si cohérentes et lestées
d'une vieille tradition d'aliéniste, ne vous valent pas
de sortir de votre cauchemar ? Allons ! Vous dormez
ma toute belle, et mes paroles sont les vôtres, une
simple production onirique... Peut-être !* »

— C'est monstrueux ! s'exclama Charles.

Personne ne fit écho. Trochin s'agita derechef et,
les lèvres pincées, souffla si violemment qu'un instant je craignis de voir ses joues de trompettiste
éclater comme des ballons.

« *Cette sensibilité pelvienne vous étonne, et par
moments votre pensée se fige comme un torrent se
glace. Vous éprouvez un manque, quelque chose
vous fait défaut... N'est-ce pas ?* »

Je respirai difficilement, le travelo déposé chez
moi n'était autre que Trochin. J'avais à l'esprit les
paroles du flic : « Rien dans sa culotte brésilienne,
que dalle ! » Charles, les mains crispées, avait les
ongles fichés dans les cheveux. Le supplicié joua à
serrer et desserrer les fesses.

« *De peur de vous entendre avec cette voix de
niaise, vous vous retenez de crier !* »

Soudain, l'image se brouilla et éclata le chant
grégorien que j'avais écouté dans ma voiture. Après
d'interminables secondes d'entracte, s'afficha à
l'écran le mot « Dénouement ».

« *Ouvrez les yeux, Trochin, et regardez-vous !* »

L'ordre précédait l'image, le ton était glacé. Le
visage du supplicié apparut en gros plan. Une main

dans un gant de vaisselle rose arracha le bandeau que Trochin avait sur les yeux. Trop de lumière d'un coup, un mouvement réflexe lui fit baisser les paupières.

Un fondu enchaîné, le plan changea. Trochin, toujours sanglé au brancard, était filmé debout. La prise de vue se faisait dans un miroir, suivant un angle tel que le paravent jauni et crasseux était cette fois encore en arrière-plan.

Le médecin-chef hurla de toutes ses forces en se voyant. Mon cœur se mit à battre la chamade.

Trochin, porte-jarretelles et bas noirs, sans culotte, exhibait un pubis rasé de près. Son pénis et ses testicules avaient disparu. De petits seins pointaient dans un soutien-gorge à balconnets. Des cascades de frisures blondes tombaient sur ses solides épaules. Fond de teint, rouge à lèvres, rimmel, faux cils et boucles d'oreilles en plumes colorées du plus mauvais goût donnaient une touche surréelle à cette vision de cauchemar.

Ce ne fut une surprise pour personne lorsque j'annonçai d'une voix sourde :

— Trochin et le travelo que j'ai trouvé chez moi ne font qu'un !

— C'est très exactement ce que je craignais ! me répondit Charles. Tu n'as pas réagi lorsque tu as vu sa bobine au début du film.

— Sans perruque, sans maquillage et avec ce bandeau sur les yeux qui lui cachait le haut du visage, je n'ai pas... pas eu de déclic, quoi !

— Tout de même !

— Possible que je n'aie pas voulu voir...

Je composai à la hâte le numéro de Gambié : il était toujours sur répondeur.

Trochin, les yeux exorbités, la bouche grande ouverte, bavait une lave abondante et dense dans laquelle ses cris aigres et désespérés se matérialisaient en bulles et en remous.

Apoplectique, entre deux silences syncopés, il s'époumonait. Sous son nez, dans un bocal de confiture, flottaient ses testicules et son pénis. On pouvait lire « Grand-Ma » et « Rhubarbe » sur ce qui restait de l'étiquette.

Sanglé à sa litière, le corps en *opisthotonos*, les paupières mi-closes et frissonnantes comme des ailes de papillon, la bouche distordue et écumante, les globes animés d'impressionnantes secousses, les jugulaires en saillie, les muscles du visage et du cou contractés à l'extrême, Trochin agonisait. Titanesque et inutile effort, on ne pouvait que se demander ce qui, des tendons ou des os, du cœur ou des vaisseaux, céderait en premier.

La glose cynique reprit :

« Hum ! Ne devons-nous pas craindre une résurgence mystique de l'épidémie de la Saint-Médard ? Une mauvaise lecture et hop, la petite devient convulsionnaire ! Je pense qu'il convient d'appliquer les soins en usage au XIXe* : compression ovarienne et coups de canne sous le nombril...*

À moins qu'on ne lui piétine le bas-ventre en s'y mettant à plusieurs ? Mais la grognasse n'est que sporadiquement agitée, un puissant sédatif devrait suffire à réduire sa fureur utérine.

Nous pourrions, messieurs, affiner le diagnostic en questionnant sœur Jeanne des Anges sur ses dernières lectures. Je parierais gros que l'une d'elles influe sur sa température vaginale. Je suggère une visite à la basilique Saint-Denis suivie ou précédée d'un lavement pratiqué au clystère et non à la poire. Ces premiers secours devraient diminuer la fréquence et l'intensité des attaques d'orgasme. »

— Il se paie la tête de Charcot, murmurai-je.

— Ouais, ajouta Charles, à la fin du XIXe, à la Salpêtrière, les présentations de malades, ça devait être quelque chose !

Geneviève s'enflamma :

— Charcot ! Cet impuissant ! Ce chapon ! Il n'organisait pas, comme tu le dis, des « présentations » de malades, mais des « représentations ». La Salpêtrière était son cirque ! Il jouait au docteur avec les hystériques, ce gros dégueulasse... Charcot... Charcot ! Sais-tu que pour un oui pour un non il prenait la température vaginale des fofolles ?

Excédé, Charles éclata :

— Tu vois ce que je vois ? Tu entends ce que j'entends ? Tu ne penses pas que le moment pour débattre soit particulièrement mal choisi ?... Mais que foutent les gendarmes ?

Annette, prise de spasmes, les mains sur la bouche, s'enfuit de la pièce. Pâle comme un mort, Charles, d'un ton doctoral qui sonnait faux, se mit à parler tout seul :

— Je n'ai jamais rien vu d'aussi innommable !
Comment peut-on martyriser, torturer un être à ce
point. C'est au-delà de la haine, il faut être un mons-
tre pour faire des choses pareilles...

La tête dans les mains, j'acquiesçai d'un bruit de
gorge.

L'arrêt sur image et le moment de silence
n'avaient rien d'une pose. Le visage de Trochin était
chiffonné, tel celui d'un scaphandrier noyé, la bouche écrasée au carreau. Il n'avait pas le regard mort.
Il n'y avait pas non plus de peur dans ses yeux, mais
un soupçon de surprise, comme si l'eau des profondeurs était entrée dans la combinaison d'un coup et
lui avait fait ravaler son cri. Tous les chefs-d'œuvre
de marbre, tous les trophées de chasse n'étaient que
des navets devant ce visage statufié dont la mort
baisait les lèvres.

— On dirait le visage d'un mort-né dans un bocal,
balbutia Charles.

Nous pensions être arrivés au bout de la cassette,
mais s'afficha à l'écran le mot « Épilogue ». Trochin
s'anima, anéanti et haletant, quasi moribond.

« *Notre réquisitoire vient après l'exécution de
notre sentence, pardonnez-nous ce désordre, monsieur le médecin-chef, mais nous sommes des histo-
riens sans indulgence plus que des juges.* »

Le style était déclamatoire et le ton glacial.

« *Voilà vingt ans, Trochin, que vous régnez en
maître dans votre service. Monstrueusement pervers, cruel, les êtres que vous avez détruits ne se
comptent plus. Il y a quelque temps encore, vous*

prescriviez à la plupart des internés des doses de neuroleptiques deux à trois fois supérieures à celles que vos confrères les plus attardés préconisent. Comme d'autres ont trouvé dans la chirurgie le moyen de se rendre utiles tout en assouvissant leur désir de découper leurs semblables, votre activité de psychiatre est le décor derrière lequel vous avez satisfait en toute impunité, jusqu'à aujourd'hui, vos pulsions sadiques et votre lubricité. »

Trochin était comme possédé. Charles détourna les yeux de l'écran :

— Il va se briser ; il est comme fou !

— Cette ordure a toujours été folle ! ajouta Geneviève sans aucune émotion dans la voix.

« ... Trochin, la thérapeutique psychiatrique coercitive, violente et maladive du XIXᵉ siècle vous a inspiré. Psychotropes surdosés, chocs chimiques et électriques, vous vous êtes salement amusé. Et alors que les aliénistes dégénérés dans votre genre abandonnaient la terminologie mensongère de "médications antipsychotiques" dont ils gratifièrent les premières molécules, pour celle plus absconse de désinhibiteurs, de neuroleptiques de droite ou de gauche aux effets suspensifs, vous, vous résistiez ! »

Trochin hurla. Sa voix suraiguë ne pouvait qu'attiser sa démence. Une oreille perdit son clip, et sa perruque glissa sur l'avant du visage. Charles, cloué sur sa chaise, les jambes serrées, avait une main plongée jusqu'au poignet dans la poche de son pantalon... Comme moi.

« *Silence, idiote ! Par provocation, vous n'avez pas renoncé aux vocables révolus. Il ne s'agissait pourtant pas de changer quoi que ce soit à votre pratique ! Tandis que vos alter ego se convertissaient dare-dare aux mots neufs, ces rejetons d'une sémantique au service du mensonge, vous niiez obstinément la nécessité de le faire. Pas question pour vous de jouir dans un nouveau décor.*

Combien d'intimités violées sous couvert de traitement, combien d'âmes mortes, Jacques-Henri, à votre palmarès ? »

— Jacques-Henri ? Ce n'est pas le prénom de Trochin, s'étonna Charles.

« *Voilà cinq semaines, docteur, que vous êtes ici, opéré, transfusé, sous hormones féminines et sédatifs puissants. À ce cocktail, suivant vos habitudes thérapeutiques, j'ai ajouté un neuroleptique retard fortement dosé : un gramme de Cogécinq, un gramme d'humanité ! D'où votre sialorrhée, vos contractures douloureuses et ce sentiment d'étrangeté qui alimente votre espoir de ne vivre en ce moment qu'un mauvais rêve.*

Mais alors, qui parle en vous, ma toute belle, et pourquoi ? Quel désir, fût-il immonde, pourriez-vous bien chercher à satisfaire dans le sommeil ? À quoi sert-il de rêver, Trochin, dès lors qu'on ne s'interdit rien dans la vie de tous les jours ?

Nous allons devoir nous quitter, j'ai à faire, vous êtes quelques-uns avec lesquels je suis en compte. Ah ! je vous informe que votre température vaginale est de 37,6... *Bien trop chaud, aurait dit Charcot, bien trop chaud... Cochonne !*

De roi en pion, quelle promotion en cinq semaines, ma petite reine ! À la Salpêtrière, Blanche aurait perdu ses couleurs en vous voyant et c'est vous que Brouillet aurait immortalisée abandonnée sans connaissance dans les bras de Babinski ! Voulez-vous valser avec votre créateur, ma toute belle, avant que ces diables d'Isacaaron et de Béhémot ne s'emparent de votre corps de rosière pour en faire leur aire de jeux ?

Sachez, trou du cul, que les démons forniquent mais ne sodomisent pas ! C'est écrit, noir sur blanc, dans le texte ! Vous allez pouvoir jouir comme une folle des amants invisibles de sœur Jeanne des Anges ! »

— Pourquoi Blanche ? demanda Charles. Qui est Brouillet, Isac... ?

— Blanche Wittmann, lui répondis-je, surnommée la « reine des hystéros ». Brouillet est le Rembrandt de la leçon de médecine de Charcot, et Isacaaron et Béhémot sont les diables qui partouzaient nuit et jour la Supérieure des Ursulines de Loudun.

Un texte défila lentement :

Cher Lepgorin,

Qui, en France, s'intéresse aujourd'hui au sort réservé aux dizaines de milliers d'internés ? Les années soixante-dix datent, si je puis dire, et l'anti-psychiatrie n'est plus qu'un mot mis au rancart dans un lexique qui, d'ici quelques décennies, ne sera plus consultable que dans la dernière bibliothèque psy fréquentable : la décharge dans laquelle les neurosciences vident leurs poubelles.

Geneviève murmura :

— Sublime... L'horreur et la beauté faisant boule de neige !

L'œil noir, Charles explosa :

— Tu es tarée ! Trouver de la beauté dans cette abomination ! Geneviève, je t'assure que je vais méchamment me fâcher si tu ne la fermes pas !

... Si tout s'est passé comme prévu, Trochin a rendu l'âme il y a peu de temps. Avant d'être déposé chez vous, on lui a fait ingurgiter du cyanure. Le poison était dans une gélule, une sorte de bonbon, de bonbon fourré, dont le temps de dissolution de l'enrobage a été savamment calculé. Il rendra l'âme à une heure pile ! Dormez sur vos deux oreilles, Lepgorin !

Je me précipitai sur le minitel en même temps que Charles.

— Où a-t-il été hospitalisé ? me demanda-t-il.

— À l'Hôtel-Dieu.

— Il est peut-être encore temps... On ne sait jamais, si l'enrobage est légèrement plus épais que prévu, ou mal assimilé, Trochin a une chance...

Annette, au seuil de la maison, faisait des signes à l'estafette des gendarmes qu'on entendait manœuvrer sur les graviers. Geneviève, qui paraissait complètement ailleurs, affichait de sombres mimiques.

— Ah ! j'ai l'Hôtel-Dieu en ligne, cria Charles. Comment ça, vous ne pouvez pas savoir... je suis médecin à Prémont... c'est une question de vie ou de mort... de minutes, de secondes ! Ne cherchez pas, trouvez ! Oui, un travesti. Non ! un transsexuel, drogué, très agité, admis vers dix-neuf heures. Faites vite, bordel ! OK, je reste en ligne.

La sonnerie de mon portable me fit sursauter :

— Gambié à l'appareil ! Je viens d'écouter mes messages. Je n'avais pas de porteuse à Rambouillet. Je sors d'une soirée. Le travesti trouvé chez vous est donc un psychiatre de Prémont, enlevé puis mutilé par un dingue ?

— Tout juste. Et il prétend lui avoir administré une bombe à retardement : du cyanure, du cyanure dans une gélule ! Sa mort a été programmée à une heure pile et il est dix ! L'ami chez lequel je suis tente de joindre le service dans lequel Trochin... Oui, c'est son nom...

— Je vous rappelle dans un moment. Le nom de votre ami déjà ?

Annette, surexcitée, expliquait à deux gendarmes ensuqués ce qui se passait. Le plus gradé des deux parut émerger :

— Trochin, c'est un docteur. On a un avis de recherche. Vous savez où il est ?

Elle agita sous le nez du gendarme une cassette de sa collection qui n'avait rien à voir avec le film :

— Il a été enlevé par un fou qui l'a castré et empoisonné ! Tout est là, sur cette vidéo déposée dans la voiture de monsieur. (Elle me désignait du doigt.)

— Il y a eu effraction ?

— Non !

Le chef fit signe à son subordonné de récupérer la cassette.

— Pas celle-là, s'exclama Annette en plaquant l'hollywoodien contre son sein, celle qui est dans le lecteur !

Charles était toujours en ligne :

— Il est mort il y a une heure... C'était le seul transsexuel reçu aux urgences aujourd'hui... Aucun doute possible sur la personne alors... Oui, je suis médecin à Prémont... Koberg. C'est une sale affaire : mutilation et meurtre... Oui, je suis en contact avec la police... C'est ça, bonne nuit !... Vous m'avez entendu, dit Charles aux gendarmes, la surveillante des urgences vient de m'annoncer le décès du docteur Trochin.

— Va falloir déposer à la gendarmerie demain matin !

— Moi ? s'étonna Charles, mais j'ai rien à voir...

— ... Et les autres aussi !

Les deux hurluberlus, qui ne donnaient pas l'impression d'avoir suivi le film, tournèrent les talons après avoir relevé nos identités. Mon téléphone entama son exaspérante mélopée :

— Gambié : vous avez la vidéo ?

— Les gendarmes viennent de partir avec.

— Je la verrai chez eux... Trochin est mort !

— Je viens de l'apprendre.

— Vous avez idée de ce que vous faites dans cette histoire ?

— Pas vraiment...

— Vous connaissiez Trochin, mais drogué et affublé comme il l'était, vous ne l'avez pas reconnu, n'est-ce pas ?

— Je l'ai croisé pour la dernière fois il y a une dizaine d'années.

— Soyez chez Koberg demain entre dix et onze heures. Pour les besoins de l'enquête, il importe de ne pas défrayer la chronique. Qui a regardé cette vidéo ?

— Koberg, sa femme, une de leurs amies et moi.

— Que personne ne parle de rien ! Bon... Bah, essayez de dormir.

Prostrés, nous n'échangeâmes que des soupirs. Je rompis le silence :

— Deux heures... J'ai besoin d'air. Je vais faire un tour.

— Je vous accompagne, dit Geneviève.

— Vous promener dans ce froid humide... On n'y voit rien ! bredouilla Charles, le nez collé à la vitre. Et puis ce n'est pas prudent, tu es menacé de mort par quelqu'un qui ne rigole pas !

Il boucla soigneusement les volets du rez-de-chaussée. Comme je passais mon manteau, il m'interpella :

— Je ferme derrière toi ! Prends la clé. Tu dors dans la chambre d'ami au premier... Mais tu connais ! J'ai la tête à l'envers !

— Tu sais, Charles, cet assassin est psychiatre et

demeure ici, dans cet hôpital, j'en mettrais ma main au feu !

— Vingt-quatre services comptant chacun une quinzaine de médecins minimum... Externes, internes, assistants, adjoints, attachés... Trois cent soixante suspects au bas mot, rien de moins !

— Quelque chose me dérange, ce bonhomme parle comme moi... J'ai écrit un article sur l'hystérie, tu m'as relu, tu m'as même fait modifier des trucs, tu te souviens... Même baratin, mêmes sources : *Les convulsionnaires de la Saint-Médard, Les possédées de Loudun, Le Marteau des Sorcières...* Ah, non ! il n'en a pas parlé. Mais Charcot et la thérapeutique asilaire au XIXe siècle, hein !... Trochin, je ne pouvais pas l'encadrer. Je ne savais rien de ses pratiques... Enfin, pour être honnête, je me doutais de quelque chose et c'est pourquoi je ne pouvais pas l'encadrer ! Que peut me vouloir ce type, pourquoi me menacer de mort alors qu'à l'évidence nous sommes intellectuellement proches ? Finalement, qu'est-ce qui nous sépare ? « Un gramme de Cogécinq, un gramme d'humanité ! », c'est de moi, je t'assure, relis mon papier ! Et... Et ce Mistigri ? Que vient foutre un chat dans cette histoire ? Étrange... angoissant. Tu sais que je n'aime pas beaucoup ces bestioles... D'ailleurs, elles me le rendent bien et...

Charles, fébrile et l'air grave, m'interrompit.

— Ah ! Tu trouves que tu ressembles à ce cinglé ? Je crois que je vais te reprendre la clé de la maison...

— Je n'ai pas parlé de ressemblance. Tu as peur pour tes roubignoles ?

56

— Il y a de quoi !

— N'aie crainte, si je t'opère, promis, ce sera pour t'en greffer une belle paire !

— Ce n'est pas le moment de sortir des conneries pareilles ! Je suis choqué, si tu veux le savoir...

— Moi aussi ! Mais bon, je trouve que le commentaire de ce type sur l'hystérie est solide... Quelque chose cependant m'échappe : pourquoi se donner un mal de chien quand on peut faire autrement ? Il aurait pu éliminer Trochin sans se fatiguer. Au lieu de ça, il l'enlève, l'opère, et lui prodigue des soins durant des semaines...

— Parce que tu appelles ça des soins ! répondit Charles, d'un ton sec et réprobateur.

— Laisse-moi m'exprimer, nom de Dieu !... On opère, enfin, on mutile, on travestit, on pomponne Trochin... Et tout ça pour qu'il soit témoin de son propre anéantissement ! Mais pourquoi me le livrer à domicile ? Ça n'a aucun sens !

— Je préfère qu'on remette cette conversation à demain, répondit Charles. Je ne suis pas dans mon assiette, j'ai la nausée.

Sur le parking, je m'adressai à Geneviève :

— Le bruit des graviers qui crissent sous les pas est complètement différent l'été. Quand ils sont chauffés par le soleil ils... ils... Je ne trouve pas mes mots. C'est peut-être qu'il n'y en a pas... Le vide... D'ailleurs, je suis vidé.

Nous marchions à petits pas dans une allée lugubre. Emmitouflée dans un manteau havane de laine tricotée, gants assortis, Geneviève tenait serré autour de son cou un châle en cachemire. La brume s'était épaissie. Nous étions sous le dernier lampadaire, dont l'ovale de lumière, indécis et voilé, bordait le néant.

— La nuit, je ne viens jamais me promener par ici seule. Mais votre présence me rassure... Diabolique, cette vidéo ; Trochin, on ne l'a pas loupé ! Quelle haine ! Ne croyez-vous pas qu'il serait sage de demeurer là où on y voit quelque chose ?

— Là où l'on ne voit rien, on n'est pas vu !

— Les Koberg m'ont souvent parlé de vous. Vous êtes psychanalyste et joueur de poker, n'est-ce pas ?

— Par ordre d'importance économique, c'est le contraire !

— Vous avez peu de patients ?

— Une dizaine et je ne fais rien pour en avoir davantage. J'ai peu de correspondants, je suis un anonyme qui ne produit rien et ne fait pas école. Aussi, on ne se bouscule pas à mon portillon. Mais parlons plutôt de vous.

— Je suis psychologue dans le service de Charles. Je travaille également dans un dispensaire, j'y reçois des mômes et leurs parents. Je ne suis pas psychanalyste, je ne comprends pas grand-chose aux écrits techniques. Je ne me considère pas comme une intello, mais comme une intuitive, une clinicienne qui marche au feeling et se coltine au quotidien des mômes et des familles à problème, en faisant de son mieux.

— Célibataire ?

— Divorcée depuis neuf ans... J'ai une fille qui vit à Paris et dans quelques mois je serai grand-mère. Ce temps qui passe me tue ! Je vis ici, j'ai un appartement de fonction, un trois pièces dans le petit immeuble qui donne sur le parking, là...

Elle se retourna et pointa du doigt un endroit complètement englouti dans la brume.

— Geneviève... Vous permettez que je vous appelle par votre prénom ?

— J'allais vous poser la même question !

— Lorsque nous visionnions la vidéo, je vous ai entendue traiter Trochin d'« ordure ». Sans aller jusqu'à la compassion, ce qui a été infligé à ce bonhomme est particulièrement atroce... Quelle souffrance ! Et vous... comment exprimer...

— Autant pour vous, Octave. On ne peut pas dire que vous soyez complètement retourné !

— Ne croyez pas ça ! J'ai, comme tout le monde, regardé les images, mais j'ai aussi attentivement écouté la glose du meurtrier. Il parle sans emportement. Son réquisitoire était concis, précis, et ses mots justes. Certes, on peut lui reprocher son goût prononcé pour les détails sordides...

— Dites-moi, Octave, il me semble bien vous avoir entendu marmonner que vous vomissiez Trochin. Je me trompe ?

— Non ! Il y a plus de dix ans, je m'occupais de la promotion du Cogécinq... Vous avez entendu, le *relookeur* de Trochin en parle, il lui en a même refilé une sacrée rasade : un gramme ! De quoi faire smurfer un wagnérien. À cette époque, le laboratoire qui le commercialisait avait Trochin à la bonne. Normal, il prescrivait cette merde à la louche. Sous couvert d'expérimentations qui n'étaient que du pipeau, j'ai remis à Trochin de gros chèques. Je l'invitais régulièrement, tous frais payés, à parler entre café et pousse-café dans des colloques touristiques où se retrouvaient les adeptes forcenés de la chimio, de la camisole chimique. Je me souviens de ce qu'ils se racontaient comme si c'était hier : « J'ai administré une posologie de 0,15 de Cogécinq à un jeune schizophrène... et moi 0,2 à un délirant qui... et moi 0,25... ». Ces tables rondes ressemblaient à des parties de poker : ils passaient leur temps à se relancer ! Je me rappelle Trochin saisissant toute une assemblée en disant : « 0,3 sans correcteur ! » Vous savez, ce sont les produits associés aux psychotropes qui lèvent les contractures qu'ils génèrent...

— Je sais !

— Et Trochin de poursuivre : « Les douleurs que provoquent les contractures, les modifications du schéma corporel et l'angoisse qu'elles induisent sont essentielles au traitement ! »... « Le choc est à la psychiatrie ce que le bistouri est au chirurgien ! » Un jour qu'il parlait des cures de Sakel, il avait lâché : « Les comas provoqués à l'insuline doivent être poussés aussi loin que possible afin que nous soyons certains qu'il ne subsiste plus chez le malade qu'une activité sous-corticale limite... Il nous faut parfois courageusement oser jouer la vie de nos patients pour leur bien ! » Parmi ces psychiatres avinés, il ne s'en trouvait jamais un pour lancer le bouchon plus loin que lui. Trochin était leur garde-fou. Le moins qu'on puisse dire, c'est qu'ils ne donnaient vraiment pas envie de perdre les pédales !

— Je sais tout ça, soupira Geneviève. Trochin prétendait que l'efficacité du Cogécinq et des molécules appartenant à la même famille résidait uniquement dans leurs effroyables effets secondaires. Pour lui, ce qui soignait, c'était qu'on ne se reconnaisse pas, les contractures, pour autant qu'elles soient très douloureuses, et pour les hommes, l'impuissance induite. Il prétendait que le Cogécinq devait toute son efficacité à son effet castrateur !

— Ils sont quelques-uns à penser ça.

— Le « trou noir », c'est comme ça que j'appelle le service de Trochin ; c'est le dernier lieu d'hospitalisation de Prémont où hommes et femmes sont séparés... sauf aux heures de promenade dans la cour. Ce type ne supportait pas de voir un couple se former. J'ai pu constater que lorsqu'un garçon et une fille faisaient tant soit peu bande à part, leurs doses de neuroleptiques étaient aussitôt augmentées. Toutes les femmes étaient à lui et à lui seul. Les hommes, chimiquement castrés, n'étaient que les eunuques de son harem. Lorsqu'il se lassait d'une patiente, il confiait la suite du traitement à son adjoint et à deux surveillants, trois fumiers formés à bonne école !

— Comment savez-vous tout ça ?

— Avant d'être recrutée par Charles, j'ai bossé deux ans dans le service de Trochin.

— Il y a combien de temps ?

— J'en suis partie il y a neuf ans.

— Et vous n'avez pas dénoncé ces canailles ?

Elle resta silencieuse, puis murmura un « non » à peine audible.

— Nous nous sommes forcément croisés dans ce service... Pourtant, je ne me souviens pas vous y avoir vue.

— Moi non plus. Je n'étais pas titularisée à cette époque et je ne travaillais chez Trochin que deux après-midi par semaine. Vous veniez fréquemment ?

— Une vingtaine de fois en deux ans, je n'y restais qu'une heure ou deux, le temps de boire un jus avec Trochin et son aréopage à la cafétéria. Je ne remets pas les petits chefs... j'ai vaguement le souvenir d'un blondinet étrange.

— Groffin !... Une merde ! Toujours silencieux, une lopette vicelarde au regard fuyant.

— Oui, ça me revient... Un petit bonhomme de marbre qui ne l'ouvrait jamais. Il n'y avait que Trochin qui avait voix au chapitre ; il glosait, plaisantait, jouait les mandarins. Les autres l'écoutaient en faisant des mimiques de convenance. Ils ne se déridaient que lorsqu'ils étaient autorisés à le faire. Le rire du patron à ses propres propos était leur déclencheur... Il paraît que dans certains shows télévisés, les spectateurs applaudissent sur commande... Une fois, j'ai vu une salle entière se déchaîner à la vue de petits légumes cuits qu'un télévendeur avait sortis d'une pochette révolutionnaire pour micro-ondes !

Geneviève grommela :

— Les légumes sont de chair ici !

Elle stoppa sa marche et sortit un paquet de cigarettes de sous son manteau :

— Blondes légères... Vous en voulez une ?

Elle s'évertua en vain à allumer sa cigarette. Elle pesta :

— Fichue humidité !

Le craquement d'une branche qui casse me fit me retourner.

— Vous avez entendu ?

— Sans doute un chat, bredouilla-t-elle, il y en a beaucoup par ici. Je préfère rentrer ! Je suis peureuse, et en plus j'ai froid.

Au seuil de son immeuble chichement éclairé, nos bouches, telles des fontaines de brume, nourrissaient des volutes en suspension quasi immobiles. Geneviève était silencieuse, recroquevillée sous sa laine.

— Deux heures et demie, s'étonna-t-elle : vous n'avez pas sommeil ?

— Je suis fatigué, mais après tout ça, comment dormir ? Je vais vous laisser vous reposer, je vous vois trembloter... Vous ne m'avez rien dit de ces deux années passées chez Trochin... Pardon, je suis en dessous de tout, il est tard, on reprendra cette causerie une autre fois !

— Venez prendre un thé ou une tisane chez moi, il n'y aura personne chez les Koberg pour vous préparer un truc chaud. J'habite au premier, il n'y a que six appartements dans cet immeuble. Il n'est occupé que par des Parisiens qui y dorment un soir ou deux par semaine. Le week-end, je suis seule ici ; ce n'est pas très gai, mais avec le temps, je me suis habituée à cette tranquillité. J'ai Annette et Charles juste à côté, et nous sommes très souvent les uns chez les autres. L'administration a fait construire cette baraque il y a vingt ans. C'est pas mal, mais isolé, peut-être un peu trop...

— C'est étonnant que nous ne nous soyons jamais rencontrés chez les Koberg. Il me semble bien avoir entendu Annette parler de vous...

— Je ne vais jamais chez eux quand ils reçoivent. Je suis une sauvageonne.

Le mobilier, une accumulation de coups de cœur, était hétéroclite. Je jetai un coup d'œil dans la bibliothèque : Bataille, Freud, Zweig, Legendre, deux séminaires de Lacan. J'étais à deux doigts de la désirer. Proust, selon moi, faisait désordre. Je m'étais longtemps reproché de ne pas pouvoir le lire. Je tenais cette impossibilité pour une tare. Elle me tira de mes pensées :

— Thé ? Tisane ? Café ?...

— Un café, avec plaisir.

— Le plaisir, c'est un soupçon de lait, du sucre ?

— Ni l'un ni l'autre !

— Je n'ai pas de cafetière sophistiquée, mais une antiquité qui fait du jus de chaussette !

— Alors très chaud si possible.

— Je vous accompagne. Un bol de café à une heure aussi avancée, ce n'est pas raisonnable. Mais je me sens comme quelqu'un qui sort d'un cauchemar et craint de se rendormir, de peur d'y retomber.

Avachi sur une chaise de la cuisine, je regardais

passer le café. Un conduit transparent réunissant deux sphères en Pyrex était le passage obligé de l'eau bouillante à la montée, et de la lavasse à la descente. Les glouglous m'apaisaient. Elle souffla la lampe à alcool, et l'eau se mit à redescendre, noire comme du café.

Geneviève éclata de rire :

— Vous parlez tout seul, mon vieux !

— Qu'ai-je dit ?

— Et en plus vous ne vous entendez pas ! Vous avez bredouillé que mon café est noir comme du café !

— Mes parents avaient la même cafetière. Lorsque j'étais enfant, cet alambic me fascinait. À l'époque, on ne disait pas la cafetière, mais le Cona. « Cona », c'est comme « Frigidaire », une marque, mais une marque qui a raté le dico !

— Vous ne vous faites pas au temps qui passe ?

— Non... Je n'aime pas ce qui est *modernisable* ! Mon métier ne l'est pas, et le poker non plus ! On va sur la Lune, bientôt on ira sur Mars, l'électronique envahit tout, mais aujourd'hui, comme il y a des siècles, les hommes lancent des dés, tirent des cartes, tirent... La fatigue, le mot me manque...

Elle eut un air ostensiblement navré, puis me rétorqua, le menton effleurant la nappe pour trouver mon regard entre mes paupières mi-closes :

— Encore un trou ! Il vous manque le mot « nana » ou « meuf », au choix ! « ... Tirent des cartes et des nanas ! »

— Tout juste !

— Je suis bien d'accord avec vous, Octave, tout ça n'est pas *modernisable* !

— Vous n'envoyez pas dire les choses. Mais s'agissant de Trochin, vous n'êtes pas très expansive. Pourtant, les canailles, les ordures, sont d'inépuisables sources d'inspiration. Entre nous, son supplice, sa fin ne vous ont pas affectée plus que ça ! Est-il trop tard pour que vous me racontiez ce que vous savez ? Les fumigateurs vaginaux, les sangsues sur le col de l'utérus, tout ça est-il vrai ?

Elle inspira par à-coups avant de me répondre.

— Et pas seulement... Il n'est pas fait mention des chocs au Cardiasol. Une intraveineuse de cette saloperie et le cœur se met à battre la chamade, s'arrête, repart... repart pas toujours ! Cette arythmie s'accompagne d'angoisse de mort, et c'est de cette terreur que certains psychiatres attendent des retombées psychologiques salvatrices. Et les chocs électriques dans le cul, la punition préférée de Trochin. Remarquez que si l'électrochoc dans le cul est plus humiliant que sur le crâne, il est par contre beaucoup moins destructeur ! Trochin n'était pas regardant : les internés avaient droit à des doses généreuses de courant, à la tétanie extrême. Et pas de myorelaxants ! Trochin ne craignait ni les déchirures musculaires ni les fractures spontanées. Combien d'internés sont morts... Combien ?

— À qui avez-vous déjà raconté cela ?

— J'ai maintes fois monologué en présence de Charles, mais il a une façon bien à lui de ne rien vouloir entendre. En vérité, je n'ai jamais été témoin de ce que je vous rapporte là, et c'est tout le problème. Je ne peux rien reprocher à Charles, car à sa manière, il m'a protégée du pire... Trochin l'évitait comme la peste, et je me demande même s'il ne le craignait pas.

— La police, les autorités administratives... Pourquoi vous être tue ?

— Je n'avais aucune preuve, aucune ! Une intime conviction, rien de plus. On va où avec ça ?

Le visage dans les mains, un filet de larmes coula au creux de son poignet entre veine et artère. Il se perdit dans la manche d'un mohair couleur d'automne déformé par les attentes sur le perroquet, une sorte d'arbuste sec qu'elle avait en entrant dépouillé en coup de vent de ce gilet, comme de sa dernière feuille.

— Trochin, Groffin... me faisaient très peur. Je les savais capables de tout.

Elle semblait grelotter. Elle se moucha, puis reprit en hoquetant :

— Ils faisaient leurs saloperies la nuit. Je viens de vous le dire, je n'ai jamais assisté à quoi que ce soit, mais les malades me rapportaient à leur manière ce qu'ils avaient subi. Certains étaient prostrés, terrorisés, muets. D'autres, chimiquement assommés, n'exprimaient plus que des mots en bouillie. Ils bafouillaient et larmoyaient comme des bambins. Ces regards, ces regards apeurés et perdus !... Si vous aviez vu... Les hommes étaient anéantis et les femmes violées, torturées, humiliées, souillées !... Je n'ai aucune raison de raconter ce que je raconte au passé... En dosant bien les mixtures, ces ordures induisaient un état de demi-conscience, une dépersonnalisation. Ils jouaient là-dessus, culpabilisant les malheureuses qui finissaient par douter de la réalité de ce qu'elles avaient subi, ce qui ne faisait qu'accentuer leur mutisme. Par crainte de représailles, ou par peur de s'entendre dire qu'elles prenaient leurs désirs pour des réalités, elles ne pipaient mot. Pourquoi n'ai-je pas tué ces canailles, pourquoi ? J'ai honte, comme j'ai honte !... Suis-je coupable ?

— Oui. Poursuivez votre récit.

— Ah !... Vous trouvez que je suis coupable ?

— Oui.

— ... Chez les femmes, jeunes et vieilles, survenaient parfois des stéréotypes comportementaux, toujours les mêmes, des stéréotypes qui n'avaient absolument rien à voir avec leur pathologie. Des gémissements étouffés par l'excès de salive, des hochements douloureux de la tête tandis qu'elles muraient leurs mains entre leurs cuisses qu'elles serraient de toutes leurs forces. Ces manifestations muettes coïncidaient avec une augmentation massive des doses des neuroleptiques administrés, aussi bien ceux qui modifient le comportement que les sédatifs. En arrivant dans le service, je cherchais des yeux celles qui semblaient plus anéanties que la veille ou l'avant-veille. La plupart du temps, celle avec laquelle on avait joué restait alitée. Je la trouvais brisée, recroquevillée sur sa couche, tremblante de peur. Cet état pouvait durer des jours et même empirer. Je suis persuadée que ce que raconte le meurtrier

de Trochin est vrai : les sangsues sur le col de l'utérus, les lavements, la collection de fumigateurs vaginaux... D'ailleurs, vous les avez vus sur la vidéo...
Vous pouvez en être sûr, tout est vrai, Octave, tout !

Elle sanglota. J'attendis le temps d'une cigarette
avant de reprendre mon interrogatoire :

— Et le personnel infirmier ne réagissait pas ?

— Trié sur le volet... Des femmes pour la plupart,
autoritaires, bêtes et méchantes, aux ordres.

Un subit accès de colère la fit s'en prendre à moi :

— Et vous, Octave, vous qui êtes venu tant de
fois dans cet asile pour suivre les ventes du Cogécinq, vous ignoriez tout de la consommation hallu-
cinante que Trochin faisait de cette merde ? Vous
étiez bien placé pour comparer, pour savoir. N'étiez-
vous que touriste ?

— Ce que j'ai été n'a pas de nom, et croyez bien
que ce nom, je l'ai cherché ! En y repensant, je ne
suis pas étonné par ce que vous me dites. Je crois
bien que moi aussi, comme Charles, je n'ai rien
voulu voir et entendre.

Elle me fixa en égrenant les tresses de l'une de
ses nattes, et calmée aussi vite qu'elle s'était emportée, elle reprit le fil de son propos :

— Trochin a eu tôt fait de remarquer que je
m'appesantissais sur les internés suivant un ordre qui
n'avait rien d'innocent. Il était brillant, caustique,
diablement malin et pervers... une sorte d'aristocrate
nazi. Il aimait s'amuser à me provoquer : « Alors,
madame la psychologue, on est sur le point de mettre
le doigt sur quelque chose ? » Ce doigt, il est arrivé

qu'il me le montre... Il agissait ainsi devant l'adjoint et le surveillant de jour, lesquels le suivaient des heures, attendant sans jamais manifester la moindre impatience, le geste négligent de la main les invitant à disposer. Fouillard, le surveillant-chef, est une brute sadique au vocabulaire réduit, et Groffin, le médecin-chef adjoint dont je vous ai parlé, une bête venimeuse. Je ne voyais le surveillant de nuit qu'à l'occasion des rares réunions auxquelles j'étais conviée. Vous les avez connus tous les quatre ?

— Pas vraiment. Comme je vous le disais, je me souviens d'un blondinet, rose comme un goret, un type discret au regard toujours fuyant. Je ne suis pas certain d'avoir entendu une fois le son de sa voix. Quant à Fouillard, j'ai vaguement en mémoire sa silhouette d'ours. Ce qui est sûr, c'est qu'avec ces deux-là, je ne suis jamais allé au-delà des civilités d'usage. Après le jus que nous prenions à la cafétéria, Trochin et moi nous isolions sur un coin de table, le temps de régler nos petites affaires, tandis que ses idolâtres attendaient, accoudés au bar. Lorsque j'avais un chèque à lui refiler en échange d'une note d'honoraires, nous allions dans son bureau... Aujourd'hui, je serais sans doute incapable de reconnaître Fouillard. Pour en revenir à Trochin, lorsque le boucher, le *relookeur* qui l'a travaillé au corps, le filme, au tout début, les yeux bandés, sans maquillage et sans perruque, nature quoi, je n'ai pas songé une seconde au travelo qui squattait mon club...

— Vous l'avez déjà dit ! Ne pas voir, ne pas entendre, ne pas savoir, est-ce une de vos manies ?

— Enfin, Geneviève, vous êtes psychologue ! « Ne pas voir, ne pas entendre, ne pas savoir », n'est-ce pas ce qu'on nous oblige en premier à apprendre par cœur ? « Par cœur », on dirait mieux à mort !

Elle alluma une cigarette sur laquelle elle tira violemment :

— Trochin sélectionnait ses internes : en général des petits mecs sans personnalité, des inhibés boutonneux branchés chimio. Au début, j'ai pensé qu'il m'avait recrutée suivant les mêmes critères. Mais avec le temps, j'ai fini par comprendre ce qu'il voulait : un témoin, un témoin de ses ignominies, par jeu, par vice... Il lui fallait toujours des petits plus ; c'est ça la jouissance, quelque chose qui ne peut jamais être complètement satisfait. Lorsqu'il me croisait, il restait planté devant moi sans m'adresser la parole, il me fixait, semblant me demander : « Alors c'est pour aujourd'hui, ou c'est encore remis à demain ?... Tu accouches ?... Quelque chose à dire ? » Ses acolytes faisaient de même, le menton haut ils me toisaient, puis les trois canailles s'éloignaient en rigolant, sans même m'avoir dit un mot. Groffin me faisait plus peur que Trochin... Ce ragot va vous amuser : on raconte que la nuit, l'adjoint vole des objets de culte dans les églises de la région. Cette petite gouape a quelque chose du chef de bande dans *Orange mécanique*. Il est homo et a détruit je ne sais combien de ses jeunes compagnons. En trois mois, cette lope change un bel éphèbe en loque. Et ça, je l'ai vu ! L'un d'eux a fini aux Marronniers, complètement abruti, autiste ; puis un matin on l'a retrouvé mort, comme ça, sans raison.

Elle s'en prit de nouveau à sa tresse et me dévisagea. Je la sentais tiraillée par deux sentiments contraires, hésitante, comme la boule d'un multicolore. Elle reprit, cette fois sans émotion dans la voix :

— Pourquoi le meurtrier de Trochin a-t-il laissé vivre Groffin ? Ce fumier est réglé sur le cycle lunaire : vingt-huit jours ! Presque dix ans ont passé et je l'entends encore ricaner en prédisant : « Bientôt la pleine lune, les malades vont s'agiter ! ... C'est une chance qu'ici, on n'ait pas comme à Toulouse le vent d'autan, le vent qui rend fou ! » Comment auraient-ils pu s'agiter, les fous, drogués comme ils l'étaient ? Je parle encore au passé, mais je ne le devrais pas, car rien n'a changé... Ah si, tout de même, Trochin est mort. Couic !... Un soir, tard, de ma fenêtre, j'ai vu la silhouette de Groffin se faufiler entre les arbres. Il marchait de traviole, comme une araignée, une faucheuse. J'ai passé plusieurs nuits sans fermer l'œil, je ne pouvais m'endormir que sur le matin... Qui m'appelle à cette heure ! s'exclamat-elle, l'air inquiet. Claire, qu'est-ce qui t'arrive ?... Non, tu ne me réveilles pas... Je sais, je sais... Oui, j'ai revu le problème de Jacques... Non ! Cinq piques, ce n'est pas mon jeu ! Quatre... Non, pas le Valet ! Claire, on ne va pas parler de bridge en plein milieu de la nuit ! Je suis avec un ami, on se téléphone demain !... Moi aussi, je t'embrasse. Ma fille... Elle craint d'accoucher seule. Son compagnon travaille à Londres, ils ne se voient que les week-ends. La nuit, elle ne ferme pas l'œil.

Un moment absente, elle crachouilla un invisible bout d'ongle ou de vernis. Machinalement, je murmurai :

— Trochin, Groffin, Cogécinq, Mistigri...

Je répétai, en m'enfumant.

— Vous me faites penser à un dragon de dessin animé, me dit-elle dans un triste sourire.

Je la fixai un moment ; elle était ailleurs, son âme vagabonde semblait flotter comme une voile dans l'intervalle de deux vents contraires.

Je m'assis sur le canapé, à côté d'elle, et les yeux clos, dans la position du Penseur de Rodin, je songeai au vent qui tombe, à la brise de mer qui s'essouffle le soir, aux cerfs-volants qui ne peuvent plus que descendre, à la détumescence des drapeaux et des pavillons, au monde qui débande.

Je fus réveillé par le tintement sec de deux bols qui s'entrechoquent. J'étais allongé de tout mon long sur le canapé, recouvert jusqu'aux yeux d'une couverture écossaise, délesté de ma veste et de mes chaussures.

Je me dressai brusquement. Un plateau fumant dans les mains, Geneviève me souriait enveloppée de la mue d'un amant qui avait dû déserter : une robe de chambre deux fois trop grande pour elle et des charentaises qui devaient chausser un bon quarante-quatre.

— Octave... Vous vous réveillez aussi brutalement que vous vous endormez !

— Je ne sais pas ce qui m'est arrivé, je suis tombé !

— Je vous ai entendu marmonner « cerf-volant »... c'était plutôt inattendu, et pouf, plus personne !

Le café était brûlant. Le nez dans mon bol, l'esprit embrumé, je m'imposai sans raison une fumigation. Je la lorgnais par-dessus mes lunettes que j'avais retrouvées dans mon cou.

74

— Pourquoi ne pas m'avoir réveillé ? lui demandai-je.

— J'ai essayé... rien à faire ! Je vous ai parlé, tapoté l'épaule, aucune réponse, aucune réaction, ou plutôt si, vous avez méchamment grogné ! Après quoi vous vous êtes mis à ronfler et là, j'ai compris que si vous pouviez dormir en supportant un boucan pareil, seules des méthodes barbares pouvaient avoir raison de votre sommeil. Aussi, j'ai renoncé.

— Vous vous y entendez pour mettre les gens à l'aise : charmant tableau !

— Je vais vous faire un aveu : je ronfle aussi ! Et je n'étais pas mécontente de vous savoir ici. Penser à Groffin, aux deux surveillants, ils me font tellement peur ces trois-là ! Je vous entendais de ma chambre, votre présence m'a rassurée et j'ai pu dormir. Comment vous sentez-vous ? Quatre heures de sommeil, c'est peu...

— Je suis pompé. Je viens de vivre les heures les plus détestables de ma chienne de vie ! Il fait encore nuit et cette foutue brume... Je file chez les Koberg me laver et me changer...

Alors que je l'embrassais sur la joue et la remerciais pour ses soins, je vis son lit : un matelas posé à même le sol et recouvert d'une couette gonflée comme un cumulus d'été. J'eus l'irrépressible envie de m'y mettre au chaud, le nez planté dans ses odeurs.

Elle s'écarta de moi et, les genoux légèrement fléchis, les mains sur les hanches, elle me regarda par-dessous :

— Vous êtes spécial, Octave, vous rêvassez encore ! Vous vous absentez souvent comme ça ?... Vous alliez vous endormir, et debout de surcroît !

Son ample robe de chambre ne l'avait pas suivie dans son déplacement et sous mon nez s'était ouvert un large espace qu'occupaient ses seins lourds. Gênée, elle murmura quelques mots incompréhensibles et se redressa vivement. Son mouvement chassa l'air entre corps et laine à la manière d'un soufflet et des effluves tièdes et enivrants venant des profondeurs de l'habit me submergèrent.

Sur le parking, j'eus une pensée parasite : ma sensibilité olfactive... Serais-je un « nasal » ? Après tout, il y a bien des voyeurs !

Je me demandais si Annette serait effondrée ou maniaque. Elle avait l'incroyable faculté de déplacer sur les autres ce qui l'affectait le plus. Très jalouse, torturée par les infidélités de son mari, au bord du suicide à chacune des aventures de Charles, elle se rétablissait à chaque fois en un temps record, craignant le pire, non pour elle-même, mais pour sa rivale. Il arriva qu'elle offre son assistance à titre préventif à l'une de celles qu'elle dénommait les « égarées ».

« Charles est un angoissé, expliqua-t-elle un jour à l'une de ses maîtresses. Si tu le suces, il craint la morsure et s'il te baise, il craint la maladie... À tout craindre, bizarrement, il préfère la pipe alors qu'avec ça il encourt et la morsure et la maladie ! À la vérité, la chose sexuelle n'est satisfaisante pour lui qu'à la condition qu'il puisse en surveiller le déroulement

76

dans le respect des lois de l'hygiène. — Mais je n'ai aucune maladie ! s'était écriée l'autre. — Vous ne comprenez rien au rapport que Charles entretient avec les bêtes microscopiques, lui répondit Annette : il a peur d'attraper ses propres microbes ! Il se lave les mains avant et après avoir pissé ! Vous rendez-vous compte de ce que cela implique structurellement ? »

Le soir où elle nous tint cette conférence, nous étions entre copains, pour la plupart des psys. Chacun, au début, avait l'air docte et faisait bonne figure, mais très vite, toutes les barrières cédèrent. Les plus fragiles pouffèrent, puis ce fut l'hilarité générale ; Charles se marra avec nous en jouant les apôtres : « J'en ai rien à foutre de passer pour le jean-foutre des lapins, ce qui m'intéresse chez la femme, c'est son âme ! Et si je m'égare dans des voies sans issue, c'est parce qu'il n'y en a pas d'autres. Je m'empare d'un corps de femme comme d'un texte sacré, je suis un exégète, et mes noces sont mystiques ! Comment faire entendre ça à des garennes fornicateurs ! »

En voyant Annette, je compris du premier coup d'œil que la nuit ne lui avait pas suffi pour faire du cauchemar de la veille une source d'inspiration poétique. Elle était encore chavirée, mais quelques indices me donnèrent à penser que la bonne humeur affleurait.

— Octave, je n'ai pas fermé l'œil, et toi ?
— Charles t'a empêchée de dormir ?

— Tu parles ! J'ai mis la main sans prévenir, et il a fait un bond, je ne te dis pas ! Il s'est foutu la tête dans le mur !

Le nez dans sa tasse, il maugréa :

— Tu racontes n'importe quoi !

La glace de la salle de bains, recouverte de buée, ne reflétait rien. Privé d'image, je restai un moment assis sur le bord de la baignoire à me demander ce que j'allais bien pouvoir faire à Prémont. Pantalon et gilet de velours, col roulé noir, j'étais paré.

— Tu as pris ton petit déjeuner ? me demanda Annette.

— Un double express, tu peux me faire ça ?

En habituée de la maison, Geneviève, qui venait d'arriver, se prépara un café et s'assit à côté de moi. Charles me demanda :

— Qu'est-ce que tu comptes faire aujourd'hui ? Sale histoire... Tu sais en quoi elle te concerne ?

— L'époque où je m'occupais de la promotion du Cogécinq, tu te souviens ? Trochin le prescrivait à la louche. Son bourreau doit me juger responsable de quelque chose qui tourne autour de ça, le « Monsieur Plus » du Cogécinq en quelque sorte, comme dans la pub, tu vois le genre ?

Charles grimaça, et, les lèvres pincées, dodelina de la tête :

— Un peu léger tout de même... Si tu veux mon avis, ce n'est pas le genre de type à s'en prendre au lampiste !

— Tu sais que j'ai salement culpabilisé d'avoir

travaillé pour ce laboratoire pharmaceutique et tu connais la musique freudienne : si tu te sens coupable de quelque chose, c'est que tu l'es ! Eh bien, il semble que le meurtrier de Trochin pense comme moi !

— Ah !... Et tu trouves normal que bosser pour des pourris mérite qu'on y laisse les couilles ?

— Les deux, non, mais une, peut-être bien !

Les filles rigolèrent. Charles manifesta sa désapprobation d'un ton presque sévère :

— On ne va pas se bidonner comme des bossus... Il s'agit d'un meurtre, de sévices... Alors je vous en prie, on se calme !

Les filles pouffaient.

Je tapotai sa main :

— Poulet, tu sais qu'il n'y a rien de tel que le rire pour évacuer l'angoisse. Autant éviter les benzodiazépines... Tu ne crois pas ?

— Tout de même !... faut pas... Je ne suis pas un poulet ! Ça t'excite de risquer tes burnes ? Tu sais que tu es en danger de mort, hein ?... Tu joues au poker toutes les nuits ?

— Ah ! Voilà un autre bon remède à l'anxiété, plus ciblé : le jeu est à prescrire contre l'angoisse existentielle, celle qui est sans objet... Ouais, j'ai beaucoup joué ces temps derniers, beaucoup trop.

— Octave, tu comptes me faire un cours sur l'inquiétude, les sombres pressentiments et la peur panique sans fondement réel ?

— Calme-toi, tu n'es pas menacé ! Et quand bien même, pourquoi t'inquiéter ? Tu n'aspires qu'à chatouiller l'âme des femmes, alors, si tu devais être châtré, pour toi, la vie serait toujours jouable !

— Mais tu es tombé sur la tête !

— Ce qu'Origène s'est fait pour l'amour de Dieu, ne saurais-tu le faire pour l'amour des femmes ? Ne renoncerais-tu pas à tes accessoires afin que ton âme accède enfin à cette pleine jouissance, à cette jouissance mystique à laquelle seule la femme peut aspirer ? Finies les érections riquiqui, infernal culturiste tu banderais de partout. C'est au-delà d'en avoir une grosse, c'est au-delà d'avoir le phallus : tu le serais !... À ce propos, figure-toi que Gambié, l'inspecteur qui s'occupe de l'affaire Trochin, a évoqué la castration d'Origène... N'est-ce pas incroyable ?

— Mais tu es siphonné ! C'est ta nuit avec Geneviève ?

Elle toussota. Il se rembrunit.

— Tu dis que le flic qui est sur l'affaire Trochin a fait référence à Origène ? Tu as raison, ce n'est pas ordinaire !

Une cloche sonna la demie.

— Je dois être à pied d'œuvre à neuf heures, dit Charles, j'ai rendez-vous avec... je ne sais plus qui ! L'assistant assurera les visites, je ne me sens pas de les faire... La folie, la folie, toujours la folie... Je suis très fatigué.

Le brouillard ne se dissipait pas et le jour se levait péniblement. Charles, le nez au carreau, pesta :

— Foutu temps ! Et s'adressant à moi : que comptes-tu faire aujourd'hui ?

— J'ai rendez-vous avec le flic dans la matinée. Je ne sais pas encore si je rentre à Paris ce soir.

— Fais ton possible pour rester, qu'on fasse quelques parties d'échecs, des blitz, histoire de ne penser à rien !

— J'ai pas le cœur à jouer...

— Tu faisais le malin, il y a un instant : « le jeu comme remède à l'angoisse » ; j'ai du Valium dans ma pharmacie !

— Ce produit me donne envie de jouer ! Tu ne trouves pas ça étrange ? J'en ai d'ailleurs entendu une bonne : il paraît qu'il existe un antidépresseur qui fait jouir quand on bâille !

— Je ne prescris que celui-là ! Si tu restes, ce soir, je t'en refilerai une lichette !

Il se tourna vers Geneviève et, le regard tendre, l'interpella :

— Alors, psychologue de mes deux : tu bouges ton popotin ? Viens t'occuper des déglingués, il en reste quelques-uns à achever ! Pourquoi ai-je recruté des psychologues ? Des pipeuses, ça aurait été mieux pour tout le monde !...

Agitant son index pour lui signifier qu'il ne perdait rien pour attendre, elle joignit la parole au geste :

— Toi, l'obsédé, le lubrique, je vais t'anéantir ! Tu es prévenu !

— Existe-t-il quelque part, sur la terre ou au ciel, une vraie bonne salope ? demanda-t-il en louchant, les mains jointes.

Annette gloussa voluptueusement. Il murmura tendrement :

— Mes mots te touchent, hein ? Quel irremplaçable organe que l'oreille ! Mais qu'ai-je de plus que les autres pour te faire un effet pareil, hein ?

— Comme tu le dis si bien, mon amour, la réponse n'est pas dans ton pantalon ! lui répondit-elle, les paupières mi-closes et l'air canaille.

L'air docte, j'ajoutai :

— Si la mort n'était pas dans le coup, Annette ne serait pas aussi titillée !

Il y eut un moment de malaise, et je regrettai de m'être laissé aller à raconter n'importe quoi.

— Octave, me dit Geneviève, si vous n'avez rien à faire entre midi et deux, passez me prendre, on ira casser la graine à l'internat.

J'acquiesçai. Neuf heures sonnaient.

— Ce son est lugubre, marmonnai-je.

— À qui le dis-tu ! me rétorqua Annette. Un jour, dans pas longtemps, je vais aller déglinguer cette mécanique ! C'est l'horloge de la chapelle, elle a été réparée il y a quelques mois, elle est à huit cents mètres à tout casser, juste à côté du service de Trochin. Je n'aime pas cet endroit. Cette petite église jouxte le mur d'enceinte ; on doit pouvoir se tirer en passant par là... Avec le temps qu'il fait aujourd'hui, c'est l'endroit idéal pour tourner un film d'épouvante !

J'étais étonné :

— Il y a une sortie, là ?

— Non, répondit Charles, une entrée ! Il y a bien une porte, mais elle donne sur le cimetière communal.

Charles et Geneviève disparurent dans le brouillard qui ne se décidait ni à se dissiper, ni à décoller du sol.

— Charles s'est couché dans un état ! me dit Annette, les yeux au ciel. Il n'a pas cessé de se tourner et de se retourner ; il n'a pas fermé l'œil de la nuit ! Il a raison, cette histoire n'a rien de drôle. Il a très peur qu'on te fasse la peau ! Tu veux un autre café ? Ah ! ton téléphone... réponds, je prépare le jus.

— Octave Lepgorin ? Gambié. Je viens de visionner la cassette : c'est du sérieux ! Je vous prie de croire que j'en ai vu dans ma carrière, mais là c'est le pompon ! Je me rends dans le service de Trochin, j'y serai dans dix minutes à tout casser, pouvez-vous m'y rejoindre ? Je peux aussi passer vous prendre...

— Je vous rejoins, répondis-je.

— C'est à sept ou huit cents mètres, me dit Annette, au seuil de la maison. Elle m'indiqua la direction à suivre en pointant son index dans la brume. Tu suis le sentier qui démarre juste derrière l'immeuble de Geneviève, à trois cents mètres d'ici tu vas tomber sur un petit bois, un gros bosquet, tu suis le layon, une petite descente et tu y es ! Mais si tu préfères ne pas te geler les bonbons, tu peux t'y rendre en voiture. Tu fais demi-tour et... Suis-je bête : tu connais !

— Une petite marche va me faire du bien. À Paris, je ne respire que des gaz d'échappement le jour et la fumée des salles de jeu la nuit. Espérons que cet air pur ne me rendra pas malade !

La brume s'élevait, mais ne se dissipait pas. Les cimes des arbres centenaires étaient invisibles. J'y voyais à quinze ou vingt mètres, mais la visibilité augmenta lorsque, me baissant pour ramasser un marron, je regardai par-dessus mes lunettes. Je m'étais souvent fait avoir par la condensation sur les verres de mes lunettes. Combien de fois n'avais-je pas entendu mon ex me dire à l'heure de la soupe ou du café : « Eh... tu y vois avec des verres aussi embués ? » Venant de moi, rien ne la faisait plus rire... hélas.

Je suivais un chemin tortueux, hésitant, caillouteux et étroit, des feuilles en décomposition jonchaient le sol. Entre des bouquets d'arbres dénudés, des massifs de plantes et d'arbrisseaux à feuillage persistant faisaient par endroits la nique à l'automne. Dans le petit bois, une cascade de grosses gouttes me fit faire un écart ; je me dis que le ciel était innocent, que le coupable était un coup de vent, un sanglot dans les ramures trempées. Pourtant, tout semblait parfaitement immobile. Les branches défeuillées de marronniers géants et de bouleaux livides canalisaient sans pertes et calmement leurs recettes à leurs troncs, comme des chéneaux aux boyaux de descente. Par-ci par-là, des branches rebelles dont la courbure indiquait leur penchant pour le sol finissaient en gargouilles tarabiscotées. En examinant attentivement les arbres, je découvris que la nature ne connaissait pas le larmier.

Au sortir du bois, je surplombais l'imposante bâtisse : deux blocs pouilleux de trois étages accolés au mur d'enceinte, enchâssant un sinistre pavillon de pierre chapeauté d'ardoises. Ce bastion, qui n'était que nuances de gris, emprisonnait une cour vide. Je distinguais la petite cafét' que j'avais fréquentée. Cent mètres plus bas, le sentier rejoignait la route qui desservait le fortin. En dix ans, mis à part le gris qui avait prospéré comme un lierre, rien n'avait changé.

La brume avait laissé la place à un ciel bouché et la pluie tombait, dense et froide.

L'entrée principale du service de Trochin n'était pas libre d'accès. Il fallait sonner et patienter sous une marquise trop haute et trop étroite pour protéger complètement de la pluie quand le vent tourbillonnait un tant soit peu. Le même marteau agressa le même timbre. Je reconnus le son sec et cristallin de leur contact haineux, qui, à l'époque déjà, me donnait à penser que je dérangeais. J'attendis un moment, puis j'appuyai rageusement et à répétition sur le bouton, avec le désir d'entendre cette sonnette se détruire. Deux hommes et une femme sortirent d'une même voiture et entrèrent dans la bâtisse par une porte de service. J'entendis nettement le double claquement du pêne se dégageant de la gâche, puis le même bruit après que la porte se fut refermée derrière eux. Le plus âgé des hommes, un rougeaud charpenté à la voix de mêlé-cass, m'avait toisé avec l'air rogue et buté d'un gardien de square veillant à ce que les morpions qui jouent et trottinent ne squattent pas sa pelouse.

Une quinzaine de voitures étaient garées sur le parking qui faisait face à l'entrée. Je n'entendais que l'élégie d'une gouttière encombrée. L'endroit était tranquille, trop.

Une obèse à l'air revêche, affublée d'une moustache d'adolescent, se tenait face à moi. Son bas-ventre en proue, comme la tête d'un monstrueux comédon, bouchait l'entrée. Elle avait de petits pieds, et j'hallucinai la masse fessière qu'il lui fallait pour faire contrepoids et tenir la verticale sans risquer la chute en avant.

— C'est pour quoi ? me demanda-t-elle, en continuant à mâchouiller ce qui manquait d'un sandwich-pâté. Et sans attendre ma réponse : les visites, c'est jeudi, samedi, dimanche, de quatorze heures quinze à dix-neuf heures, et vous devez d'abord téléphoner au surveillant pour avoir l'accord du docteur !

Le propos cocotait la terrine de lapin.

— Ah ! On ne peut pas téléphoner directement au docteur pour avoir l'accord du docteur ? Le tiers est incontournable ?

— Hé ?

— J'ai rendez-vous avec Mathieu Gambié.

— Jamais entendu ce nom-là !

— Vous ne pourrez plus le dire !

— J'ai pas le temps de...

— J'ai rendez-vous avec le flic qui est ici. Alors arrêtez de bouffer et renseignez-vous ! Allez, au travail ! Bougez-vous !

La mégère était sensible aux ordres donnés sur un ton péremptoire. Son cou de dindon ballotta mollement. Après s'être effacée, alors qu'elle allait refermer la porte derrière moi, je vis ses énormes fesses se balancer au rythme de sa démarche en canard qu'imposaient les frottements de son entrecuisse encombré. Elle disparut derrière une porte qu'un bras mécanique condamnait inexorablement à la fermeture. Je me rappelai qu'il fallait en franchir trois, solidement verrouillées, pour parvenir à la cour et accéder à la cafétéria.

La matonne reparut en compagnie du rougeaud que j'avais vu arriver quelques minutes auparavant. Cette trogne rubiconde me disait quelque chose.

— L'inspecteur est avec le capitaine de gendarmerie dans le bureau du docteur Trochin, il vous attend : suivez-moi !

Les deux chefaillons portaient chacun sur leur blouse blanche un ceinturon de cuir auquel était accroché un impressionnant trousseau de clés. Des images me revenaient, et avec elles le même malaise.

— Vous êtes de la police ? me demanda-t-il.

— Il pèse combien votre trousseau de clés, un kilo, deux ?

— Quand même pas, mais dans l'temps, ça devait bien faire ça !

— On a gagné en poids grâce à l'aluminium, mais pas en liberté d'aller et venir, hein ?

Il se renfrogna et me fit signe de le suivre. La grosse le menaça la bouche pleine :

— La terrine est à l'office, j'te conseille de t'magner le train, ça grouille autour !

La porte, traversée d'un large mouchard, ouvrait sur une grande salle dallée dont les murs étaient tapissés d'aquarelles et d'huiles folles, du grand art :

des corps difformes, des contrefaits aux visages ravagés, des maisons sans proportions ni limites, d'apaisantes éclaboussures et d'enfantins gribouillis et barbouillages. Plus que des œuvres d'art, on exposait ici l'irréfragable preuve que les peintres internés étaient fous.

Il faisait très chaud, une odeur âcre que j'avais oubliée me prit à la gorge. L'air, pestilentiel, stagnant, était saturé de relents de mauvaise cuisine, de pisse et d'excréments, de sueur et de Javel. Tous les deux ou trois pas, l'exhalaison dominante changeait. On ne parvenait à l'anosmie qu'en faisant du surplace et en inspirant deux ou trois fois à fond ; le moindre courant d'air charriant des effluves en bouffées rendait l'opération vaccinale quasiment inefficace.

Une vingtaine de lourdes chaises faisaient face à une télévision qui trônait en hauteur. Tous les teints étaient cireux. Un zombie avachi, au regard vide, exhibait sa langue ; un autre, sans âge, comme crucifié, glougloutait les yeux rivés au plafond. Les bouches étaient pâteuses et débordantes d'écume. Les lèvres, chargées aux commissures d'une vase marron, n'autorisaient que des sourires de lépreux. Toutes les mains tremblotaient. Je songeais aux effets secondaires du Cogécinq et aux spécialités de la même veine. Une question toute bête me traversa l'esprit : secondaires à quoi ?

— Le pavillon des hommes, me dit le bonhomme.
— Toujours pas de mixité ? lui demandai-je.
Il ne me répondit pas.

Le premier étage était occupé par des bureaux ; nous étions au cœur de la vieille bâtisse.

Les noms étaient inscrits sur les portes. Le bureau des surveillants jouxtait celui de l'adjoint. Au fond du couloir en impasse, se trouvait l'antre de Trochin.

La disposition était toujours la même. Un bureau imposant séparait un fauteuil de PDG de chaises spartiates. La bibliothèque réactionnaire raviva mes mauvais souvenirs : Louis de Bonald, Joseph de Maistre, Maurras, Taine, Galton. Sur l'étagère du haut, des ouvrages de psychiatrie dont les auteurs auraient pu faire copains-copains avec ceux des livres du dessous. À hauteur des yeux, Trochin avait rangé des bouquins de comportementalistes et de sexologues, tandis qu'Adler et Jung, les fils maudits du père de la psychanalyse, se côtoyaient.

Gambié me fit un signe amical de la tête. Il retournait les tiroirs et lisait à la va-vite tous les papiers qui lui tombaient sous la main. Il fixa le maton qui, ne pouvant pas s'en empêcher, me surveillait du coin de l'œil :

— Votre nom déjà ?

— Gendron.

— Vous faites quoi ?

— Surveillant...

— Chef ?

— Non, surveillant.

— Où est le médecin-chef adjoint ?

— Pas arrivé, inspecteur.

— Et le surveillant-chef Fouillard ?

— Pareil... C'est rare qu'ils ne soient pas là l'un et l'autre à huit heures tapantes... et il est bientôt dix heures !

— Téléphonez chez eux !

— C'est fait. Ils ne répondent pas...

— Et le surveillant-chef de nuit ?

— Il a dû partir comme d'habitude vers six heures.

— Ils habitent où ?

— Le surveillant de nuit habite dans une résidence à l'entrée de Prémont, le docteur Groffin a une maison qui touche celle du docteur Trochin, à trente mètres à gauche en sortant d'ici, et M. Fouillard occupe un appartement en ville.

— Ils vivent seuls ?

— Tous célibataires.

— Vous dites que Groffin et Fouillard sont des gens ponctuels. Ils sont là tous les jours que fait le bon Dieu à huit heures tapantes ?

— Sauf pendant les vacances...

— Hier, à quelle heure sont-ils partis d'ici ?

— Ils mangent vers treize heures dans la pièce à côté. Ils partent vers seize heures trente et ils repassent le soir.

— Et hier soir, ils sont repassés ?

— Je ne sais pas, je quitte à dix-sept heures et je ne les ai pas vus de la journée. Ils étaient certainement chez les femmes. Hier, c'est l'assistant et un interne qui ont fait la visite chez les hommes.

— Chez les hommes ?

— Ici, vous êtes aux Marronniers, le service des

hommes. Les femmes sont dans l'autre aile, aux Charmilles.

— Ah... Ce n'est pas mixte ici ?

Le surveillant resta muet. Gambié reformula sa question :

— Hommes et femmes ne sont pas ensemble ?

— Non, sauf dans la cour et à la cafétéria.

— Je n'aime pas ça, grommela Gambié, je n'aime pas du tout ça !

Le doute planait sur ce qu'il n'aimait pas.

— Allez jeter un œil chez Groffin... Vous avez les clés de chez lui ?

— Les femmes de salle les ont... Elles ont aussi celles du docteur Trochin et de M. Fouillard.

— Elles font aussi le ménage chez vous ?

— Heu... non.

— C'est sans doute parce que vous n'êtes pas assez chef ! Allez jeter un œil chez Groffin et Fouillard !

— Moi ?

— Oui, vous ! Et portez-moi la clé de la bicoque de Trochin.

— Mais j'ai pas le droit, inspecteur...

— Je vous le donne, Gendron, je vous le donne !

— Mais !...

— Le capitaine des gendarmes de Prémont ici présent vous le donne aussi. Allons, dépêchez-vous ! Je crains qu'il n'y ait de la promotion dans l'air, alors, ce n'est pas le moment de vous mettre quelqu'un comme moi à dos ! Ah, donnez-moi le nom, l'adresse, et le téléphone du surveillant de nuit.

— M. Mareigne... Regardez dans ce carnet !

Il désigna du doigt un agenda posé sur le bureau. Gambié le feuilleta :

— Mareigne... Mareigne... Le voilà ! Très bien... il y a tous les numéros et toutes les adresses là-dessus.

Il mit le calepin sous le nez du surveillant et lui demanda :

— Tous les noms des employés du 23e secteur y figurent ?

Gendron tourna les pages une à une en humectant à chaque fois son index boudiné avec sa langue de bœuf. Gambié avait l'air écœuré et sa mauvaise humeur allait croissant :

— Vos malades ont la langue bien chargée... Histoire de vous économiser la salive, vous voulez que j'en fasse monter un ? C'est vrai, quoi, pourquoi les laisser à ne rien faire alors qu'on pourrait les employer à coller les timbres ?

Le surveillant referma le carnet d'adresses.

— Il ne manque personne. Il y a aussi les noms des autres médecins-chefs ; et puis il y a des noms que je ne connais pas, des amis sans doute.

— Vous lui connaissiez des amis, à Trochin ?

— Oui...

— Combien ?

— ... J'en ai vu un une fois !

— Comment se nomme-t-il ?

— J'sais pas, inspecteur, j'crois qu'il est docteur à Paris.

— Faites ce que je vous ai demandé, et revenez dare-dare ici ! Commencez par vous rendre chez

Fouillard, et sitôt arrivé, appelez-moi. Voilà mon numéro.

Le gendarme prononça quelques mots à l'oreille de Gambié, qui acquiesça. L'inspecteur se tourna vers le surveillant :

— Emmenez un collègue avec vous, qui vous voulez !

— Vous pensez qu'il est arrivé quelque chose au docteur Groffin et au surveillant-chef ? demanda le gendarme.

— J'espère que non, répondit Gambié. Et, comme s'il découvrait ma présence : vous n'avez pas craint pour votre vie, vous avez dormi sur vos deux oreilles, la nuit dernière ?

— Bof, je n'ai pas peur pour mes oreilles !

Il sourit. Le gendarme resta impavide.

— Ah, je n'ai pas fait les présentations : Octave Lepgorin, le capitaine Grandjeu de la gendarmerie de Prémont.

La cinquantaine, grand et mince, le crâne rasé, il se tenait droit comme un « i ». Le képi à la main, il me toisa avant de s'exprimer :

— La vidéo, c'est vous ?

— Que voulez-vous dire ?

— C'est à vous que le criminel l'a remise, et c'est bien vous qui avez appelé la caserne hier soir ?

— Oui. C'est aussi chez moi que le docteur Trochin a été déposé.

Il me fixa avec insistance, l'air un brin désapprobateur, comme si j'étais personnellement impliqué dans ce qui venait de se produire. Il n'avait pas complètement tort ce gendarme, se trouver au mauvais endroit était une faute qui méritait d'être relevée. Combien de fois avais-je entendu des joueurs de poker fulminer : « Dès qu'untel est derrière moi, toutes les mauvaises cartes se retournent ! » Le gendarme n'aurait pas été gendarme s'il n'avait pas pensé que, lorsque le hasard se met à mal faire les choses, le coupable est le témoin.

— J'ai deux adjoints qui rappliquent, me dit Gambié. L'administration hospitalière va enquêter. On connaît le mobile du meurtre, et le... ou les criminels nous informent de leur intention de ne pas s'en tenir là. C'est vraiment une histoire de fous !

— L'autopsie de Trochin a-t-elle révélé quelque chose ?

— J'attends le compte rendu. Ce dont on est sûr, c'est qu'il a été opéré... bien opéré : plus de pénis, plus de testicules, pas de vagin artificiel...

— Pas de vagin artificiel ! Vous en êtes certain ?

— Ça vous étonne ?

— Oui. J'ai encore en mémoire les propos du meurtrier. Vous l'avez entendu comme moi : « ... votre température vaginale est de 37,6 » et « les démons forniquent mais ne sodomisent pas ! ». Il semble que les suppôts de Satan honnissent les péchés commis *extra vas debitum*... J'ai tout bêtement pris au pied de la lettre la promesse de *plus de jouir* faite à Trochin.

— *Plus de jouir*... Vous trouvez qu'il n'a pas assez joui comme ça ? me demanda Gambié, l'air navré.

J'étais gêné. Il reprit :

— Hormones féminines : des seins naissants... Trochin a été massivement drogué, mais je ne sais pas encore avec quoi. On l'a déposé chez vous sans ameuter le quartier. Les collègues ont interrogé vos voisins et les commerçants alentour. Rien, absolument rien, que dalle ! Quant aux causes de sa mort, je pense qu'on peut se fier à la parole du meurtrier : il a dit cyanure, c'est cyanure... On m'a dit qu'il y a une cafétéria ici, trouvons-la, je n'ai pas ma dose de caféine.

Le gendarme reçut le message de Gambié en pleine poire et le fixa en fronçant les sourcils.

— Je suis également en manque de nicotine, ajouta Gambié en sortant sa bouffarde.

Puis, fixant à son tour le gendarme, il ajouta d'un ton exagérément confidentiel :

— Le matin, je ne fume que la pipe et l'après-midi des américaines ; croyez-vous que l'inverse serait plus raisonnable ?

Le gradé ne broncha pas.

— Vous nous accompagnez à la cafétéria, capitaine ?

— J'ai à faire, inspecteur.

— Alors à plus tard... Ah ! il est préférable que les circonstances de la mort du docteur Trochin, je parle de sa mutilation et de son martyre, restent confidentielles.

— Cela va sans dire ! Messieurs...

Il fit demi-tour sans saluer. Gambié, avachi dans le fauteuil de Trochin, la tête ennuagée de gris, alternait profonds soupirs, bruits de bouche et mimiques désabusées. Je baissai les yeux et fixai la moquette. Deux mollets maigres, variqueux et poilus, surmontés d'une blouse grise vinrent occuper mon champ de vision. Une voix aigre claironna :

— Les clés, pour monsieur l'inspecteur !

La femme tourna les talons avant que j'aie levé les yeux. Je me dis que je ne connaîtrais jamais son visage, et j'éprouvai un regret dont j'étais coutumier.

— Vous êtes déprimé, vous n'êtes pas dans votre assiette ? me demanda aimablement Gambié. Et sans attendre ma réponse, l'adjoint et le surveillant qui sont absents alors qu'ils arrivent toujours à huit heures tapantes... C'est très inquiétant !... Si je ne trouve pas rapidement le moyen de changer cette mélodie, je vais craquer et réduire mon portable en morceaux ! Allô... Fouillard n'est pas chez lui... Son lit n'est pas défait... Dort-il parfois ailleurs ?... Vous ne savez pas... Aucun désordre dans l'appartement... Allez jeter un œil chez Groffin et retrouvez-moi à la cafétéria. Et ne touchez à rien !

Le flic me prit à témoin :

— Si Fouillard n'est pas là, c'est sûrement qu'il est ailleurs ! Voilà une piste, ou je ne m'y connais pas ! Ici, ce n'est pas la normalité qui encadre la folie, mais la connerie !

— Vous n'avez jamais la tête ailleurs, inspecteur ? Il ne vous arrive jamais de laisser pisser ?

Il décocha une série de pichenettes dans le corps de sa pipe. La dernière, plus appuyée, presque violente, fit jaillir de la cendre du fourneau qui, en retombant, lui arracha un petit cri :

— Aïe !

— Vous voyez !

Il sourit :

— Et ce café ? Si les chefs se font servir la bouffe ici, on devrait pouvoir obtenir un petit noir ! Il avisa une personne dans le couloir. Appelez-moi l'assistant, l'interne et aussi une infirmière ! Pourquoi ? Mais parce que ! Il se planta devant moi. Pourquoi voudrait-on vous tuer ?

Je lui fis part de mes réflexions et de mon activité passée.

Un petit homme frappa à la porte. Comme elle était grande ouverte, il était entré, et pour frapper nous avait tourné le dos. Au piquet, il attendit sans impatience qu'on l'autorise à nous faire face, mais n'entendant aucune réponse, il jeta des coups d'œil sournois par-dessus son épaule avant de se permettre la volte-face. Trente-cinq ans tout au plus, presque chauve, le front bas, chétif, pâle et l'air un peu niais, il se présenta en postillonnant :

— Je suis l'assistant du docteur Trochin... On vient de m'apprendre qu'il est mort !

— Il a été assassiné. Je suis l'inspecteur Gambié, chargé de l'enquête : votre nom ?

— Fonteville.

Le médecin ne semblait pas affecté par la nouvelle.

— Vous travaillez dans ce service depuis longtemps ?

— Six ans, avant j'étais interne. J'ai huit ans d'ancienneté dans la maison.

— Hier, avez-vous vu MM. Groffin et Fouillard ?

— Nous avons déjeuné ensemble et nous nous sommes séparés à treize heures trente-sept.

— Trente-sept... Vous êtes sûr ?

— Trente-sept pile ! J'ai un tic, je regarde ma montre tout le temps ! C'est une Zobson, sa précision, tenez-vous bien, est de sept nanosecondes par mois ! Dans quatre millions d'années, elle aura donc...

— Quelle heure avez-vous ?

— Dix heures quarante-huit minutes trente-neuf, trente...

— Non ! quarante après trente-neuf, affirma Gambié, l'air amusé.

— Quarante-trois...

— J'ai compris... Vous avez gagné ! MM. Groffin et Fouillard sont absents ce matin, avaient-ils rendez-vous à l'extérieur ?

— Ils n'ont de rendez-vous qu'ici ! Ils arrivent tous les matins à huit heures au plus tard. En huit ans, je n'ai jamais vu ça ! Je ne sais pas si vous le savez mais en tant qu'assistant, c'est moi qui dirige le service en l'absence du médecin-chef et de l'adjoint !

Gambié posa sur lui un regard mi-admiratif, mi-amusé et lui demanda :

— Et, c'est la première fois ?

— Heu... oui.

Au seuil du bureau stationnaient un jeune onychophage et une infirmière à l'air dur et buté.

— Est-ce vrai, demanda le garçon, que le docteur Trochin est mort ?

— Vous êtes ?

— L'interne.

— Il a été assassiné.

— Qui l'a tué ?

— On n'en sait rien encore... Savez-vous où sont Fouillard et Groffin ?

Le jeune homme gonfla ses joues et fit signe que non. L'infirmière l'imita.

— Madame, dit l'inspecteur, il y a urgence, pouvons-nous avoir du café ?

L'assistant aboya :

— Qu'on le serve à côté !

Je ne connaissais pas le salon dans lequel l'assistant nous invita à entrer. Luxueusement aménagé, il était comme une parenthèse, une oasis au milieu d'un enfer : télévision grand écran, magnétoscope, chaises et fauteuils confortables. Cette pièce ne devait accueillir que les hauts gradés et les invités de marque. Deux fenêtres donnaient sur la cour. Il pleuvait à grosses gouttes et, sur le carré d'asphalte, une infirmière recouverte d'une lourde capote se hâtait vers l'entrée, le nez dans un panier en osier semblable à celui des ouvreuses de cinéma. Il supportait deux douzaines de petites boîtes transparentes, chacune étiquetée d'un sparadrap et bourrée de cachets colorés. Les comprimés, bleus, rouges, jaunes et verts, avaient chacun leur ciboire. Dans ce sinistre endroit, les couleurs n'étaient délivrées que sur ordonnance. Le bouquet bigarré et papillonnant s'éclipsa sous mes pieds, et tout ne fut plus que nuances blafardes.

Je restai le nez au carreau un long moment, fasciné par cette cour déserte sur laquelle donnaient une centaine de fenêtres. Toutes les vitres, dépolies et crasseuses, consignaient totalement les regards, tandis que des barreaux et des grilles condamnaient efficacement le choix du vide.

Deux jeunes flics et Gambié tenaient un conciliabule. Gendron, essoufflé, appuyé à la porte, papotait avec l'assistant et l'infirmière. Une femme de salle déposa sur la table de conférence un plateau chargé d'un litre de café, de tasses et de gâteaux secs. L'ambiance était calme, presque sereine, et les manières bon enfant. Ces gens en avaient vu d'autres, il en fallait plus pour leur couper l'appétit. En trois coups de cuillère à pot, il ne resta plus une goutte de café ni un biscuit.

— Alors, Gendron, où en sommes-nous ? lança Gambié à la cantonade.

— M. Fouillard et le docteur Groffin n'ont pas dormi chez eux. J'ai fait mon enquête, personne ne sait où ils sont. Du jamais vu ! La voiture de monsieur le surveillant-chef n'a pas bougé, elle est sur le parking ; le bitume dessous est sec, et j'ai touché le capot : il est froid !

— Félicitations ! dit Gambié. Je devine l'amateur de polar.

— Et la voiture de l'adjoint ?

— Il n'en a pas.

— Messieurs, dit Gambié, l'air très inquiet, à ses

deux assistants, je veux savoir qui les a vus en dernier ! Réveillez le surveillant de nuit. Allez, au boulot ! Et s'adressant à la petite assemblée : je vais vous faire écouter une voix, j'aimerais savoir si l'un d'entre vous l'a déjà entendue.

Gambié dit à l'assistant de tourner l'écran de la télé contre le mur.

— J'ai de bonnes raisons d'agir ainsi, s'exclamat-il. Maintenant, silence je vous prie, écoutez attentivement.

« Au seuil de l'éveil, Trochin ne sait pas où il est... J'imagine qu'en ce moment même... »

L'infirmière, l'interne et le surveillant demandèrent qu'on repasse la bande. L'assistant émit des bruits de bouche, une série de pétarades.

— Écoutez à nouveau, et soyez très attentifs.

Chacun certifia, mimique à l'appui, n'avoir jamais entendu cette voix.

Onze heures trente, mon portable sonna. Geneviève me demandait si, comme convenu, je venais la rejoindre.

— Je suis dans le bureau de Trochin, en compagnie de l'inspecteur qui suit l'affaire. *A priori*, on n'a pas besoin de moi... Oui, il y a du nouveau, je vous raconterai ça tout à l'heure.

Gambié, qui ne perdait rien de ce que je disais, m'interrompit :

— Vous ne repartez pas pour la capitale tout de suite ? J'ai à vous parler ! Mais les événements se précipitent et je dois parer au plus urgent.

— Je ne rentrerai à Paris que ce soir, à minuit au plus tard.

— Alors retrouvons-nous ici même à dix-sept heures !

J'acquiesçai. Et, me faisant signe d'approcher, il me murmura à l'oreille :

— Je préférerais que vous ne vous baladiez pas seul dans les parages, je crains que vous ne soyez en danger !

Je confirmai à Geneviève que je venais la rejoindre. Elle m'indiqua inutilement la route à suivre.

Il ne faisait plus que pleuvoter. Un vent d'ouest s'était levé et de lourds nuages noirs obstruaient le ciel. Le soleil, qui laissait voir son limbe dans une trouée fugitive, glissait dans la nuée comme une étrave fend la houle. Soudainement absorbé, le jour sembla tomber d'un coup.

À l'embranchement de la route principale et du sentier qui menait au petit bois, alors que je me retournais, mon regard fut attiré par la condensation d'un souffle sur une vitre ; une ombre légère ballotta avant de s'évanouir. À son point culminant, le sentier surplombait la chapelle et le cimetière. À cet endroit, le mur d'enceinte enserrait une monumentale ferronnerie qui permettait de passer sans détour du lieu de culte à celui de l'éternel repos.

Alors que je contemplais le paysage, un curieux sentiment m'envahit : quelque chose clochait... Je regardai attentivement autour de moi : le décor était fossilisé et il n'y avait pas âme qui vive. Je repris mon chemin sans cesse d'éprouver une impression bizarre.

Je pensai à Groffin, Fouillard, et Trochin. Le réquisitoire du meurtrier du médecin-chef était diablement étayé, précis et digne d'un petit-fils de Freud. Le seul hic, me dis-je, tenait à la rupture entre sa glose et son monstrueux passage à l'acte. Entre le dire et le faire, quelque chose ne tournait pas rond. J'eus à l'esprit l'image fugitive d'un quarante-cinq tours rangé dans une autre pochette que la sienne.

Le service de Koberg était d'un tout autre genre que celui de Trochin. Il n'avait rien d'une prison. Les portes n'étaient pas fermées à clé et les personnes hospitalisées étaient libres d'aller et venir. À la différence de chez Trochin, le service de Charles était bruyant. Les repas, midi et soir, avaient quelque chose de dionysiaque. Les hallucinés hallucinaient, les délirants déliraient. Par moments, les malades faisaient un tintamarre de tous les diables. Dans le service de Charles, la folie n'était que peu réprimée. Lui souffrait en silence. Il savait que les gestes thérapeutiques n'étaient qu'esbroufe et qu'en faisant taire les fous, en les engourdissant à coups de molécules, il ne les soignait en rien.

Un jour, en verve, il avait lâché à un interne : « Ici, pour humaniser, c'est simple : il suffit de donner moins de médocs, moins de soins, moins de notre temps, moins de tout ! » Il soutenait que la psychiatrie était une science sans théorie. Les médicaments, affirmait-il, donnent à voir les délires qu'ils font taire. Le propos du meurtrier de Trochin était de la même veine.

Dans son service, ça bavait tout de même, mais la salive perlait plus qu'elle ne coulait. À l'entrée, dos au mur, un malade somnolait. Un peu plus loin, deux petits vieux sucraient les fraises. Langage de signes ? Alors leur conversation était animée. J'avais toujours le coup d'œil : en fonction de l'intensité des troubles moteurs, je devinais les posologies des neuroleptiques à incriminer. La grande salle était pleine, il y avait bien des agités, mais le couvert étant mis et les assiettes vides, il était au premier coup d'œil difficile de distinguer le pathologique de l'impatience à soulager une grosse fringale.

Une femme dans la trentaine, desséchée et le cheveu gras, les yeux rivés au plafond et les bras dans la position d'un christ janséniste, balançait son buste d'avant en arrière avec la régularité d'un métronome. Une main tapota mon épaule. Un vieil édenté avec le regard scrutateur et inquiet d'un être traqué accompagna le geste du fumeur en manque, de sons incompréhensibles. Ses ongles cramés et sa peau caramélisée entre index et majeur indiquaient qu'il fumait les cigarettes jusqu'à la douleur.

Dos au mur, il compta et recompta les cigarettes qu'il y avait dans mon paquet.

Dans mon dos, une voix douce me sortit de mes pensées :

— Ce vieux fou est là depuis trente ans ! Trente ans que les mêmes fantômes le hantent !

Je me retournai. Geneviève, pimpante, se tenait devant moi.

— Toute une vie dont chaque instant aura été hanté par la même obsession... N'est-ce pas épouvantable...

— Inutile de parler doucement, me répondit-elle. Non seulement ce délirant est loin de nous, mais il est sourd comme un pot ! Un café ?

— Plutôt un petit restaurant à Prémont ?

Elle m'enserra l'avant-bras des deux mains et colla sa hanche à la mienne.

— Impossible, j'ai à peine une heure devant moi, un rendez-vous de dernière minute. Je n'ai même pas le temps de vous amener à l'internat où la bouffe est bien meilleure qu'ici. Ça vous dérange de manger dans le réfectoire, avec les fous ? Charles ne devrait pas tarder, on peut l'attendre à la cafétéria ?

Le bar était tenu par deux malades très commerçants. À la caisse, des cartons verts numérotés s'échangeaient.

— Vous avez démonétisé l'euro et le dollar ?

— Du symbolique, une référence à l'argent, un lien avec le dehors. Les tickets sont distribués gratuitement chaque semaine. Mais le personnel et les visiteurs n'y ont pas droit. Pour nous, le café et l'eau sont à vingt centimes, et les clopes sont légèrement plus chères que chez le buraliste. Quant à la bibine, elle est interdite !

— Geneviève, pardonnez-moi de sauter du coq à l'âne... Mais tout de même, ce qui est arrivé à Trochin... Comment dire... La compassion n'est pas votre fort !

Elle se renfrogna et prit un air agacé :

— Octave, vous m'avez déjà fait cette remarque une fois ou deux. Sachez-le, je n'ai pas pour habitude de simuler par convenance des sentiments que je n'ai pas. Trochin est mort ? C'est ce qu'il pouvait faire de mieux ! Ce qu'il a subi est une abomination, soit... Mais qu'est-ce que j'y peux ? J'ai si souvent rêvé d'occire ce répugnant personnage... C'est comme si les filles de la Nuit, les Moires, avaient exaucé mon vœu le plus cher ! Restent les autres salauds !

— On pourrait croire que vous êtes dans le coup ?

— Oui. Mais les femmes empoisonnent. Torturer, massacrer, il n'y a que des mecs pour faire des choses pareilles...

— Mon œil ! Un de mes patients, un psychiatre dans la quarantaine, adore aller se faire martyriser par une démone tout cuir méchamment gratinée !

— Octave, vous me navrez ! Mais que racontez-vous ? Ces filles, si loin qu'elles aillent dans la cruauté, maternent ! Elles se donnent un mal de chien, elles se tuent à la tâche pour faire jouir des nostalgiques de la fessée, rien de plus.

Charles s'installa face à nous et me demanda, l'air sinistre :

— Alors... quelles sont les nouvelles ?

— Inquiétantes à souhait... L'adjoint et le surveillant-chef ne sont pas venus bosser ce matin. Au dire de tout le monde, c'est la première fois que cela se produit. Dans le contexte, ces manquements après

tant d'années d'assiduité et d'exactitude, je trouve
que ça pue ! Ils n'ont pas dormi chez eux et la
voiture de Fouillard n'a pas bougé du parking...

Charles soupira.

— J'ai eu je ne sais combien de coups de fil de
collègues ce matin. C'est simple, depuis mon arrivée, j'ai passé tout mon temps au téléphone. Tout le
monde sait que Trochin a été assassiné : c'est un
bled ici, les mauvaises nouvelles circulent à une
vitesse incroyable. Le téléphone arabe... jamais de
panne ! Je n'ai parlé à personne de la vidéo, mais
un gendarme finira bien par lâcher le morceau...
Dans deux ou trois jours, tout le monde saura... Je
suis très inquiet pour les autres zigues !

Il fixa Geneviève en faisant la moue. Elle l'interpella :

— Quelque chose ne va pas ? Tu trouves sans
doute, comme ton ami Octave, que le destin en réa-
lisant mes plus sombres désirs en fait un peu trop ?

— Déconne pas, Geneviève, tu veux... Tu as passé
l'après-midi d'hier avec moi, la soirée avec nous, la
nuit avec Octave, on a pris le petit déj' tous les
quatre et ce matin...

Elle lui coupa la parole :

— Mais je rêve ! Tu ne penses quand même pas
sérieusement que je peux être impliquée dans cette
boucherie !

— Mais qu'est-ce que tu vas chercher ?

— Écoute, mon vieux, pense aux horreurs com-
mises depuis tant d'années aux Charmilles et aux

Marronniers. Ne crois-tu pas que certaines mémoires aient pu échapper à l'effacement ?

— Certes ! Mais que vient foutre Octave là-dedans, tu peux me le dire ?... Ce justicier va tout de même chercher des trucs à la con vieux de dix ans ! Après tout, à la même époque, chez Trochin, tu étais du côté des soignants ! Tu m'as répété cent fois : « Je n'ai pas dénoncé Trochin et son équipe par peur de représailles terribles... » C'est bien pourquoi ce justicier devrait penser à te faire la peau ! Non ?

Elle lui tapota le bras, l'air rageur :

— Charles, depuis le temps que je te parle de ces monstres, tu aurais pu faire ou dire quelque chose, mais tu n'as pas bougé le petit doigt pour la même raison que moi : la trouille ! Pourtant, tu es un homme de poids entre ces murs !

— Geneviève, on ne va pas reprendre cette discussion. À tes reproches, j'ai toujours et invariablement répondu la même chose : la seule personne, je dis bien la seule, qui ait accusé Trochin et son équipe rapprochée de sévices, tortures et viols, c'est toi ! Personne d'autre que toi ! Pas un des martyrs dont tu parles n'a porté plainte, pas un ne les a dénoncés. Ils ne sont pas tous morts les patients de Trochin ! Ils sont tout de même un certain nombre à être rentrés chez eux intacts ! Faut-il encore te rappeler que tu n'as pas été une fois, pas une seule fois, le témoin direct de ce que tu affirmes. Tu te doutais ! Tu subodorais ! Tu étais quasi certaine ! Si j'avais agi, Trochin, Groffin, les surveillants auraient répliqué en disant : « Quelle imagination ! » Deux mots, pas un de plus ! Comme tu as la comprenette difficile, j'explicite : « Koberg délire à pleins tubes ! Il impute aux autres la réalisation de ses propres fantasmes ! » et j'y aurais gagné de passer pour un détraqué, point final ! Depuis combien de temps avais-tu quitté le 23e secteur lorsque tu t'es épanchée à mon oreille, hein ? Trois ans, ma biche !...Trois ans ! Tout ce que j'aurais pu faire avec tes productions cauchemardesques, qui ne sont même pas des souvenirs, c'est aller droit dans le mur ! Il t'a déchiré le cul, Trochin ? A-t-il seulement essayé ? Non ! Alors ne me gonfle pas, tu veux !

J'intervins pour apaiser les esprits :

— Du calme les enfants, du calme ! On mange quelque chose ?

Charles fit signe à une femme de salle de nous servir. Il ne décolérait pas :

— Cette nana ne me lâche pas avec son histoire... Jour après jour elle me bouffe la tête, cette conne ! Trouve-toi un mec, bordel !

Recroquevillée sur sa chaise, les yeux rivés au plafond, elle bouillait de colère.

À deux pas, équipés comme dans un fauteuil de barbier, les deux parkinsoniens que j'avais vus en entrant étaient à table. Leurs tremblotes synchrones étaient nettement affectées par leur fringale et, s'ils sucraient les fraises avec une certaine régularité, les amplitudes de leurs saupoudrages, elles, connaissaient des variations extrêmes. À tout moment, un geste paroxystique totalement imprévisible catapultait du minestrone à bonne distance. L'un des vieux, deux fois sur trois, se versait dessus tout ce que contenait sa cuillère et, une fois sur trois, parvenait à sauver le tiers de ce qu'elle contenait. Je comptais : déperdition huit neuvièmes, pas loin de 89 %. L'autre, qui ne parvenait pas à se nourrir, semblait exprimer sa méchante humeur dans une gestuelle primesautière qui, sur sa droite et incomplètement dans son dos, le rendait inabordable.

Les cuillères faisaient sonner les assiettes comme autant de cloches et le bruit se faisait de moins en moins sourd à mesure qu'elles se vidaient.

— La cloche !...

Geneviève et Charles me fixèrent d'un drôle d'air.

— Quoi, la cloche ?... marmonna mon pote.

— Elle fonctionne bizarrement ! Tout à l'heure, en repartant de chez Trochin, je me suis retourné sur le sentier pour regarder la petite chapelle et j'ai pensé : il y a quelque chose qui cloche... Eh bien ce qui cloche, c'est qu'elle ne sonne plus les heures depuis que je suis parti de chez toi ce matin !

— Tant mieux, dit Charles, je la déteste, elle me fout le bourdon ; une corne de brume, c'est de la gnognote à côté. Elle sonne la camarde, on l'entend d'ici, tu imagines ! Je devrais laisser Annette la détruire ! Mais qu'est-ce que tu racontes ? Écoute ! (*Bong... Bong...*) Pour fonctionner, elle fonctionne !

Je me rendis à l'évidence. Après un moment, Charles reprit :

— Treize... quatorze... ça fait beaucoup !

— Pas pour un enterrement, répondit Geneviève.

— On enterre entre midi et deux ?

— La preuve, me répondit Charles. Il ajouta, l'air songeur : pourquoi cette cloche ne fonctionnerait-elle que pour les services funèbres ? Il n'y a pas de raison...

— Si : un mécanisme qui actionne un marteau pour le temps qui passe et de l'huile de coude pour les cérémonies ! Le son est nettement plus grave que celui que j'ai entendu ce matin... Le bedeau en fout un coup : elle a sonné au moins trente fois. Geneviève a raison, ce sont des obsèques.

— Mais non, répondit-elle, l'air mauvais, je ne suis qu'une niaise à l'humeur fantasque ! J'ai entendu la cloche, mais ce n'est qu'un bruit, de là à ce qu'on enterre réellement quelqu'un, il y a un monde !

— Tu roupilles à la maison cette nuit ? me demanda Charles, qui ne releva pas.

— Non. J'ai des rendez-vous demain après-midi et je t'avoue qu'ici, je ne me sens pas dans mon assiette. À vrai dire, je crains que ce ne soit pire encore chez moi. Que veux-tu, quand on est mal dans sa tête, il n'y a pas d'« ailleurs » ! Fouillard, Groffin, je crains le pire...

— Tu me fais peur... Tu n'as pas eu d'appel ?

— Non. Tant que le contact avec ce mec est télé-phonique...

— Je ne peux rien avaler et j'ai mille trucs à faire, soupira Charles en se levant. De toute façon, on casse la graine ensemble ce soir !

Geneviève, les yeux clos, les mains croisées sur

son pubis, le menton en galoche et la lippe imperceptiblement tremblante, semblait sur le point de se laisser aller à un chagrin d'enfant.

J'avais terminé les crudités lorsqu'elle sortit de ses pensées. Elle pleurait et j'eus le désir de licher ses larmes. C'était plus fort que moi, les femmes d'humeur chagrine m'émoustillaient, et les veuves éplorées, fussent-elles d'acariâtres douairières, éveillaient en moi d'obscurs désirs.

Un jour, aux obsèques d'un joueur de poker qui avait définitivement passé la main, je fus fasciné par sa veuve : une veuve si veuve, si élégante, si sombre... Je m'étais demandé si elle portait des bas ou des collants, si ses ongles étaient vernis sous ses gants noirs et, durant toute la cérémonie, j'avais guetté dans ses moindres mouvements la preuve qu'elle portait des jarretelles et non des collants. Elle avait levé son voile pour les embrassades et, à l'abri sous son chapeau à large bord, j'avais susurré à son oreille quelques mots ambigus et lui avais remis ma carte.

Quelques mois plus tard, sa toilette noire au rancart, il ne subsistait plus de son grand deuil qu'un soupçon d'affliction, rien de très bandant. Cette bizarrerie s'était cristallisée à l'occasion d'une bacchanale à laquelle j'avais été convié. Une femme tout en noir, le must de la veuve, à quatre pattes sur un pouf, avait mis son popotin en libre-service. Derrière le voile de satin de l'insatiable créature, je distinguais un fascinant et inaltérable sourire. J'étais resté à l'écart de la file d'attente. Les garçons, à la queue leu leu, la baisaient puis se rebraguettaient la mine sombre. Lorsqu'ils enfonçaient sauvagement leurs doigts dans sa croupe, elle se gondolait et déclamait d'une voix sourde : « Sais-tu de qui je suis la mère ? » et pour toute réponse, ils l'empalaient avec une violence inouïe qui lui extirpait un cri rauque, presque mâle.

— Où êtes-vous donc ? me demanda tendrement Geneviève.

— Pardon... un moment d'absence, une rêverie... Je songeais à un succube, une sorte de fantôme tout de noir vêtu, une sainte femme en vérité qui connaissait les ressorts du désir.

— Octave ! Vous trouvez que le moment est bien choisi pour avoir des pensées pareilles ? Votre vie est menacée et, au lieu de vous inquiéter, comme le ferait tout être sensé, vous songez à une fantomatique jouisseuse !

— Vous avez raison. Je fais un loto demain : donnez-moi des chiffres au hasard !... J'ai revu cette diablesse quelques années plus tard dans un séminaire de psychanalyse. J'ai reconnu son sourire, j'ai immédiatement su que c'était elle ! Le désir... quelle énigme ! Une femme qui croit ne plus être désirable tient ceux qui la désirent tout de même pour des pervers ! Comme si on ne l'avait jamais baisée que parce que, jeune et belle, elle en valait la peine ! La beauté n'est pas bandante... Geneviève, je pense à l'adieu aux talons hauts, aux bas et aux jolies petites culottes, à ce moment de la vie d'une femme où le jeu du désir sombre dans le confort canonial de la vêture épaisse, de la semelle de crêpe, et du collant orthopédique !

— Je n'ai jamais entendu choses pareilles ! Vous êtes un détraqué, Octave... vous... vous êtes très décalé, mon vieux !

— J'insiste, donnez-moi des chiffres pour mon loto !

— Vous êtes à la masse ! Mais pourquoi pas, allons-y ! Quatorze... quatre-vingts... Suis-je bête, c'est trop ! Hum... Quatre ! Encore ?

— Non, parfait, je compléterai.

— Octave, vous êtes un original !

— Vous pensez vraiment que je ne ressemble à rien ?

— J'ai dit ça ?

— Tout juste !

La cloche tinta une fois. Je pris Geneviève à témoin :

— Voilà qu'elle sonne la demie, elle remarque... Vous avez entendu, ce coup-ci, le son était aigu et ne portait pas !

— Que comptez-vous faire cet après-midi ? me demanda-t-elle.

Mon téléphone couina :

— Gambié... Pas de message ? Le rhéteur qui tue ne vous a pas téléphoné ?

— Non, rien. Et de votre côté ?

— On vient de retrouver le corps du surveillant de nuit avec une dizaine d'aiguilles à tricoter en aluminium dans le corps. Il a été assassiné dans son parking. Le médecin légiste examine en ce moment même le cadavre. À première vue, il est mort vers sept heures ce matin, il y a une mare de sang à côté de la portière conducteur de sa voiture. Son cadavre a été placé entre les banquettes avant et arrière. Aucun témoin ne s'est manifesté. On est toujours sans nouvelles de Groffin et Fouillard... Faites attention à vous, je préférerais que vous ne vous déplaciez pas seul dans l'asile, restez chez votre ami Koberg, je vous y retrouverai tout à l'heure.

— Vous avez fouillé la maison de Trochin ?

— Pas à fond. Pour le moment, nous cherchons les deux disparus.

La cloche sonna. Deux coups sourds.

— Ça, c'est le battant, pas le marteau ! m'exclamai-je.

— Que dites-vous ? grommela l'inspecteur.

— Pardon, je parlais à une amie.

— Quelles sont les nouvelles ? me demanda Geneviève.

— Les Moires vous ont toujours à la bonne... La sœur d'Atropos a planté ses aiguilles à tricoter dans le corps du surveillant de nuit ! Il en est mort !

— Mareigne... Et les deux autres ?

— Volatilisés, semble-t-il. Ne sachant rien du funeste destin de Trochin, pas plus que de la vidéo qui les accuse, rien ne justifie qu'ils se soient planqués. Je parierais que les flics vont dégoter deux cadavres quelque part par là. Vous connaissiez Mareigne ?

— Oui. Allez vous reposer chez moi, vous y serez

tranquille. Il n'est pas prudent que vous vous baladiez seul ; il n'y a pas un chat dehors.

— Ce n'est pas mon heure...

— Et si vous vous trompiez ?

— Possible... Mais je suis prêt à parier.

— Quoi donc ?

— Qu'importe... mais contre qui jouer ?

— Moi !

— Ah !... Et que miseriez-vous ?

— Je ne sais pas, ce que vous voulez...

— Parfait ! Va pour ce que je veux !

— Et moi, qu'ai-je à gagner ?

— Du plaisir, allez savoir...

Ses pommettes se teintèrent légèrement. Elle
changea de sujet :

— Quel que soit le moment, et Dieu sait s'il est
mal choisi, vous ne pouvez pas vous empêcher de
jouer. Charles est comme vous, est-ce une maladie ?

— Regardez autour de vous, ma tendre amie : pas
de jeu, pas d'âme ! L'éventail de psychotropes dont
les fous font ici les frais ordonne un jeu institution-
nel dont ils sont les pions, des objets joués qui ne
jouent pas. À quoi sert-il de médicaliser les états
d'âme ? Pourquoi ralentir les agités, accélérer les
apathiques, éveiller les endormis et faire dormir les
insomniaques ? À quoi joue-t-on ici ? Entre ces
murs, que sacrifie-t-on pour que le jeu dure ? Qui
joue ? À quoi sert-il de régler le bourdonnement de
cette ruche stérile ? Le jeu est l'oubli de la réalité,
l'émergence totalitaire du désir. C'est notre identité
que nous misons à tout va, pour nous en défaire

116

et nous refaire, moins piteux, moins manquant... Connaissez-vous une drogue favorisant l'oubli ? Pourquoi ne pas confier toutes les âmes dont la raison est en vacance à des clubs ?

— Vous m'effrayez, Octave, plus que l'assassin de Trochin ! Et si ce type n'était qu'un acteur ?

— Eh bien ?

— Vous pourriez avoir écrit la pièce qu'il joue ! Je vous imagine en instigateur de ces meurtres...

— Je ne le suis pas ! Mais il est entre ces murs, peut-être même aux Marronniers.

— Un psy chez Trochin tenant un discours pareil : impossible ! Il n'aurait jamais été recruté, même en travestissant à l'extrême son propos de façon à se faire passer pour ce qu'il n'est pas. Injouable, absolument injouable !

— J'en suis convaincu. Mais un malade...

— Un psy hospitalisé ? Hum... et après ? Octave, le service de Trochin est bouclé à double tour, ce n'est pas un endroit où les malades sont libres d'aller et venir. Or cet homme a séquestré Trochin cinq semaines. Il l'a massacré et médicalement suivi. Il a forcément un antre où sa victime a pu s'égosiller sans alerter qui que ce soit. Pour finir, Trochin a été déposé chez vous. Il a fallu le bouger, le transporter à Paris. Songez à la logistique... Et la mort du surveillant de nuit... Ce matin à sept heures, disiez-vous ; il est techniquement impossible que son meurtrier ait opéré, si j'ose dire, des Marronniers, parce que cet endroit est mieux gardé qu'une prison. De plus, aux Marronniers et aux Charmilles, personne, mais personne entendez-vous, n'échappe aux tisanes antipsychotiques ou aux sédatifs, entre autres merdes...

— Certes, vous marquez un point. Savez-vous à quelle date ce pavillon a été construit ?

— La plus ancienne bâtisse a été inaugurée en 1838, l'année de la loi régissant les internements.

— Il y a une cave ?

— Immense, paraît-il... Mais cave ou pas, il n'y a que deux portes gardées par des cerbères pour entrer ou sortir de cet enfer : celle de l'entrée principale et celle de l'entrée de service... Aïe ! treize heures trente, je dois vous quitter ; j'ai des rendez-vous et je suis déjà en retard. Allez vous reposer chez moi, vous avez peu dormi cette nuit. Je termine mon boulot vers dix-sept heures et très sincèrement, malgré votre certitude de ne courir aucun risque, je préférerais que vous ne traîniez pas seul dans le coin... Et puis, voyez le temps qu'il fait : il bruine, le ciel est totalement bouché, dehors c'est l'horreur et dedans... l'horreur est partout ! Mettez-vous sur le canapé, je vous proposerais bien mon lit, mais je n'ai changé ni le drap ni la housse de la couette depuis un bon moment. Remarquez, je dors toujours à gauche, aussi la gauche de mon paddock est immaculée... je veux dire la droite... oh, je ne sais plus ce que je raconte ! Bref, faites comme chez vous.

Les femmes de salle s'activaient autour de deux wagonnets en aluminium. Un soignant avait entrepris de nourrir le plus détérioré des gâteux à la cuillère à café. L'exercice ressemblait à un jeu de foire. Le vieux y mettait pourtant du sien. Il avançait son menton tremblotant à chaque becquée et ouvrait bien la bouche, mais toute l'activité musculaire servant à la mastication et à la déglutition, totalement désynchronisée, avait quelque chose de magistralement cacophonique.

Dans le couloir menant à la sortie, Geneviève se trouvait en compagnie d'un couple et de leur rejeton d'apparence schizo. Les mains croisées sur le bedon, le père souriait béatement en fixant le mollet duveteux de sa femme, qu'une bande Velpeau crasseuse enserrait au-dessus de la cheville. Elle se tenait sur un pied, la jambe malade en l'air, tandis que son gamin, la morve au nez, le visage osseux et le regard morne, avait le calme inquiétant des grands reptiles. La *mater dolorosa* exhiba son pansement. Inquiétant trio que ce géniteur et cet ado dont la mère était la croix.

Fatigué et inquiet, engoncé dans mon traîne-poussière, j'hésitais. La cloche capricieuse de cette chapelle lugubre m'intriguait et la couette de Geneviève me tentait. J'optai pour le détour.

En chemin, je ruminais : Mistigri, le chat ou le jeu ? Pourquoi le meurtrier ne m'avait-il pas téléphoné ? J'essayais de me remémorer ses propos. J'avais le souvenir d'une métaphore peu ordinaire qui tenait en trois mots : « petite reine » et « promotion », mais le contenu dans lequel cette image stérile du jeu d'échecs était placée m'était sorti de l'esprit.

À l'orée du bosquet, il était possible de couper et

rejoindre le chemin qui desservait la petite église. De mon promontoire je repérai la maison du médecin-chef et celle de son adjoint, deux bâtisses quasi identiques englouties dans des *semper virens* : chênes verts, sapins, thuyas. Malgré la saison l'herbe était haute, si bien que le bas de mon pantalon était trempé. Dans la descente, mon téléphone me fit sursauter : je reconnus la voix de mon persécuteur :

— Bonjour, Octave. Vous êtes dans la bonne direction, mais la chapelle est fermée ; la clé est sous un pot de fleurs, côté cimetière...

— Qui êtes-vous ?

— Quelle candeur ! Votre question est amusante ; mon nom ne vous dira rien : Traxler ! N'ayez crainte, Mistigri, pour le moment, votre vie n'est pas en danger... Pour quelques heures encore !

— Ne m'appelez pas Mistigri, ça m'énerve ! Mon nom est Lepgorin !

— Bien !... À bientôt, Octave, à bientôt.

— Qu'est-ce que vous me voulez au juste ?

Il raccrocha. Mon cœur battait la chamade ; pourquoi m'inviter si courtoisement à entrer dans cette église ? Hésitant, je fus tenté d'appeler Gambié. Ma peur n'est pas de l'angoisse, me dis-je, puisqu'elle a un objet. Je repris ma marche, résigné, tel un fantassin au moment de monter à l'assaut.

Il n'y avait pas âme qui vive alentour. La chapelle, en pierres de taille rongées par le temps, sans fioritures, avait quelque chose d'une miniature. Le toit en pente était attaqué par des mousses sombres qui par endroits soulevaient les ardoises. Du lierre enserrait le beffroi accolé à la nef. Le monument faisait penser à un lieu de culte réservé à des notables. Au bord du chemin, enchâssé dans les vestiges d'un muret, un portail rouillé à deux battants exhibait son inutilité. La porte de la chapelle était en chêne. Je comptai machinalement cinq lattes rivées verticalement par vingt clous saillants à têtes cubiques poinçonnés de la croix latine. La porte était close et sans poignée. Je collai un œil au trou de la serrure : six cierges brûlaient en n'éclairant rien de plus que la herse sur laquelle ils étaient empalés.

Contre le mur du beffroi, face à la porte moribonde qui ouvrait sur le cimetière, gisaient quelques pots ébréchés que les fleurs avaient désertés. L'un d'eux, fortement incliné, se dénonçait. La clé, qui avait tout d'un outil, ne semblait pas très ancienne.

Le pêne était lourd et pénétrait en profondeur dans la pierre. La porte grinça. L'intérieur était sombre, les six cierges et les quelques vitraux éclairaient à peine. Dans la nef, une vingtaine de chaises misérables faisaient face à un chœur ascétique de franciscain.

À la droite de l'entrée, je trouvai à tâtons un interrupteur ; un instant, je craignis d'y voir clair. J'allumai un lustre qui peinait à produire des ombres. J'eus un frisson, l'air était glacé et sentait le moisi.

Je longeai le mur latéral agrémenté de la Vierge tenant l'Enfant Jésus et d'un saint de plâtre au visage effacé. Au centre du chœur, l'autel était recouvert d'un tissu blanc bordé de sobres dentelles. Mes tempes battaient, j'égrenais mes pas, je stoppais, à l'affût du moindre bruit. Derrière l'autel, la porte qui donnait sur le beffroi était entrouverte. La lumière chancelante des cierges, que la combustion avait entamée depuis peu, la désignait. Sur mes gardes, je décidai de jeter un œil sans faire preuve de hardiesse.

Collé au mur à un pas de l'entrée, j'aperçus dans l'entrebâillement une lumière faible et vacillante. Je restai quelques secondes en apnée, à l'écoute. La joue contre la pierre glacée, la main droite agrippée au chambranle, je poussai la porte du pied : elle couina. Je passai timidement le nez dans l'entrebâillement, je fis un bond en arrière sans parvenir à étouffer un cri sourd : à hauteur des yeux, des souliers qui chaussaient quelqu'un reposaient sur les épaules d'un pendu. Mon souffle se matérialisa en une vapeur diaphane et mon cœur se mit à tambouriner.

Je m'encourageai en articulant des mots inutiles et franchis d'un coup le seuil en heurtant la porte de l'épaule. Je reconnus Groffin, le visage figé dans une grimace de poupon malfaisant, le cou brisé et distendu, la langue pendante et les yeux exorbités. Un filet de sang coagulé qui avait sa source dans ses boucles blondes avait bifurqué à la racine du nez pour s'écouler comme une larme. Au-dessus de l'adjoint, à la même corde, pendait un corps massif que la lumière de la chandelle au sol n'éclairait pas plus haut que la ceinture. Les cierges qui se consumaient étaient tous de même calibre. Je trouvai surprenant que les chandelles du chœur soient peu entamées, alors que celle qui veillait les morts agonisait. Je composai le numéro de Gambié à la lueur de la flamme moribonde. Sous mon nez, un filet de rétiaire solidement noué à l'extrémité de la corde soutenant les deux pendus enserrait dans ses mailles deux gros sacs de jute qui faisaient contrepoids au corps des suppliciés.

— Inspecteur... Lepgorin. Je suis dans la chapelle, juste à côté... Groffin et Fouillard sont pendus à la corde du clocher... En sortant du service de Trochin, à droite, à cent mètres... Oui, je vous attends.

J'inspectai la base de la tour à la lumière de mon briquet. Une échelle traversait quatre mètres plus haut une trappe, dont elle retenait l'abattant mi-clos. Le corps fluet de Groffin semblait faire la courte échelle au lourdaud. Tous deux avaient les mains liées dans le dos. Était-ce bien Fouillard, d'ailleurs ? En tout cas, c'était sa charpente. Peu à peu, je m'accommodais à l'obscurité. Une lueur crépusculaire venant de l'ouverture du haut éclairait la nuque brisée du surveillant mais laissait son visage dans le noir. Le sommet de son crâne était calé à une poulie métallique dont le crochet mobile était fixé à un bout de rail posé sur le plancher de l'étage.

Glacé, engoncé dans ma pelure, les bras croisés, j'arpentais le déambulatoire à la manière d'un capucin.

L'arrivée tonitruante de Gambié me soulagea. Il était accompagné des deux jeunes gens. De loin, je leur indiquai du doigt la porte qui ouvrait sur l'horreur.

Prostré dans un recoin propice à la méditation, je tentai de rassembler mes idées : Trochin travaillé au corps durant des semaines... trois morts violentes. À côté de la herse je trouvai un cierge intact. À vue de nez, ceux qui se consumaient avaient perdu la moitié de leur matière, on pouvait aisément en déduire l'heure à laquelle ils avaient été allumés. Celui qui veillait les pendus avait brûlé aux trois quarts. Mes calculs m'apparurent surannés, les légistes devaient avoir des techniques autrement plus sophistiquées que la mienne pour « horodater » une mort.

Fouillard devait bien peser quatre-vingts à quatre-vingt-dix kilos et Groffin tout au plus soixante-dix. La charge lâchée de la trappe devait dépasser les trois cents kilos. La manipulation d'une masse pareille nécessitait l'utilisation d'un chariot de manutention. Il n'était pas tombé avec le contrepoids, les flics allaient le trouver à l'étage. La corde était d'un gros diamètre, semblable à celle que je grimpais en cours de gym, au portique de la communale.

Gambié, visiblement très remué, voulut me parler, mais aucun son ne sortit de sa bouche. Il finit par articuler :

— Comment avez-vous appris qu'ils étaient ici ?

— J'étais intrigué par les dysfonctionnements de la cloche, et alors que j'étais à moins de cent mètres d'ici, j'ai reçu un coup de fil...

— Et vous ne m'avez pas immédiatement joint !

— Quelques minutes après.

— Que vous a-t-il dit ?

— Que j'étais dans la bonne direction, que la clé de la porte de la chapelle était sous un pot de fleurs et que j'avais encore du temps devant moi... Un temps qui se compte en heures...

— Il vous a déclaré que vous étiez dans la bonne direction ?

— Exactement... Je n'étais visible que du service de Trochin, des pièces à l'étage de la maison de l'adjoint et... il n'y avait pas un chat dehors ! Toutes les fenêtres du service, sauf celles des administratifs, sont équipées de vitres dépolies. Machinalement, j'ai regardé dans cette direction au moment où nous conversions, il n'y avait personne le nez au carreau.

— On a pu vous voir venir et vous téléphoner d'ailleurs que d'une fenêtre.

— Certes ! Au moment où j'ai reçu cet appel, j'étais sorti du champ de vision d'un guetteur se tenant dans le service de Trochin.

— Et alors ?

— Si, comme je le crois, j'ai été épié de là, étant donné ma trajectoire, entre le moment où le guetteur m'a aperçu et celui où j'ai quitté son champ de vision, il ne pouvait pas être certain de ma destination... Remarquez, c'est peut-être pour ça qu'il m'a téléphoné... Non, ce qui me dérange...

— Qu'est-ce qui vous dérange ?

— Que cet énergumène m'ait joint pour ne rien me dire. Son appel était sans aucun intérêt, totalement insipide. Venant de cet homme, n'est-ce pas très étrange ?

— Et qu'est-ce que cela vous inspire ?

— Rien de plus que ce que je viens de dire. Un drôle de sentiment... Mais j'ai peu dormi cette nuit... Je ne me sens pas bien du tout... Si vous n'y voyez pas d'inconvénient, je vais aller me reposer deux petites heures.

— C'est une très bonne idée. J'attends le légiste. Je tiens absolument à vous revoir vers dix-neuf heures, et de préférence vivant ! Aussi, pas question que vous repartiez seul, un de mes hommes va vous accompagner.

— Je veux bien. Je vais me reposer chez une amie qui habite le petit immeuble juste à côté de chez les Koberg.

Les essuie-glaces crissaient, le jeune flic me dit pour tout commentaire :

— Quatre morts en moins de vingt-quatre heures, putain, quel rendement ! Vous n'avez pas la trouille ?

— Bah !... Si.

— La chapelle... on peut dire que vous avez du nez !

— Plutôt de l'oreille ! Quand quelque chose se détraque, ça commence toujours par un drôle de bruit... Et puis, il y a les fois où on n'entend rien, alors que justement, on devrait entendre quelque chose.

— Je vous suis, me dit-il lorsque j'ouvris la portière pour descendre.

— Inutile. Ne vous donnez pas cette peine.

— Si vous deviez vous faire zigouiller, vous n'imaginez pas ce qu'il adviendrait de moi : Gambié me mettrait en pièces, ni plus ni moins ! Et moi, je tiens à rester entier.

— Dans ce cas...

Le flic était à mes côtés lorsque j'ouvris la porte de l'appartement de Geneviève. Il me précéda dans la salle à manger. Il visita toutes les pièces, les toilettes, et ouvrit même les placards. Je lui demandai s'il était rassuré, il hocha la tête et sourit gentiment. Il me recommanda de n'ouvrir à personne et claqua la porte derrière lui.

Las, j'hésitai entre le canapé et la couette. Je pensais qu'il n'était pas convenable de m'allonger sur son lit défait, mais j'avais besoin d'un remontant et rien ne me sembla plus approprié que de me mettre sur le ventre et de plonger mon nez dans le creux de son oreiller.

Geneviève me passait la main dans les cheveux : son geste était presque tendre.

— Octave, réveillez-vous ! L'inspecteur vous attend chez Charles. Il a appelé deux fois.

— Je me suis laissé tomber sur votre lit, je suis vraiment confus, je n'ai pas même retiré mes chaussures... Groffin et Fouillard sont morts d'une façon épouvantable...

— Pendus, je sais, Charles m'a raconté.

L'eau du robinet était glacée, deux gorgées et quelques ablutions me ranimèrent.

— Prenez un café, il est prêt.

— Vous m'accompagnez ?

— Je veux bien.

Charles, les coudes sur la table, se tenait la tête entre les mains ; face à lui, l'inspecteur, une américaine aux lèvres, était avachi sur sa chaise. Ils avaient quelque chose de deux joueurs de poker plumés et abandonnés au petit matin par les gagnants.

— Quatre morts... et ce n'est pas fini, prédit Gambié. Puis, me regardant : l'exécution de Groffin et Fouillard, quelle horreur... La concernant, j'aimerais bien avoir l'avis d'un spécialiste de l'histoire des sciences.

— La reconstitution est aisée, répondis-je : la charge enserrée dans la maille a été lâchée du haut de la trappe et a arraché l'un après l'autre les deux corps du sol. Fouillard a été enlevé avec une violence inouïe, tandis que l'ascension de l'adjoint une seconde plus tard a été un tantinet plus calme, du fait de l'absorption d'une partie importante de l'énergie par l'élévation du surveillant. La longueur de la corde a été ajustée, de sorte que le premier nœud coulant stoppe sa course au ras de la poulie et que les semelles de Groffin se retrouvent à trente ou quarante centimètres du sol... C'est très peu. La meilleure place, si je puis dire, fut celle de Fouillard qui, en encaissant le maximum de quantité de mouvement, a eu les cervicales disjointes et la moelle épinière sectionnée au moment où il a décollé. Lorsque son élévation a été freinée par le choc inertiel correspondant à l'entrée de Groffin dans la physique du système, son cou a été écrasé. Avez-vous trouvé un petit chariot de manutention à l'étage ?

— Oui...

— Je l'aurais parié ! Notez que la poulie mobile est équipée d'une sorte de jante empêchant la corde de quitter la gorge. Étant donné la position du rail sur lequel elle est fixée et celle de la charge au sol, cette dernière a été poussée non pas face aux suppliciés mais de côté. Cela a eu pour effet de donner à la corde un mouvement angulaire. Et je peux vous assurer que si le bulbe rachidien de Fouillard n'était pas déjà séparé de son corps à ce moment-là, si le bonhomme n'était pas encore décérébré, il a reçu le coup de grâce, car ni ses vertèbres ni sa moelle épinière n'ont pu résister à ce terrible mouvement de toupie.

Il ne s'agit pas de pendaisons, mais d'estrapades... Physiquement parlant, cela se discute cependant sur un point... je vais y revenir. Pour réussir ce coup double, il fallait que la masse du contrepoids... je ne devrais pas dire "contrepoids", car il fait plus que contrebalancer... bref, pour réussir cette belle ouvrage, il fallait que la masse qu'on a fait dégringoler soit beaucoup plus importante que celle des deux corps réunis. Groffin devait être agenouillé au moment où la charge a été poussée dans le vide ; debout, il n'aurait été tiré que sur trente ou quarante centimètres et n'aurait opposé, comme aurait dit Newton, qu'une *vis insita* à une quantité de mouvement très diminuée du fait de l'absorption d'une partie importante de l'*impetus* naturel du contrepoids par la montée du corps de Fouillard et, du coup, l'adjoint n'aurait pas eu les cervicales écrabouillées. En fait, le bourreau a eu une délicate attention, car il a fait en sorte que la mort de Groffin soit nette, rapide et propre. L'horreur eût été l'asphyxie par strangulation. Or l'angle que faisait sa tête indique que l'atlas et l'axis ont été disjoints non par traction mais par rotation. Je parierais gros qu'on lui a fait faire deux ou trois tours sur lui-même avant de balancer la charge dans le vide... C'est justement parce qu'ils sont l'un et l'autre pendus à la même corde qu'il ne s'agit pas tout à fait d'une estrapade. Imaginez, s'ils avaient été balancés de la trappe en même temps : c'est Groffin qui aurait encaissé le maximum d'énergie, c'est lui qui aurait eu la meilleure place... Mais non ! Puisque le cou de Fouillard aurait en un second temps écopé de l'énergie cinétique égale à la moitié de la masse de Groffin multipliée par sa vitesse au carré !... Il faut que je repense à tout ça dans le calme... Quelque chose ne tourne pas rond... Ce que je ne m'explique pas, c'est cette coulée de sang qui prend sa source dans la tignasse du blondinet.

— Ils ont l'un et l'autre un clou planté au sommet du crâne, dit Gambié.

La stupeur fut générale.

— Un clin d'œil au clou hystérique de Sydenham, bredouillai-je.

— Qui ça ? demanda Charles.

Gambié n'intervint pas.

— Thomas Sydenham, surnommé « l'Hippocrate d'Angleterre », un toubib du XVIIᵉ. On lui doit outre le nom de « scarlatine », une description de la danse de Saint-Guy, une préparation à base d'opium qui est, paraît-il, encore utilisée aujourd'hui, et le fameux « clou hystérique » : c'est le nom qu'il a donné à une zone sensible située au sommet du crâne. Tu la tapotes, tu la chatouilles, et hop ! l'hystéro te fait une crise ! Le « clou hystérique » est l'interrupteur, non pas du gros lot qu'est la grande attaque d'orgasme, pour ça il faut aller titiller la région « hystéro-ovarienne » de Charcot ou le point « G » des spéléos... Charles, tu me suis ? La stimulation compatissante du « clou hystérique » ne produira qu'un spasme, une ébauche. Pour la partie de débauche, il faut poursuivre le jeu de piste en promenant l'index, le majeur étant déjà en soi un choix d'école... donc tu promènes ton doigt préféré le long du corps de l'hystérique et comme tu démarres ta recherche du sommet de la tête, de l'apex, tu ne peux que descendre et te rapprocher du détonateur. Et dès que tu sens que ça commence à chauffer pour toi, c'est que ça brûle pour l'autre !

— Octave, me dit Charles d'un air désapprobateur, tu exagères, tu pousses sérieusement grandmère ! Entre ton cours à propos de la pendaison de Groffin et de Fouillard, et maintenant ton commentaire sur les clous qu'on leur a enfoncés dans la tête, sans simuler la compassion... merde ! Tu pourrais te retenir un peu, je trouve que tu as très mal choisi ton moment pour... Tu es complètement déconnant, mon pote, tu travailles du chapeau !

— Tu as raison, je vous prie tous de m'excuser. Mais, comment dire... cette image cauchemardesque, je ne vais pas m'en débarrasser facilement, il faut que j'en fasse quelque chose !... ça m'a fait du bien de parler.

Gambié se grattait le menton. Il se tourna vers Geneviève.

— Le docteur Koberg m'a dit que vous aviez travaillé dans le service de Trochin.

— Oui, deux ans. J'en suis partie il y a une dizaine d'années.

— Il m'a également rapporté que vous aviez regardé la vidéo ; que pensez-vous des accusations dont Trochin est l'objet ?

Geneviève rapporta dans le détail ses deux années passées dans le 23e secteur. Gambié gribouillait sur un calepin. Après qu'elle eut fini de raconter, le stylo-bille à hauteur de l'oreille, il lui demanda :

— Aucune preuve ?

— Aucune.

Et à la cantonade :

— Et le commentaire enregistré sur la vidéo, qu'en pensez-vous ? Est-ce le propos d'un psychiatre ?

— C'est celui d'un psychanalyste, répondit Charles. Et se reprenant : disons que cette personne est à coup sûr dans la mouvance analytique. Cliniquement, le discours tient la route. Il est assuré, précis et même drôle... Enfin... Ce type connaît les neuroleptiques et les « correcteurs » qu'on leur associe pour lever les putains de contractures qu'ils induisent. Mais il faut savoir que dans le milieu hospitalier, les infirmiers savent aussi bien que les médecins ce qu'il convient de prescrire dans tel ou tel cas, et bien souvent, même en psychiatrie, ils assurent les urgences.

— Il y a des infirmiers psychanalystes ? me demanda Gambié, l'air surpris.

— Il y a des psychanalystes qui ont été infirmiers, mais rarement le contraire.

Gambié hocha la tête et tourna les pages de son carnet :

— Voilà... L'analyse de sang de Trochin a révélé qu'un puissant sédatif, injecté dix à douze heures avant la mort, a été associé au Cogécinq : la Frigozine, vous connaissez ?

— Un sédatif puissant, en effet, confirma Charles.

— Cette substance n'était plus qu'à l'état de traces au moment de la mort de Trochin, reprit Gambié. On lui a refilé des hormones féminines pendant plusieurs semaines. Fait étrange, on lui a massivement administré de la morphine, et ce depuis le début de son enlèvement. Ce que je trouve curieux, c'est que tout ait été fait pour qu'il ne souffre pas. Quant à sa castration, c'est, d'après le légiste, un travail chirurgical très moyen, réalisé sous anesthésie générale. Les experts ont relevé des traces de je ne sais quels dérivés que l'on retrouve plusieurs semaines après une injection de Penthotal. Je réitère ma question : pensez-vous que ce criminel est médecin de formation ?

— Comme je vous le disais, répondit Charles, les infirmiers avec qui je travaille sont capables de prescrire à bon escient les spécialités psychiatriques. Ils en connaissent parfaitement les posologies et les effets secondaires. De plus, ils ont tous accès aux médicaments, sauf aux morphiniques, qu'il nous faut commander à la pharmacie centrale au coup par coup. Quant à l'opération subie par Trochin, elle est facile : un scalpel, quelques ligatures, rien de sorcier pour un infirmier qui a bossé en chirurgie.

— La vidéo, celui qui parle : est-ce un jeune, un vieux ?

— Selon moi, il ne s'agit pas d'un jeune, répondit Charles.

— Pourquoi ?

— Il faut le temps de la formation, et psychana-lyste...

— Ah, vous avez en tête qu'il est praticien !

Charles grimaça, puis confia l'air embarrassé :

— Oui... si je dis qu'il est psychanalyste sans y penser, c'est que je le pense !

La réponse était inattendue, et Gambié, un peu assommé, resta coi. Charles essaya de s'expliquer :

— Psychanalyste, ce n'est pas un métier de jeune. Il faut avoir beaucoup vécu pour faire ce boulot, enfin, c'est mon idée. De plus, ce type va tout de même chercher des histoires vieilles de dix ans ! En toute logique, il devrait s'en prendre à celui, ou plutôt à ceux qui font aujourd'hui ce qu'Octave fai-sait hier...

— C'est juste, c'est même très bien pensé ! se récria Gambié. Les laboratoires sont-ils toujours aussi généreux avec les prescripteurs ? demanda-t-il d'un ton détaché.

Charles fit signe que oui.

— Je me demande si c'est la voix du criminel que nous entendons sur la vidéo. Il pourrait s'agir d'un acteur, enfin, de quelqu'un faisant du pathos et lisant avec ferveur un texte dont il ne serait pas l'auteur.

Charles fit la moue.

— À votre avis, monsieur Lepgorin ?

— J'aurais tendance à penser que ce mec n'a pas lu, mais que les idées lui sont venues tout naturellement, à mesure qu'il parlait. C'est certainement un orateur, un rhétoricien de première bourre...

Gambié prit l'air étonné.

— Fichtre ! Impressionnant ! J'imagine un psychanalyste, médecin de formation. Étant donné qu'il vous suivait des yeux lorsqu'il vous a téléphoné, il y a toutes les raisons de penser qu'il bosse chez Trochin... Pourtant, j'ai fait écouter des morceaux choisis à quelques soignants, tous sont formels : ils n'ont jamais entendu cette voix ! Donc ce type n'est assurément pas médecin dans ce service... Imaginons maintenant qu'il y soit hospitalisé, problème : impossible d'entrer et sortir comme on veut de ce QHS. Récapitulons : Trochin a été séquestré cinq semaines dans un endroit où il pouvait s'époumoner sans alerter le voisinage. On l'a massacré, on lui a prodigué des soins, on l'a travesti, et tout ça pour quoi ? Pour le déposer moribond passage Molière ! Sur le matin, on assassine Mareigne et, presque à la même heure, l'adjoint et le surveillant de jour y passent... Tout cela suppose non seulement une grande liberté de mouvements, mais aussi une fichue logistique. Il est probable que nous avons affaire à une association criminelle : quelque chose comme le club des victimes de Trochin et de ses acolytes. Reste le cas d'Octave Lepgorin, qui est dans le collimateur de l'assassin et que ce dernier a gratifié du corps mutilé de Trochin... Pourquoi ?... Pourquoi se faire chier quand on peut faire simple, hein ? L'inspecteur me fixa, le sourcil froncé. Si je cherchais à obtenir un double de vos clés, je vous rendrais visite sous couvert de problèmes psychologiques, et à la première occase, j'en prendrais les empreintes. Aux heures de rendez-vous, on sonne pour entrer chez vous ?

— Oui et non. Je suis le seul locataire du dernier étage, alors aux heures où je reçois, je laisse la porte entrouverte pour ne pas interrompre la séance. Mes patients sonnent, et encore pas toujours, puis entrent directement dans la salle d'attente.

— Et vos clés ?

— Je les cherche tout le temps, elles peuvent se trouver n'importe où : sur la porte, posées sur le guéridon, sur moi, mais c'est rare ; je déteste avoir un trousseau dans une poche !

— Quelqu'un a pu obtenir un rendez-vous, trouver vos clés tandis que vous étiez en séance, en prendre les empreintes, et repartir incognito ?

— Rien de plus facile.

— Passage Molière... Je connais bien le quartier. Où se trouve votre garage ?

— Presque au coin de la rue Saint-Martin et de la rue aux Ours.

— Trois cents mètres à tout casser... Le meurtre des deux surveillants et de l'adjoint en deux lieux différents à la même heure ou presque, ça fait beaucoup d'allées et venues. Avec le boulot qui a été abattu ce matin, difficile de passer inaperçu, et si le QG est dans le service de Trochin, même avec les clés des deux portes, et j'ai vérifié, il n'y a aucune autre issue, c'est totalement injouable. Les seules fenêtres qui n'ont pas de barreaux sont celles du bâtiment administratif. Mais voilà, chaque bureau est plein comme un œuf. Et puis, entrer et sortir par une fenêtre, le zigue aurait fini par se faire remarquer ! Et puis et puis... ils sont plusieurs, forcément ! Non, impossible que le meurtrier soit hospitalisé aux Marronniers ! (Gambié poussa un long soupir, puis énuméra :) Planter des aiguilles à tricoter dans le corps de quelqu'un, il faut le faire ! Le bristol laissé à côté de votre téléphone, « Mistigri » écrit sur le pare-brise de votre voiture... deux calligraphies différentes, disiez-vous... L'opération, les soins, les soins de beauté, la promenade de Trochin... Et pendre ce gaillard de Fouillard, il ne s'est pas laissé faire, il a fallu le tenir pour lui passer la corde au cou...

— Trois ou quatre personnes au minimum... s'il n'était pas drogué.

Le flic acquiesça et continua à cogiter à voix haute :

— Groffin et les deux surveillants ne pouvaient être assassinés qu'aujourd'hui, aujourd'hui dernier carat, car s'ils avaient eu vent du meurtre de leur patron et plus encore des accusations portées contre lui, nos zozos se seraient méfiés. Dommage, tout de même. Je suis certain qu'au premier interrogatoire ils se seraient tous déballonnés et se seraient chargés les uns les autres... Ils auraient passé le reste de leur vie à l'ombre ! (Gambié, gagné par une colère aussi soudaine qu'immotivée, se lâcha :) Je les aurais soignés ces ordures ! Tous dans une taule où ils se seraient fait éclater le cul du matin au soir et du soir au matin !

Nous restâmes saisis. Il se reprit et s'excusa :

— Désolé, est-ce beaucoup vous demander de faire comme si vous n'aviez rien entendu ? C'est rare que je m'oublie de la sorte.

Geneviève devisa en lui tapotant l'épaule :

— Qu'est-ce que la prison, pour qui a joui de l'enfer ?

Gambié reprit calmement le fil de son propos :

— Nous avons trouvé chez Trochin un album de photos immondes. On ne peut pas dire de ces images qu'elles soient pornographiques, non. Elles auraient, je crois, écœuré Sade... Il n'y a pas de mot pour les qualifier. Ce type cherchait à fixer la douleur sur la pellicule. Les visages des victimes ne sont pas photographiés, on devine qu'elles souffrent à la crispation de leurs muscles, à leurs veines gonflées à l'extrême.

Je songeai aux moments forts de la vidéo :

— Trochin mérite une place de choix dans son album !

— Mais il l'a, et en première page s'il vous plaît !... N'est-ce pas curieux ? J'ai pu constater qu'il manquait quelques photos dans cet album, soit dit en passant, laissé à mon attention. Des rectangles et des carrés blancs ont, sans raison aucune, résisté au jaunissement... En comparant les couleurs, on pourrait peut-être approximativement dater les clichés, ceux qui y sont, et les autres... Ceux qui m'intéres-

sent le plus sont évidemment ceux qui manquent ;
je ne vous fais pas de dessin.

« À part ça, on a mis la main sur tout un arsenal
de gadgets : des vibros, des godes à la pelle. Une
collection de clystères et de poires à lavement, des
bizarreries en nombre, des trucs bricolés autour de
magnétos, de gégènes. On a trouvé un aquarium
plein de sangsues, toutes mortes, faute de soins.
Enfin, sa chambre est tapissée de centaines de culottes souillées ! Il faut le voir pour le croire. La porte
de sa piaule, au premier, était bouclée : pas moins
de trois serrures... et pas de la gnognote... Le flic se
bouffa rageusement un ongle, et reprit : je me suis
renseigné, l'étage était interdit aux femmes de salle,
lesquelles faisaient son ménage, sa lessive et son
repassage. Tout ça sur le dos du contribuable... La
prévarication aura été le moindre de ses délits !
Chocs électriques en veux-tu en voilà, sangsues sur
le col de l'utérus, godes électriques, ce que j'ai vu
est inouï. Les photos souvenirs se comptent par centaines. Cet être malfaisant a fait l'école moyenâ-
geuse des tourments !

— Il n'est pas nécessaire de remonter aussi loin
dans l'histoire : le XIXᵉ siècle est riche en découvertes de ce genre. Le dolorisme a toujours fait recette.
Quant aux tétanisations par un courant faible, il faut
attendre le début des années vingt. Savez-vous que
l'on doit les électrochocs à la fascination d'un psychiatre pour une machine à estourbir les porcs ?
Assommée, la cochonnaille était facile à égorger et

ne se débattait pas. Moins de sang gaspillé, c'est plus de boudin !

L'inspecteur me fixa en hochant la tête.

— Un peu de café ? demanda Annette, d'une voix légèrement chevrotante.

L'air dubitatif, Gambié nous prit à témoin :

— Cet homme qui prétend être « plus historien que juge » est très certainement le chef de cette organisation criminelle. Une chose est sûre : techniquement, son QG n'est pas dans le service des défunts car de là, on ne peut ni entrer ni sortir toutes les cinq minutes sans attirer l'attention. Sortir pour aller où, d'ailleurs, hein ?

— Et si Trochin avait été cloîtré cinq semaines dans son propre pavillon ?

— Non, madame Koberg, non. Ça ne tient pas debout, et de plus ça ne résout rien, bien au contraire. Hier après-midi, personne n'a vu Groffin et Fouillard prendre congé. Histoire de me faire une idée, j'ai questionné le personnel : personne ne sait à quelle heure les deux disparus ont quitté le service avant-hier... Si, une personne a entrevu Fouillard pas loin de la sortie vers quinze heures et une autre se souvient avoir croisé l'adjoint dehors, une heure plus tard. Cela prouve qu'avec des clés, on peut entrer et sortir de cette prison sans trop se faire remarquer. Cependant, que tout parte de là-dedans, je me répète, me paraît injouable. Gambié fixa un moment Geneviève, puis lui dit en hochant la tête : cet homme était un démon. Je comprends que vous ayez eu peur de le dénoncer. Il y avait tout à craindre... Mais tout de même ! Évidemment, sans aucune preuve...

Elle balbutia :

— J'ai honte ! Mais, à l'époque, et même longtemps après, ma fille vivait avec moi et... ce n'est pas une excuse... mais je n'ai rien vu... rien.

Elle éclata en sanglots et s'isola dans le salon.

— Excusez-moi, un appel, s'exclama Gambié. Je suis tout ouïe... Les clous ont été enfoncés dans les crânes au maillet, trente minutes après la mort ! C'est précis... des traces de bois sur le fer...

Il écouta son interlocuteur sans l'interrompre.

— C'était le légiste, lança-t-il après avoir raccroché.

Il me fixa et opina du bonnet, l'air exagérément admiratif :

— On pourrait croire que vous avez été le conseiller technique de cette double estrapade : Fouillard a eu les cervicales disjointes par traction et rotation et deux de ses vertèbres sont écrasées. Inutile de vous dire que sa moelle épinière a été sectionnée net ! Groffin a souffert une seconde de plus. Dans un premier temps, ses vertèbres ont été tassées par le nœud sans écrasement ni déboîtement. C'est un mouvement de toupie, une seconde plus tard, qui a eu raison des os de son cou et de l'axe cérébro-spinal. Ils sont morts sans souffrir, m'a dit le toubib. Leur dernier repas fut celui de treize heures... Ils ont été exécutés vers quatre heures du matin. À part ça, le moteur de la voiture de Fouillard n'a pas tourné depuis plus de vingt-quatre heures... Je n'y comprends rien ! On ne l'a tout de même pas enlevé dans le service, hein ! Il est forcément sorti... et on l'aurait kidnappé sur le parking... ça ne tient pas debout !

— Vous avez visité la cave ? lui demandai-je.

— Un de mes hommes l'a fait, elle est vide et n'a que deux accès : l'un dans le pavillon des femmes et l'autre dans celui des hommes.

— J'en doute !

Il accusa le coup et reposa sa tasse à café.

— De quoi doutez-vous ?

— Il y a nécessairement un passage entre cette cave et la chapelle ! Je le parierais à dix... C'est la seule explication possible aux allées et venues. Trochin a été séquestré dans un recoin de ce tunnel. L'homme que vous recherchez est hospitalisé dans ce service et pas ailleurs ; c'est un dépressif, un type tranquille, un introverti indifférent à tout. Je ne serais pas étonné que, sur sa fiche médicale, vous lisiez « autisme » ou *borderline*, en français : « état limite ».

— Vous dites qu'il est hospitalisé dans le service de Trochin : un dépressif, un autiste ?

— Disons qu'il ne parle pas ! Ce n'est pas un soignant, puisque personne n'a reconnu sa voix lorsque vous avez fait écouter la bande aux branquignols. C'est donc forcément un patient qui joue les muets !

Gambié tournait les pages de son carnet avec fébrilité.

— Hospitalisé chez les hommes, il n'aurait pas pu vous voir vous approcher de la chapelle !

— Si !

— Ah ! je vois où vous voulez en venir. Il ne pouvait pas vous voir des Marronniers, mais il le pouvait d'une des meurtrières du beffroi ! Dès lors, ce coup de fil qui n'était selon vous que du vent...

— Il ne m'a appelé que pour me ralentir et se donner le temps de finir quelque chose, ou de récupérer un objet oublié. Ce qui cloche dans mon raisonnement, c'est qu'il disposait de tout le temps nécessaire, puisque la porte d'entrée de la chapelle était bouclée à double tour et que je n'avais pas la clé...

— En vous indiquant l'endroit où elle était cachée, il vous mettait en garde... Il aurait donc cette fois encore renoncé à en finir avec vous. Pourquoi ?

— Ce n'était pas le moment, à moins que...

— Que quoi ?

— Rien... une idée absurde.

— Laissez-moi juge, dites !

— Procédons par ordre si vous le voulez bien, cette idée n'est pas mûre, aussi je me la garde !

— Vous m'accompagnez dans cette cave ?

— Et comment !

— Tu ne manges pas avec nous ? me demanda Annette.

— Non, il est déjà vingt heures passées. Après cette petite visite à laquelle l'inspecteur me convie, je vais rentrer à Paris. Demain, je reçois. Et puis, je vais te faire une confidence, je suis incapable d'avaler quoi que ce soit.

— Si tu ne veux pas te faire surprendre dans ton plumard, pense à faire changer tes serrures ! bougonna Charles.

Gambié, au seuil de la maison, trépignait.

— Allons-y, Lepgorin, allons-y ! Rien ne nous dit que cet homme en a fini avec le personnel du 23e secteur.

J'embrassai Geneviève en dernier. Sa main droite enserra mon poignet et je ressentis la crispation soutenue de ses doigts. Il me sembla qu'elle m'attirait ; une seconde atonique pour mieux ressentir sa façon de me toucher, je me demandai si ce mouvement n'était pas le mien. Je lui susurrai à l'oreille :

— Venez demain, ou dans les jours qui viennent, passer une soirée avec moi à Paris.

Je fus gratifié d'un baiser à la dérobée, puis elle tourna les talons sans m'avoir répondu.

— Un de mes hommes m'a déposé, on peut prendre votre voiture ?

Gambié composa un numéro de téléphone à la lumière d'un réverbère et s'exclama :

— Une 203 ! Quelle merveille ! 7 CV, 42 chevaux DIN, mais non, c'est le tout premier modèle : 45 chevaux ! Cette bagnole, c'est toute mon enfance, mon père en a eu deux ! On a fait deux fois le Grand-Saint-Bernard avec ! Gambié pestait au téléphone : tu réponds enfin ! Où es-tu en ce moment ?... Bien ! Demande à un des toubibs de sortir les fiches médicales de tous les dépressifs, les autistes, les mélancoliques, et de tous ceux qui ne sortent jamais un mot ! Je veux cette liste tout de suite... J'arrive !

Le flic était aux anges. Pour ne pas parasiter le bruit que faisait le moteur, il chuchota :

— Écoutez ça ! Le ronronnement de ce moulin, je le reconnaîtrais entre mille !... Mon père ne voulait personne à la place du mort, aussi ma mère voyageait derrière, avec moi. Elle ne pouvait prendre place à côté de lui qu'en ville : que de drames... Je vais vous faire un aveu : dans la 203, c'est la première fois que je monte à l'avant. Ah ! les loupiotes ne sont pas d'origine, je m'en souviens comme si c'était hier, les phares n'éclairaient pas autant en 55 !

Gambié tenait souvent sa cigarette comme un joint. Il avait la causticité grinçante et la désinvolture d'un anar rangé des voitures. Les chefs et les che-faillons épanouis devaient l'agacer. Il dut appuyer plusieurs fois et longuement sur la sonnette avant qu'une matrone au menton duveteux ouvre enfin.

— Combien de fois faut-il sonner pour que vous vous décidiez à bouger votre derche ?

La lourdaude, abasourdie, resta coite, la bouche en cul de poule, mi-pétrifiée mi-indécise. Elle dévisageait l'inconnu, elle cherchait quelque chose, une marque, un label, authentifiant le représentant de l'autorité.

— Appelez-moi le surveillant-chef, ou plutôt celui qui en fait fonction, puisqu'il n'y en a plus de vivant en titre. Je veux les clés de la cave !

— Mais... qui êtes-vous ?

Il appuya sur la touche du rappel automatique de son téléphone et, sans prêter attention à la fille, il lui fit signe de tendre l'oreille.

— L'assistant est encore là, j'espère... Je lui ai interdit de bouger d'ici !

— Oui, le docteur est toujours là...

— Vous êtes de nuit ?

Elle fit signe que oui de la tête. Il lui tourna le dos.

— Benjamin ? Je suis à l'entrée : as-tu les fiches médicales que je t'ai demandées ? Commence le tri avec l'assistant, et magnez-vous le cul ! JP a trouvé quelque chose d'intéressant ?... Non. Et toi ?... Pfft ! Rejoins-moi dans la cave dès que tu auras terminé. Fonteville ne doit pas sortir d'ici sans mon autorisation, compris ? Ouais, s'il doit y passer la nuit, il y passera la nuit ! Il regarda la virago avec un air de pitre halluciné : qui je suis ? Vous avez entendu mes ordres, hein ?... L'assistant est interné, interdit de sortie, bouclé ! Et cette clé de cave, ça vient !

— Je crois bien que c'est celle-là, dit-elle en manipulant fébrilement l'énorme trousseau qui pendait à sa ceinture. Mais il n'y a rien dans la cave, monsieur, à part des saloperies.

— C'est ça, les saloperies, répondit-il, l'air mauvais, en pointant de l'index le trousseau dont la matonne tentait d'extraire une clé.

Gambié m'était de plus en plus sympathique. J'aimais comme il haïssait.

— Bien ! Ouvrez les portes qui mènent à la cave et si vous en refermez une seule derrière moi, une seule, vous m'entendez bien, non seulement ça va gravement chier, mais... Compris ?

— Et... l'entrée ?

— Je vous autorise à la boucler !

— Pas un chat, ils sont déjà tous au lit ! Foutue odeur... Il nous faut des chandelles.

— Pas bête, me répondit Gambié. Je comprends pourquoi vous avez préféré lancer la recherche de l'hypothétique passage de cette cave et non de la chapelle ; ici, le moindre courant d'air est un indice... Les psys peuvent faire de bons flics.

— Beaucoup le sont !

— Dégotez-moi des bougies, demanda Gambié à la femme d'un ton sec.

— Il y a l'électricité en bas, monsieur.

— Et pourquoi y a-t-il l'électricité en bas, s'il n'y a rien ?

— Le docteur Trochin et les surveillants trouvaient plus commode de passer par là pour se rendre d'un pavillon à l'autre... mais brrr !

Elle simula un gros frisson qui fit ballotter ses mamelles.

— Vous m'avez entendu ? Je veux des chandelles !

— On n'a qu'une boîte de bougies d'anniversaire à l'office.

— Allez les chercher, et que ça saute !

Le large escalier et la voûte cimentés semblaient faire corps. Une ampoule suspendue à un fil électrique torsadé éclairait la descente d'une lumière jaune. Les marches menaient à un perron qui dominait la fosse comme une chaire de prédicateur. En bas, Gambié déclama :

— Trente-sept marches tout de même. On se croirait dans une station de métro. S'il y a un passage, il doit se situer dans la direction de la chapelle, donc par là !

Il désigna du doigt le mur sur toute sa longueur et le perron. Trois faibles ampoules éclairaient la cave. À l'opposé de l'endroit où nous étions, débouchait l'escalier qui desservait le sérail.

Le sol en ciment était sec, Gambié tapota la pierre à l'aveuglette et s'étonna :

— Vu le coin, cette cave est plutôt saine. J'aurais parié que ce cul-de-basse-fosse était dégoulinant d'humidité... Vous pensez toujours qu'il y a un souterrain qui part d'ici ?

— Ça ne fait pas l'ombre d'un doute ! Il devrait même y avoir une salle de torture !

— Hein ?

— Trochin, Groffin et Fouillard, tout est parti d'ici. Comment expliquer autrement les disparitions du surveillant et de l'adjoint ? Ces lascars ne se sont ni envolés ni évaporés ! Ils n'ont pas été chloroformés puis roulés dans un tapis... Regardez, il y a des portes là-bas, allons jeter un œil.

Le cerbère aboya du perron :

— J'ai vos bougies !

— Balancez-les au pied de l'escalier, ordonna le flic. Dites-moi, il y a des portes à l'autre bout...

— Ah, les anciennes cellules. Dans le temps, on y enfermait les déments. Ça fait au moins cent ans qu'elles ne servent plus... Personne n'aime venir ici. C'est un lieu maudit !

Gambié lui fit comprendre qu'il l'avait suffisamment entendue.

Le sol de la partie la plus sombre de la cave n'était pas cimenté et la terre y était dure comme de la roche.

— Cinq portes, articula le flic en tirant la première, dont la clenche de fer n'était pas engagée dans le mentonnet rivé à la pierre.

Le ciel de la geôle, courbé comme l'intérieur d'un tonneau, n'autorisait la station debout que le long de son méridien.

— Six mètres carrés au sol, marmonna Gambié en examinant les lieux à la lumière de son briquet. Il ajouta, la voix blanche : en combien de temps un anachorète deviendrait-il fou furieux là-dedans ? Il n'y a rien ici, allons voir à côté.

Je pointai une des geôles, la seule dont le loquet était cadenassé :

— Il est récent, il pèse son poids et c'est du solide, assura Gambié en manipulant le cadenas.

Il mit un coup d'épaule dans la porte, mais n'insista pas.

— Un pilier de rugby ne l'ébranlerait pas ! Restez là, je reviens avec ce qu'il faut.

Face aux cachots, à quelques mètres, une rigole en pente douce allait se perdre dans un puits bouché par des cailloux dont les plus gros avaient la taille de mon poing. La saignée s'élargissait à espaces réguliers pour former des cuvettes d'un mètre carré tout au plus. Là où les briques de carrelage avaient disparu, la terre en guéret, gauchie par le temps et les semelles, portait encore les marques de la dépression.

La collerette en plastique de la bougie d'anniversaire était étudiée pour éviter que la stéarine ne se répande sur le gâteau, mais pas sur les doigts. Chaque mouvement m'occasionnait une brûlure dont l'intensité croissait avec l'usure de la maigre source de lumière. Devant moi, dans le prolongement des cachots et plongée dans le noir, était échouée une guérite en bois que son planton devait avoir désertée depuis belle lurette.

Gambié pesta :

— Je m'en fous plein les doigts ! Qu'on m'apporte un pied-de-biche et une lampe électrique. Et s'adressant à moi : vous avez trouvé quelque chose ?

Il examina attentivement l'ouvrage de bois et le testa par des coups de pied de plus en plus appuyés.

— Je ne m'attendais pas à ce qu'on dégote ici une cabine de plage... C'est du costaud !

— Celle-là n'a jamais été en contact avec le sable ou les embruns, je vous le garantis !

— Ah bon ! C'est quoi ce machin, alors ? (Il en éclaira l'intérieur et s'étonna.) Il y a deux planches espacées au fond, ce n'est pas une guérite, ce sont des latrines, des chiottes de campagne, ben ça alors...

— Encore perdu ! Au XIXᵉ siècle, on enfermait les déments là-dedans !

— C'est impossible... On ne peut tenir dans cette boîte qu'accroupi ou debout...

— On y enfermait les gens à poil, et ils n'en sortaient ni pour pisser ni pour chier. De temps à autre, on leur balançait des seaux d'eau pour les débarrasser de leurs immondices... Ici, l'odeur devait être pestilentielle.

— Vous êtes certain de ce que vous dites ?

Gambié, qui avait renoncé aux bougies, allumait son briquet sporadiquement. Il me suivit sans entrain.

— Ces cabines, solides comme des fûts de chêne, étaient fixées au sol. Regardez, inspecteur, leurs empreintes subsistent. Les excréments passaient entre les planches, tombaient dans cette rigole et s'écoulaient jusqu'au puisard à côté duquel vous venez de passer. Il n'y a jamais eu de baigneuses entre ces longues douves... Allumez votre briquet et examinez l'intérieur de ce cercueil dont une variante en osier porte le nom d'« horloge ». L'« horloge » était suspendue... Quant à la nature de son balancier, je ne vous fais pas de dessin ! Voyez ces cicatrices, ces traces de martèlements aux endroits où la tête et les poings pouvaient frapper, et ces griffures tout du long. On lit là-dedans à livre ouvert : les ongles labouraient la planche, bras levés ; puis gagné par le désespoir, le claquemuré se laissait glisser, les doigts crispés. Remarquez ces cannelures régulières. Elles se terminent à cinquante centimètres du sol. Rien que de très normal. Une fois accroupi, les mains le long du corps, les ongles étaient tournés vers l'intérieur, côté chair quoi...

— Désolé... Je ne peux pas m'approcher davantage.

— Enfin...

— Impossible ! C'est plus fort que moi !

— Quoi donc ?

Gambié se recula :

— Je vous vois venir... J'ai donné, mon vieux. Cinq ans de divan et je suis claustro, alors qu'avant je ne l'étais pas... Enfin, presque pas !

La voix du flic, vacillante et faible, semblait rythmée par la lumière blafarde de ma bougie. Ses yeux s'étaient embués. Je ne lui posai aucune question, jetai à terre et écrasai la flamme moribonde. Il sortit un mouchoir de sa poche et, dans l'ombre, épongea ce qui avait tout l'air d'être des larmes.

Le jeune flic qui m'avait accompagné chez Geneviève et presque bordé débarqua.

— C'est pas trop tôt ! Tu as la liste des dépressifs, des mélancoliques et des muets hospitalisés ici ?

— Il y en a dix-huit !

— Tu as le matos ?

— Oui, patron !

— Alors, qu'est-ce que tu attends pour allumer la torche ? (Gambié fit l'inventaire :) Un pied-de-biche, un marteau, un burin... Parfait. (Après d'inutiles efforts, il ronchonna :) Rien à faire, ce ne sont pas les outils qui conviennent, dans deux heures on y sera encore !

Le jeune éclaira le loquet, l'examina attentivement, et s'étonna :

— Il est brillant par endroits, il sert !

La remarque excita Gambié qui laissa tomber le pied-de-biche et grommela, décidé à en finir :

— Tu as ton joujou ?

— Toujours !

— Benjamin, je t'ai dit cent fois que ce bazooka n'était pas une arme de service autorisée !

— Mathieu, enfin... C'est le divisionnaire et toi qui m'en avez fait cadeau !

— C'est pas une raison ! Allez, sale gosse, montre-nous ce que tu sais faire avec !

— Tu vas voir ça... Je t'annonce une boucherie ! Éclaire la serrure avec la torche, et mettez-vous tous les deux à trois mètres derrière moi.

Lorsque nous fûmes en place, il ajouta en examinant le plafond au-dessus de nos têtes :

— Gare aux avalanches... et bouchez-vous les oreilles !

La détonation me fit m'enfoncer les index dans les conduits jusqu'à la douleur. Le jeunot poussa la porte vaincue du bout de la chaussure, et souffla l'extrémité du canon de son pétard à la manière d'un tueur hollywoodien. Il articula en italianisant :

— Boss... Tu as vu le travail !

— Vas-y, fais-toi péter la tête, gros malin !... Nom de Dieu ! Regardez ça ! s'exclama-t-il en éclairant l'intérieur du cachot.

Le sol était carrelé, très propre, avec au beau milieu une table d'opération ancienne surmontée d'une ampoule électrique qui n'était pas conventionnelle. Une armoire à pharmacie renvoya le faisceau de la torche. Les ombres disparurent dans le claquement sec de l'interrupteur. Un chariot laqué de blanc et piqueté par endroits débordait de matériel électrique et d'une panoplie d'objets inquiétants.

— Des godes électrifiés, de toutes les tailles. Celui-là, le monstrueux, il est dans l'album de Trochin !... Ce clystère aussi !... Et qu'est-ce que c'est que ce cylindre équipé d'un remontoir ?

— Faites gaffe, inspecteur, c'est un scarificateur, et il est peut-être chargé. On s'en servait jadis pour provoquer des plaies. Il n'y a pas si longtemps, les psychiatres aimaient utiliser ces joujoux.

Je pris délicatement l'objet des mains de Gambié et appuyai sur un bouton latéral. On entendit un claquement sec. Je lui montrai :

— On pose la partie lisse de ce truc sur la peau, trois lames de rasoir animées par un puissant ressort sortent des fentes et tranchent la chair jusqu'à deux ou trois millimètres de profondeur, sur une longueur de un à deux centimètres.

— Et ça sert à quoi ? demanda Benjamin, que cette chose semblait révulser.

— Avec ça, le gentil docteur incisait en biais, à un endroit du dos inaccessible aux mains, puis il enduisait la plaie d'un produit irritant, un vésicatoire. Le grattage entretient la démangeaison, d'autant qu'en se frottant le dos aux murs et aux encoignures, la cicatrisation ne se faisait pas et la plaie s'infectait. D'ailleurs, certains aliénistes, les plus impatients, préféraient avoir directement recours à l'abcès de fixation. Cette technique, prétendaient-ils, détournait l'esprit du malade de ses propres pensées. Cette petite mécanique avait une variante à trente-deux lames. Il y avait aussi le scarificateur-ventouse, dit la sangsue prodige, les fers rouges sur le crâne... et j'en passe !

Fonteville, les yeux écarquillés, était au seuil du cachot. Gambié le fixa avec sévérité et lui demanda d'un ton cassant :

— Vous connaissez cet endroit ?

— Non...

— Vous avez une idée le concernant ?

— On dirait une salle de soins.

— Quel genre de soins fait-on avec ça ? demanda Gambié en brandissant un gode énorme dont deux fils électriques pendouillaient à l'opposé du gland.

L'assistant fixa l'objet avec attention, le sourcil froncé.

— C'est électrique, finit-il par dire, mais je me demande bien ce qu'on peut faire avec ça...

Gambié, tremblant de rage, ne se contenait plus qu'au prix d'un terrible effort. Il agitait l'engin et répétait en regardant le médecin avec des yeux fous :

— Alors ? Alors ? Une petite idée ?

— Non, vraiment... je ne sais pas.

— La gégène, les chocs électriques, vous connaissez ?

— Ah, la sismothérapie, les électrochocs, bien sûr ! Avec ça, oui, répondit-il en brandissant ce qui ressemblait à des écouteurs de Walkman démodés. Mais pas avec ce truc ! affirma-t-il, le nez sur le gland et l'air buté.

Gambié explosa :

— Vous êtes innocent ?

— En effet ! Je... n'ai rien fait !

— Vous êtes déjà entré dans un sex-shop ?

Le toubib bafouilla.

— Vous avez déjà regardé un film porno ou lu une revue cochonne ?

L'assistant, les mains croisées dans le dos et les yeux baissés, était cramoisi.

— Non ! Enfin... juste un peu.

Tel un monarque menaçant de son sceptre, Gambié brandissait l'éléphantesque phallus.

— Je vais vous déniaiser, docteur : ça, c'est un gode, un nœud ! Une bite artificielle, une bite qui ne débande jamais ! On se fout ça dans le fion, ou on le fout dans celui de qui on veut ! Je n'ai pas dit de qui en veut, parce que avec le « en », il ne s'agit plus du même « vouloir », vous me suivez ? Et la variante à sec, vous connaissez ? Et la double pénétration, hein, ducon, vous voulez que je vous fasse un dessin ?

Gambié écumait, les yeux exorbités.

Le médecin tremblait :

— Mais... je... je n'ai jamais fait de choses pareilles... Je suis innocent...

— Innocent ! Mais c'est justement de ça que tu es coupable, tête de nœud ! Tu es coupable d'innocence ! Tu n'as rien vu, rien entendu, rien compris à rien ! Imbécile...

— Mathieu, tu perds la tête, calme-toi, chuchota le grand escogriffe en lui balançant un coup de coude en plein plexus.

— Tu as raison, répondit Gambié qui laissa choir le symbole, comme un enfant se désintéresse d'un joujou. Détaillez-moi les produits qui sont dans cette pharmacie.

L'assistant se planta devant la vitre de l'armoire, inspira profondément et articula :

— Benzo...

— Je m'en branle des noms chimiques, hurla Gambié en claquant le vertex de Fonteville. Ce qui m'importe, c'est les effets !

— Ça suffit ! marmotta Benjamin en accompagnant ses paroles d'une béquille. Tu cherches les emmerdes ?

— Ne t'inquiète pas pour moi, rétorqua haut et fort Gambié en claquant à nouveau lourdement le sommet du crâne de Fonteville. Il a été formé à bonne école et il est tellement con, mais tellement con, qu'il doit tenir mon interrogatoire pour réglementaire !

La tête complètement rentrée dans les épaules et les mains derrière le dos, l'assistant récitait :

— Sédatif, anesthésique local, anesthésique général, myorelaxant, curarisant...

— C'est quoi, un myorelaxant ? demanda Gambié.

— « Myo » c'est muscle ! Et « relaxant », c'est... je ne trouve pas le mot !

— Je pense pouvoir me débrouiller sans ! Continuez !

— Cogécinq injectable, c'est un neuroleptique qui soigne...

— Passons !

— Vaseline stérile, c'est très bon...

— Vous méritez sans ! Passons !

— Aspirine et cortisone injectables, cardiotonique, morphine.

— Ça ira comme ça ! Je vous remercie, docteur, dit calmement Gambié, qui prenait sur lui. Vous restez ici cette nuit, vous êtes de garde ! Vous ne quittez votre poste sous aucun prétexte ! Vous m'attendez en préparant un rapport précis sur les dix-huit dépressifs, mélancoliques et mutiques hospitalisés dans ce service. Je veux toutes les fiches médicales à dispo.

L'assistant opina du bonnet. Pris de nausées, je sortis de la salle de torture.

— Benjamin, tu places des scellés sur cette porte ! ordonna Gambié. Où est le collègue ?

— Avec le légiste, ou au labo.

Gambié et moi fumions en silence. Il écrasa son mégot et soupira :

— Reste à trouver ce soupirail ! On a les bougies et j'ai demandé que les deux portes qui donnent ici soient bouclées. On va planter des bougies un peu partout et comme il n'y a pas un souffle d'air dans ce trou... C'est bien votre idée, n'est-ce pas ?

— Précisément !

— La chapelle est plein sud. Il est logique d'explorer en premier le côté d'où nous sommes descendus, hein, d'accord ?

Nous partîmes chacun d'une des extrémités du pan de mur. Cette partie de la cave était en dur et il s'avéra plus pratique d'ôter les collerettes des bougies et de les coller sur le sol avec leur propre écoulement.

— Pas un pet d'air dans ce cul-de-basse-fosse, les conditions sont idéales, il ne nous reste plus qu'à observer de loin, me dit Gambié en se reculant.

Nous nous accroupîmes côte à côte. Une minute passa, il ne restait plus qu'une demi-vie aux bougies allumées en premier. La seule flamme tremblotante était celle de la bougie placée à la droite de l'escalier.

— Le peu d'air qui circule vient de l'entrée, chuchota Gambié. Ce courant d'air est normal, la porte du haut n'est pas hermétique.

— Et pourquoi l'air circulerait-il ? Plaçons plusieurs bougies autour de celle dont la flamme a la bougeotte. Et grouillons-nous, les mèches n'en ont plus pour longtemps !

Nous reprîmes position à nos postes d'observation. Gambié s'étonna :

— Ce sont les flammes protégées par la construction supportant l'escalier qui vacillent le plus, elles ne devraient pas. Allons voir ça de plus près.

Le bâti qui supportait l'escalier ressemblait à l'entrée d'un pavillon de banlieue. Du sol au perron, la construction était bordée d'une rampe en ciment inutilement épaisse. Il n'y avait que deux côtés à examiner : ce triangle parallèle au mur et le muret rectangulaire à angle droit.

— S'il y a une porte là-dedans, elle est foutrement bien ajustée, s'exclama Gambié en caressant la paroi verticale. Il commenta : pas de parement, un mur lisse cimenté qui, *a priori*, ne porte aucune marque suspecte.

J'allumai une cigarette et soufflai la fumée à quelques centimètres dans l'angle du mur et du muret. Le nuage me revint en pleine figure. Gambié mouilla le bout de son index d'un coup de langue, se statufia dans la position du dieu des chapardeurs, et constata qu'un filet d'air qui n'avait pas lieu d'être circulait.

J'appuyai des deux mains sur le muretin : il ne jouait pas plus qu'un pilier de cathédrale.

— Regardez ce « S » en fer qui affleure, s'étonna le flic en l'éclairant avec sa torche. Étrange, ce renfort à dix centimètres du sol, il ne sert absolument à rien. Accroupi, il le tripota. Il ne peut pas tourner, pas de prise pour le tirer, on ne peut que le pousser... Rien ! Voyons ce que ça donne en appuyant sur le haut de la boucle... Que dalle !... Et sur le bas...

On entendit un bruit sec. J'appuyai des deux mains sur le muret, il se décala de quelques centimètres avec la précision et l'inertie d'une porte monumentale de coffre-fort.

— Gagné, Lepgorin ! Je n'ai qu'à vous suivre, quel flic vous faites !

Gambié appuya de toutes ses forces, le pan de mur refusait de se décaler davantage. Il grommela :

— Ou il tourne, ou il coulisse...

Une pression longitudinale sur la pièce de métal qui commandait le dispositif, et la construction verticale glissa presque sans effort pour laisser place à un passage qui allait du sol au perron.

Nous étions sous l'escalier. À angle droit, quelques marches au bas desquelles s'ouvrait un tunnel voûté en pierres de taille de deux mètres de haut sur un de large.

— Allons-y, me lança Gambié, tandis que le pan de mur se remettait seul en place.

Des dalles couvraient le sol, parfaitement ajustées, l'ouvrage était étonnamment soigné, sans pierre en saillie. Le faisceau de la lampe se perdit dans le noir, la galerie semblait sans fin.

— Il n'y a pas l'électricité, bougonna l'inspecteur en examinant la voûte, je me demande de quand date cette construction...

— La partie la plus ancienne du service de Trochin a été inaugurée en 1838, cet ouvrage est donc postérieur à cette date.

— Et vous pensez que ce sont des aliénés qui l'ont creusé ?

— En tout cas, c'est un siphonné qui l'a fait faire ! À quoi peut servir ce tunnel, à se rendre dans la chapelle à l'abri du vent et de la pluie ?

— Votre idée ?

— Tout est possible ! Au beau milieu du XIXᵉ, les bourgeois se sont enrichis en envoyant des mômes dans les mines. Quant aux aliénistes de l'époque, ils considéraient l'inaptitude au travail et plus encore l'absence du sens de la hiérarchie comme des maladies. Ces rédempteurs faisaient leur beurre en exploitant tous ceux qui savaient produire quelque chose de leurs mains : ébénisterie, tricot, c'était l'usine dans ces trous noirs. Les cadres asilaires ont même inventé le travail temporaire : ils fournissaient pour trois sous aux bourgeois et aux nantis des maçons, des peintres en bâtiment, des jardiniers.

— C'est fini tout ça !

— Les mots ont changé, aujourd'hui la guérison par le travail c'est l'« ergothérapie » et les pourvoyeurs des « ergothérapeutes ».

— Dites-moi, Lepgorin, vous ne seriez pas un peu anar sur les bords ?

— Sans bord, pas d'orifices, pas de trous, pas de penchants ! On est au bord du gouffre, du suicide, de la faillite, de la crise, jusqu'aux mots qu'on a au bord des lèvres : bref, on est toujours au bord de quelque chose. Le bord, c'est tout l'être !

— Vous ne m'avez pas répondu, Lepgorin.

— J'ai évidemment été anarchiste, comme vous, non ? Sans doute un peu moins, moi je n'ai pas milité !

Gambié stoppa net et se retourna :

— Comment le savez-vous ?

— La lumière dans les yeux, c'est professionnel ?

— Pardonnez-moi... Plus j'y pense, et plus je me dis que vous feriez un excellent coupable !

— Je le suis, je le suis...

— Lepgorin, je m'interroge. Qu'avez-vous de commun avec les ordures qui viennent de trépasser ?... Je ne devrais pas parler de la sorte, pour un flic, ça la fiche mal... Mais je m'en balance.

— Votre question est directe et franche. Ma réponse le sera aussi : rien ! Ah, je crois qu'on arrive à destination.

La galerie tournait à angle droit et débouchait sur

une pièce. Gambié promena un peu partout son pâté de lumière.

— Cette construction me paraît plus ancienne que le boyau que nous venons d'emprunter. Nous sommes dans un sépulcre.

Au beau milieu de la crypte, des marches s'enroulaient autour d'une colonne porteuse. Cachée par l'escalier en colimaçon, une porte en fer, armée d'un loquet impressionnant, semblait boucler la niche d'un caveau dont on aurait craint que le cadavre s'esbigne.

— Putain, bredouilla Gambié, la clenche est un vrai barreau de prison, elle pénètre au moins à vingt centimètres dans le chambranle de pierre, qu'est-ce qu'on va trouver là-dedans ?

Il poussa la porte et s'écria :

— Le paravent ! Celui de la vidéo ! La table d'opération, les sangles, deux lampes à gaz !... C'est ici que Trochin a passé son casting.

Je tournai le bouton d'une des bouteilles de butane et approchai la flamme de mon briquet d'un chapeau sous lequel le gaz sifflait. On y voyait parfaitement, Gambié coupa sa torche.

Des seringues et des produits pharmaceutiques étaient éparpillés sur une table de soins en inox, à deux plateaux. Sur celui du dessous étaient méticuleusement alignés des bistouris, des ciseaux tarabiscotés et quelques bizarreries dont deviner l'usage forçait l'imagination à franchir les portes de l'enfer. Gambié fit une vilaine grimace en détaillant le contenu d'un sac-poubelle débordant de compresses, de morceaux de coton souillés, d'ampoules brisées, de bocaux de sérum et de flacons vides. À côté de l'indestructible chariot auquel le corps martyrisé avait été fixé quelques semaines, un goutte-à-goutte exsangue était pendu à son support rongé, tel un vampire émacié à une branche à l'écorce pulvérulente.

— Maintenant, nous savons que le maître d'œuvre du carnage est hospitalisé aux Marronniers ! Il faut qu'on examine au plus vite les fiches médicales. Il joue les muets, avez-vous dit... Je sens qu'on va le choper ! Gambié, fébrile, parlait tout seul. On ne va pas l'attendre, que viendrait-il faire ici désormais ? Trochin est mort, son adjoint et les surveillants aussi. À Prémont, son boulot est fini... Vous mis à part... Il promena son regard un peu partout. Tout a été nettoyé, javellisé, ça pue encore le chlore. Jusqu'au seau hygiénique qui est impeccable !... Certes, il n'a pas vidé les ordures... Ce type ne pipe pas mot, c'est logique... Quoi d'autre ?

— D'apparence, il n'est pas détérioré.

— Et pourquoi ?

— Trop difficile à imiter et sans aucun intérêt tactique, bien au contraire. Ce bonhomme, très occupé, doit pouvoir aller et venir, et pour ça, il ne faut pas que le personnel pense qu'il est confus ou délirant, violent et imprévisible, capable de faire un raptus. C'est forcément un père tranquille, un type lent, fatigué, aimable, qui peut rester des heures à bouquiner ou à rêvasser...

Gambié hocha la tête et rétorqua :

166

— On peut imaginer que sa chambre est voisine de la porte qui mène à la cave...

— Oui... Ce zigue ne devrait pas être difficile à confondre... À mon avis, il n'est pas sous neuroleptiques, et dans le service de Trochin, il est très certainement le seul et unique malade à ne pas l'être. Pourquoi ? Mystère et boule de gomme ! Quelque chose de singulier doit distinguer cet homme des autres...

— Grouillez-vous de trouver quoi... Je regarde où débouche la sortie, et on rentre !

L'escalier en colimaçon menait sous une dalle d'un mètre carré. Arrivé en haut, Gambié me demanda de braquer la lampe, et alors qu'il s'apprêtait à fournir dans la position d'Atlas un effort titanesque, la plaque s'éleva facilement, sans un bruit, tandis que de la dalle contiguë sortait un contrepoids inséré en elle comme un couvert en argent dans le velours d'une ménagère. Gambié passa la tête, puis gravit les dernières marches. Il s'assit à la surface et, les pieds ballants, légèrement penché en avant, il chuchota :

— Nous sommes sous l'autel ! Juste un petit coup d'œil, on ne sait jamais... Personne !

Il reprit pied sur la dernière marche et referma la trappe aussi facilement qu'il l'avait ouverte. Il bougonna :

— On s'en revient dare-dare aux Marronniers. Il est ferré !

Gambié, qui courait plus qu'il ne marchait, se retourna et me reprocha de lambiner.

À l'autre bout, la mécanique d'ouverture était apparente.

— Motus concernant nos découvertes, me dit Gambié en regardant le pan de mur sceller le souterrain par l'effet de pente qui le condamnait inexorablement à la fermeture.

L'inspecteur fit rapidement la cueillette des bougies, des collerettes et décolla à coups de godillots les coupelles de stéarine bleues et roses qui entachaient le sol.

— Je dois rentrer à Paris. Il fait un sale temps et demain je reçois.

— Pas question que vous repartiez avant d'avoir examiné avec moi les fiches et trouvé ce que cet assassin doit avoir de « remarquable ». Il y a dix minutes, vous m'avez dit : « Quelque chose de singulier doit distinguer cet homme des autres... » ; eh bien mon cher, c'est l'heure de trouver quoi ! Un fin limier pareil... Vous n'imaginez tout de même pas que sous prétexte que vous vous couchez avec les poules, je vais vous laisser filer !

En remontant les marches qui conduisaient aux Marronniers, une idée me traversa l'esprit :

— Dans le beffroi, avez-vous regardé ce qui a fait dérailler la cloche ? Elle a sonné la fin du monde vers treize heures trente, alors qu'avant, elle ne carillonnait plus ni les heures, ni les demies. C'est après une sorte de festival qu'elle a retrouvé ses moyens... N'est-ce pas étrange ?...

— Tout semblait en ordre. Le marteau a fonctionné sous mes yeux, et je vous prie de croire que j'en ai bien profité ! Quant à la sonnerie aux morts, il n'y a pas eu d'enterrement aujourd'hui. Et si le bedeau avait trouvé deux hommes pendus à sa corde, on l'aurait entendu !

— Ils n'ont pas été estrapadés avec celle qui actionne la cloche ?

— Si ! Elle est très facile à décrocher... Pourquoi faire des frais ?

— Alors comment a-t-elle été actionnée vers treize heures ? À la main ?

— Sans doute...

— C'est pour le moins très étonnant !

Gambié referma sans bruit la porte de la cave derrière lui, examina le long couloir et compta les portes adjacentes.

— Huit chambres, dit-il à voix basse. S'il a la sienne ici, c'est le panard pour lui : ni salle de soins ni carré d'infirmières, le coin est tranquille.

Il me fit signe d'approcher et me dit à l'oreille : j'ai un test à vous faire passer.

— J'ai moi aussi remarqué qu'une des portes n'avait pas de serrure.

— Quel flic ! Vous permettez que je vous appelle Octave ?

— Mathieu, je veux bien que nous soyons copains, mais à la condition que vous évitiez en parlant de moi de dire « Quel flic ! » à tout bout de champ !

— Et... poulet ?

— Je me fâcherais tout rouge !

Gambié s'approcha de la porte sur la pointe des pieds, tendit l'oreille, puis colla son nez au carreau :

— Personne ! s'exclama-t-il, mais il y a des affaires...

Fonteville occupait le fauteuil de Trochin. Debout, derrière lui, l'adjoint de Gambié, exaspéré, pointait les fiches médicales et tentait de lui arracher des informations :

— Et celui-là ?

— Je vous l'ai déjà dit et répété : quinze ans d'hospitalisation, mélancolique, plus de trente tentatives de suicide à son actif, deux par an ! Ce malade est très détérioré, il ne répond même plus à son nom !

— Une idée, Octave ? me demanda Gambié.

— Possible... Docteur, ici il n'y a pas que des internés, je suppose que vous avez des gens qui viennent de leur plein gré ?

Gambié saisit la balle au bond :

— Alors, Fonteville, on vous a posé une question, ça vient ?

— On n'en a qu'un, répondit-il : nous affichons complet depuis des années et le docteur...

— Sa fiche ! dit Gambié en tendant la main. Il lut à voix haute : *Jacques Fondencourt, soixante-deux ans, résidant à Beauvais, prof agrégé de lettres à la retraite, célibataire, dépressif, deux tentatives de suicide...* Qui le suit ?

— Le docteur Trochin... Il est venu quatre fois en deux ans. Trois fois quinze jours, là c'est son plus long séjour, il est ici depuis deux mois. Il est sous

Exalten 50, trois par jour : c'est un antidépresseur...
Le patron avait ce malade à la bonne...

— Pourquoi ? demanda Gambié.

La question rendit Fonteville prognathe : le sourcil relevé, le regard lointain, la lèvre inférieure lip-
pue recouvrant totalement celle du haut, il modula
des bruits de gorge avant de répondre :

— Un transfert, comme on dit dans notre jargon.

— Un transfert, c'est tout ce que vous avez
trouvé ? grogna Gambié.

— Ce malade ne communiquait qu'avec M. Trochin et avec lui seul. Le docteur parlait de son
malade comme d'un homme extrêmement cultivé,
il le respectait beaucoup... Aucun médecin du service n'était autorisé à modifier son traitement.

— Comment se fait-il alors qu'il soit resté aux
Marronniers après la disparition de Trochin ? Vous
ne trouvez pas cela étrange ?

— Il s'est mis à parler avec Groffin, et à lui seul.
D'ailleurs, regardez sa fiche médicale : depuis le
30 octobre, c'est l'écriture du médecin-chef adjoint
qui a pris le relais : même traitement, même posologie qu'avant.

— Décrivez-le-moi, demanda l'inspecteur.

— Un mètre quatre-vingts, soixante-quinze
kilos... c'est sur sa fiche... Tout en muscles malgré
son âge, des cheveux blancs bouclés, des lunettes
ovales. Il est indolent et mutique, avec l'air de
quelqu'un qui porte toute la misère du monde sur le
dos ; il est toujours à bouquiner des trucs pas faciles : latin, grec, il doit connaître Aristote par cœur !

Le docteur Trochin l'autorisait à aller et venir, à se promener dans la cour. Il ne demande que par gestes, mais il n'oublie jamais de dire merci !

— Il parle, alors ? objecta Gambié.

— Non ! Il fait des clins d'œil en levant un vieux chapeau irlandais, un truc mou et gris qu'il ne quitte jamais. D'ailleurs, on s'amuse tous à l'imiter !

— Pourquoi ? demanda Gambié fébrilement.

— Son clin d'œil est marrant : il est lent ; en fait, il n'arrive pas à fermer une seule paupière, l'autre suit automatiquement le mouvement, comme ça... Vous voyez ?

Fonteville nous gratifia d'une grimace de dépravé.

— Conduisez-nous à sa chambre !

Mon cœur se mit à battre la chamade lorsque Fonteville stoppa net devant la porte que Gambié avait repérée.

— Il n'y est pas, s'étonna le psychiatre. Et fixant attentivement sa Zobson, il maugréa, l'air contrarié : il est vingt-trois heures six, tout le monde est couché depuis belle lurette, je ne comprends pas. Il n'a pas souhaité quitter le service. Je le saurais... D'ailleurs, ses affaires sont toujours là !

Gambié fit le tour du propriétaire en deux temps trois mouvements ; il énuméra :

— Trois chemises, deux pantalons, trois pulls, du linge... Son pyjama est au pied du lit... Une brosse à dents, des rasoirs, un blaireau, du savon à barbe... Un polycopié en latin surligné et annoté de pattes-de-mouche : *Summis desiderantes affectibus !* Ce n'est pas ordinaire, savez-vous de quoi il s'agit ?

— Pfft !...

Gambié s'assit au pied du lit.

— Si ma mémoire est bonne, il s'agit d'une bulle papale. Lorsque j'étais sorbonnard, j'avais un prof d'histoire médiévale... Il nous en a parlé... Je crois qu'elle date de la fin du XVᵉ...

L'assistant, droit comme un « i », ses deux mains enserrant la barre métallique du pied de lit, nous fixait d'un air idiot.

— Tout le monde l'aime bien ici ! s'exclama-t-il.

Gambié fit signe à Fonteville de s'approcher. Il grommela :

— N'avez-vous pas parfois le sentiment d'être décalé, mon vieux ?

— Par rapport à quoi ?

— C'est précisément ce qu'il vous faut découvrir ! Docteur, je veux savoir où est passé ce monsieur, qui l'a vu aujourd'hui et où.

— Je lancerai mon enquête demain matin !

— Tout de suite ! Questionnez le personnel de nuit et réveillez le personnel de jour ! Accompagnez mon adjoint ! Benjamin, je veux qu'on guette cet homme, mais je doute que tu le voies se pointer. Demain, à la première heure, avec ou sans mandat, on perquisitionne à son domicile... Beauvais, on a son adresse. Cette nuit, là-bas, on met en place une souricière. Tu enquêtes dans l'établissement où il a enseigné. Je veux tout savoir sur lui ! Tu téléphones au collègue pour qu'il rapplique illico. Pour établir les recoupements d'empreintes, on a tout le temps. Toi, tu passes la nuit ici et moi je rentre à Paris.

Demain, tu fais poser des scellés sur les deux portes qui conduisent à la cave et en attendant tu restes à l'affût. Je confisque brosse et verre à dents, le rasoir et tout le bataclan... Dégote-moi un sac plastique !

— Tu penses que c'est notre homme ? lui demanda Benjamin.

— Oui.

— Mathieu, où est-ce que je dors ? Je n'ai rien bouffé de la journée et je suis claqué. Idem pour Jean-Pierre.

— Elle est sympa cette piaule, mon lapin, tu ne trouves pas ? Le gentil docteur va vous trouver quelque chose à grignoter et si vous avez besoin d'une piquouse pour rester éveillés, vous savez à qui demander !

Benjamin fit la moue.

— Ah ! Fonteville, une dernière chose. Demain, vous risquez d'avoir du monde. Aucun journaliste ici, aucune interview. Je vous tiens personnellement pour responsable, compris ? Et que personne ne s'avise de transgresser mes ordres, ou bien des sanctions administratives graves vont dégringoler. Un mot sur cette affaire et je casse le bavard ! Et comme le patron pour le moment, ici, c'est vous... Vous me suivez ?

— Vous pouvez compter sur moi, répondit militairement l'assistant.

Dans le couloir, Gambié, l'air grave, prit son subordonné à part. Il désigna plusieurs fois du doigt la direction de la cave. Il répondait aux questions de son adjoint par des signes de tête, sans piper mot. L'inspecteur m'invita à m'approcher de lui :

— Vous avez un sacré flair ! Votre sentiment, je vous prie : pensez-vous comme moi que cet homme a décampé, le feu aux fesses, et qu'on n'est pas près de le revoir dans les parages ?

— Ouais, le feu aux fesses est une spécialité maison ! Ici, le boulot de ce type est vraisemblablement terminé... moi mis à part ! Je pense même que Fondencourt a annoncé son départ à tout l'hôpital, enfin, à ses complices...

Les deux flics me regardèrent étrangement. Gambié se tourna vers Fonteville et le questionna :

— Fondencourt a un téléphone mobile ?

— Oui, mais je ne l'ai jamais vu s'en servir et je ne l'ai jamais entendu sonner.

— Regarde s'il y a un chargeur de batterie dans la piaule, demanda Gambié à son collègue. Puis il ajouta : il bigophone et écoute sa messagerie la nuit. C'est comme ça que ces oiseaux de malheur communiquent. Hein, Octave, vous ne croyez pas ?

— Non. J'en doute. C'est trop risqué d'utiliser ces joujoux. À mon avis les messages sont diffusés par la cloche. Comment expliquer autrement qu'elle ne marque plus les heures pendant des heures, qu'elle fasse au plus inattendu des moments un tintamarre de tous les diables, et qu'elle carillonne quand ça lui chante... C'est bien dommage que nous n'ayons pas d'enregistrement, parce que plus j'y pense, plus je me dis que la fréquence des coups de battant n'était pas régulière. Cette idée me trotte dans la tête depuis un bail.

— Du morse... Vous ne trouvez pas ça un peu vieillot ?

— Non, pas du morse, mais un système cucul la praline, basique quoi : deux coups pour ceci, trois coups pour cela. En jouant sur les espacements, on peut multiplier les possibilités.

— J'ai pensé la même chose que vous, Octave. Enfin, tout à l'heure vous m'avez mis sur la voie. Avec un code tout simple, on peut effectivement faire passer beaucoup d'informations. Votre téléphone... on dirait que vos affaires reprennent !

J'eus une appréhension. Geneviève, d'humeur mélancolique, me proposait de passer boire un verre avant de prendre la route. Après un instant d'hésitation elle finit par accepter de passer la soirée du lendemain avec moi, à Paris.

Le temps était toujours aussi exécrable. Il pleuvassait et une brume légère flottait. La cloche sonna la demie.

— Vous rentrez directement sur la capitale ? me demanda Gambié.

— Oui.

— Demain mes collègues n'auront pas trop de deux voitures. Avez-vous une place pour moi ?

— Une seule, celle du conducteur.

Gambié me confisqua le trousseau de clés.

— La 203 ! Inutile de me dire où sont les vitesses, j'ai passé des heures et des heures accoudé au siège avant, à regarder mon paternel les passer... Ce que j'ai pu le faire râler ! Un coup de frein un peu brusque et souvent il prenait mon coude dans la nuque. Il m'a renvoyé des centaines de fois au fond de la banquette... Un jour, excédé, il a voulu m'en coller une, il a manqué foutre la voiture dans le fossé et a écopé en prime d'un torticolis qui lui a gâché une semaine de vacances ! Huit jours durant lesquels il a masqué la douleur que lui provoquait le moindre mouvement de la tête derrière un petit sourire crispé. Le pauvre... En plus de m'avoir raté, il avait dégommé ma petite sœur !

Il contint difficilement son émotion.

— Votre sœur...

— Un accident... Des lésions cérébrales irréversibles, elle est dans un établissement psychiatrique. Je préfère qu'on parle d'autre chose.

Gambié stoppa devant la chapelle engloutie dans l'obscurité et le crachin. Il n'y avait rien à voir. Il se caressa le menton comme on contrôle la qualité d'un rasage, puis passa la première.

— Cet intello venge un être cher, une compagne, ou une fille... De toute façon une fille. Hein, qu'en pensez-vous ?

— Ça ne fait aucun doute.

— Ce justicier n'est pas venu ici sous son identité réelle, ce serait trop simple. Lorsqu'il vous a vu par la meurtrière du beffroi, quitter le chemin pour tremper jusqu'aux chevilles dans l'herbe mouillée, il a immédiatement compris que vous alliez rappliquer. Comme chez vous, passage Saint-Martin, il aurait pu vous attendre et vous faire la peau. Il n'y avait rien de plus facile...

— Je n'avais pas la clé...

— Trouvant porte close, compte tenu de vos dispositions de détective, n'auriez-vous pas fait le tour de l'édifice et soulevé chaque pot de fleurs ? Pour quelle raison vous avoir invité à entrer là-dedans ? Je ne comprends pas ! Sans cet appel qui vous a mis sur vos gardes, il aurait pu achever sa besogne !

Pourquoi par deux fois avez-vous échappé au massacre ?... Octave, si vous saviez à quel point je déteste ne pas comprendre... Ça m'agace, mais ça m'agace !

— J'en conviens, tout cela est incompréhensible. Il veut me tuer et au moment où il pourrait le faire sans aucune difficulté, il laisse tomber !

— Si la ligne téléphonique est à son nom... J'ai aussi le numéro de série de son chargeur de batterie... ça peut s'avérer utile, je ne sais pas exactement à quoi, mais ça peut... Il s'est fait hospitaliser sous un nom d'emprunt. C'est son quatrième séjour en deux ans, il a pris le temps de bien organiser les choses, il a tout programmé au millimètre, soyez-en sûr !... Octave, m'avez-vous tout dit ?

— Inspecteur, ôtez-vous de la tête l'idée que j'aurais quelque chose en commun avec les quatre ordures ! Certes, j'ai gagné de l'argent, pas mal d'argent en travaillant à la promotion du Cogécinq. Mais je n'ai pas inventé cette merde, pas plus que je n'ai inventé le discours cache-misère qui en vante les vertus. Après tout, s'agissant des camisoles, la chimie est peut-être préférable au lin ! Avez-vous déjà entendu parler de toxicos se shootant aux neuroleptiques désinhibiteurs ? Moi non. Le pastis, l'absinthe, le brandy, c'est pas mal ! En matière de mal-être existentiel, je ne suis pas contre l'automédication : un petit verre réchauffe, un second excite, on peut aller comme ça jusqu'au vertige, au chavirement, au délire et au sommeil de plomb. Vous connaissez le dicton : « Tout est poison, rien n'est poison, tout est question de dosage ! » Ce bon mot est de Paracelse, le « médecin vagabond », un sage dont il est dit qu'en matière de bibine, il en connaissait un rayon !

Gambié ne m'écoutait plus. Il ronchonna :

— Quel temps ! On n'y voit goutte... Je me demande combien ce club d'assassins compte de membres : trois ?... quatre ? Le surveillant de nuit a été piqué dans le dos alors qu'il était accroupi. Les aiguilles à tricoter sont venues après une aiguille à chapeau longue de vingt centimètres. C'est une arme redoutable, un coup vous paralyse complètement, s'il ne vous tue pas, où que vous piquiez !

— Où qu'on pique ?

— Il paraît qu'une fois enfoncée, si vous la laissez en place, le moindre mouvement provoque une souffrance atroce. Même si vous ne bougez pas, le muscle dans lequel elle est plantée se contracte, c'est réflexe, donc il se déchire, d'où la douleur, d'où la contraction... Le système s'auto-alimente, vous voyez le genre ? L'aiguille a ripé sur une dorsale et a traversé le poumon. Avec ça dans le dos, Mareigne a été instantanément tétanisé. Incapable d'émettre un son, il a dû frissonner comme un papillon épinglé vivant. Il y a une dizaine d'années, j'ai eu une affaire dans le genre : une mémé de soixante-dix-sept ans a planté l'aiguille de son chapeau dans la cuisse d'un très méchant garçon. Quand on l'a cueilli, il semblait moribond, il ne pouvait plus bouger le petit doigt et respirait difficilement. Pourtant, il n'avait presque rien. Mais revenons à nos moutons : une fois tétanisé, au seuil de la travailleuse en sapin, Mareigne est transpercé comme la pelote de laine dans laquelle les tricoteuses rangent leurs aiguilles...

— Combien de personnes l'attendaient, selon vous ?

— Deux, deux grand-mères, pas plus ! J'imagine très bien le déroulement de la scène : elles papotent à côté de l'endroit où il se gare habituellement et, au moment où il referme la portière de sa voiture, l'une d'elles laisse tomber un sac d'oranges. Il se baisse courtoisement pour les ramasser et bingo ! elles lardent la sanguine...

— Vous avez trouvé des oranges sous la bagnole du surveillant ?

— Deux maltaises !

— C'est la saison ?

— Elles sont au labo, mais j'aurais mieux fait de les bouffer, car à part du jus, on n'en tirera rien. J'ai chargé les gendarmes de l'enquête sur ces agrumes : ils n'ont pas été achetés chez les primeurs du coin, aucun ne vend cette catégorie... L'instigateur de ces meurtres est un sacré bonhomme : sa glose est remarquable, tant par sa forme que par son contenu, il est calme, posé, patient, et lit le latin du XVe siècle. Et quelle lecture : la bulle papale *Summis desiderantes affectibus*... C'est impressionnant, vous ne trouvez pas !

— Ça vous change du verlan et des sacs à main de vieilles volés à la tire !

Gambié avait trouvé un « lapin », un semi-remorque dont la cabine devait se situer au-dessus de la couche de brume. La voiture tenait un soixante-quinze, quatre-vingts.

— Bientôt l'autoroute. Remarquez, rien ne me presse, je vis seul, soupira-t-il.

— Depuis longtemps ?

— Deux ans... Albertine m'a quitté pour le directeur de la communication d'un fabricant d'accessoires de golf. Elle dit être heureuse avec son rhéteur merchandising... Quand je pense à tous ces mots pour décrire le voisinage d'un trou dans du gazon. Les greens sont des pubis de punkette... non ! ils sont les entonnoirs dont les golfeurs sont les pentes... J'avais un penchant, une inclination pour cette idiote, rien de passionnel. Depuis qu'elle est partie, j'ai rêvé cent fois d'aller faire mes besoins dans les nids stériles et numérotés de Saint-Nom-la-Bretèche !

— La grosse commission ?

— Enfin, Octave, évidemment ! J'ai même imaginé monter une assoce de bouche-trous... Vous êtes le premier à qui j'en parle. Surtout, vous gardez ça pour vous, hein ! Bref, je n'ai plus de femme, mais j'ai des prix sur les clubs et les tees... Si ça vous intéresse...

— Des enfants ?

— Non, et vous ?

— Idem... Un de mes patients bosse dans la communication, il fourre du publicitaire dans de l'espace. C'est une sorte de doctrinaire de l'enveloppe vide ; pour lui, les mots ne valent pas par les idées qu'ils expriment, mais par les comportements qu'ils déclenchent. Son Graal, c'est l'image, sonore ou non, qui rend boulimique. Dans la vie, il est en libre-service, à portée de main des ménagères qui le lessivent, l'essorent, et finissent toutes par l'éjecter comme un malpropre !

— En dehors de vous, je me demande si ces criminels ont encore des comptes à régler... Dans cette histoire, Octave, la seule chose qui me dérange, c'est vous ! Si vous n'y étiez pas mêlé, elle tiendrait debout, elle serait logique. Voilà plus de dix ans que vous n'avez plus rien à voir avec Prémont, Trochin et le Cogécinq. Dites-moi, en repensant à cette époque, rien de particulier ne vous vient à l'esprit ? Durant toutes ces années, n'avez-vous pas écrit ou fait quelque chose qui aurait pu être mal interprété ? Je ne sais pas, moi : copiner avec Trochin, ou...

— Rien ! Au contraire...

— Comment ça, au contraire ?

— J'ai dû quitter le laboratoire pharmaceutique qui commercialise le Cogécinq à la suite d'une conférence à tonalité soixante-huitarde dont les dirigeants ont eu vent : « Vous crachez dans la soupe ! » m'ont-ils reproché, et franchement, ils avaient raison. Cette intervention avait pour thème la thérapeutique asilaire du XIXᵉ siècle à nos jours. Globalement, mon discours était antipsychiatrique, en ceci que je considérais — et je n'ai pas changé d'avis — que la folie n'est pas une maladie et que dès lors, elle n'est pas du ressort de la médecine. Qu'en dit-elle, la médecine, du trouble psychique ? Quand elle ne les associe pas, ou bien elle porte haut le fanion des neurosciences et considère que névroses et psychoses ont des origines organiques, biochimiques voire les deux, ou elle opère sur le terrain comportementaliste, autrement dit celui du débriefing et du dressage. La psychiatrie est uniquement descriptive, et si elle est une science, elle est une science sans théorie.

— Là n'est pas mon objet, Octave, je suis flic. Mais pour ne rien vous cacher, j'ai en tête que vous et l'assassin êtes de la même école. Ne peut-on légitimement imaginer que, sachant ce que vous savez, vous êtes, aux yeux d'un alter ego, plus coupable qu'un prosélyte de la manière forte et de la piquouse qui, lui, ne se serait jamais posé de questions ?

— J'étais VRP, mon vieux, et rien de plus !

— Si je m'en tiens à ce que vous racontez, vous êtes menacé de mort pour une histoire vieille de deux lustres. C'est beaucoup, dix ans. Pourquoi avoir tant attendu ? Durant toutes ces années, Trochin et ses diablotins ont continué à s'éclater avec les malades... Et notre homme les aurait tout ce temps laissés s'amuser comme des fous sans lever le petit doigt... Ça ne tient pas debout !

— Je suis bien d'accord ! Mais vous oubliez une chose : ils sont plusieurs ! Autrement dit, chacun des membres de cette assoce trimbale une histoire personnelle. Ce qui tourmente l'instigateur de ces meurtres peut être récent, tandis que ce qui ronge celui ou celle qui m'en veut peut remonter à dix ans. Ces gens-là ne vengent pas un crime, mais plusieurs !

— Intuitivement, je sens que vous avez raison.

Vous m'avez bien dit que vous connaissiez Koberg à cette époque ?

— Oui, il était assistant là où il est médecin-chef aujourd'hui.

— Et la psychologue : Geneviève Pennefleur ?

— Pennefleur... Quel beau nom ! Je l'ai vue hier soir pour la première fois.

— Et vous avez dormi chez elle ?

— Je me suis endormi sur son canapé et elle ne m'a pas réveillé. Elle travaillait chez Trochin, il y a une dizaine d'années, mais je ne vous apprends rien... Je ne me souviens pas d'elle. Elle devait avoir une petite trentaine à l'époque, et ce genre de femme m'a toujours émoustillé. Si je l'avais entrevue, ne fût-ce qu'une seconde, je m'en souviendrais, c'est une certitude !

— Elle peut haïr suffisamment Trochin et sa clique pour être membre du groupe qui les a éliminés ?

— Elle m'a raconté le calvaire qu'elle a vécu chez Trochin. Elle m'a parlé des horreurs qu'elle subodorait. Ces canailles la terrorisaient et elle craignait des représailles, plus pour sa fille que pour elle-même. Elle trimbale une énorme culpabilité... C'est le prix de son silence. Combien sont-ils à avoir rêvé de bousiller ces salopes ? Aux femmes avec lesquelles ils ont fait joujou, ajoutez les mauvaises têtes, les garçons désobéissants, drogués à mort et punis à coups de chocs électriques dans le cul. Combien d'indéfectibles haines, autrement dit combien de suspects ?... Au minimum, vous pouvez en compter autant qu'il y a de photos !

— L'administration de tutelle va enquêter. Comment croire que tout cela s'est produit pendant des années sans que personne ne moufte ? C'est invraisemblable ! J'ai vérifié : Trochin et ses sbires n'ont pas une seule plainte aux fesses, pas une ! Alors, torturer jour après jour sans qu'une seule victime ne parle, ce n'est pas croyable... Si je n'avais pas trouvé ces clichés immondes et ces instruments de torture, je n'aurais jamais gobé une énormité pareille, jamais !

— J'ai écouté Pennefleur. Ajoutez à cela que j'ai une imagination fertile. Les femmes dont ces sadiques se sont distraits étaient préparées, droguées à coups de sédatifs et de produits tels que le Cogécinq. Une piquouse de ce machin vous dépersonnalise pour des semaines. Et croyez-moi, il s'agit d'une dépersonnalisation pas piquée des hannetons ! Cet état second rend difficile après coup la distinction entre fantasme, délire et réalité. Par le passé, un de mes amis a pris du Cogécinq pour se faire une idée précise de ses effets, et accessoirement pour se faire réformer. Il en parle encore avec effroi : ce fut, dit-il, l'expérience la plus terrifiante de son existence. Il prétend que l'acide, le LSD, c'est de la gnognote à côté ! Il a mis des semaines à se remettre d'une dose journalière, il pensait ne plus jamais redescendre. Alors, songez à sa forme retard : par injection, cette merde agit quatre à six semaines ! Un mois et demi, vous imaginez ?

— Où voulez-vous en venir ?

— Mais j'y suis, Gambié.

— Mathieu, je préfère !

— Mathieu, pourquoi les enfants séduits ou abusés par des adultes gardent-ils le plus souvent leur terrible secret ? Parce qu'ils se sentent coupables, non pas de ce qu'ils ont subi, mais de la situation vécue en tant qu'elle a actualisé un désir refoulé : le fantasme œdipien. Hospitaliser un individu, c'est le faire régresser, l'infantiliser, plus encore en psychiatrie qu'ailleurs, puisqu'on prétend y soigner l'esprit. Si l'esprit est malade, le comportement est forcément pathologique, et l'on boucle le dingue pour l'empêcher de faire le fou ! Une fois le corps du siphonné entravé, on le laisse causer. S'il ne parle pas, on lui file de quoi délirer, et s'il carbure trop, on diminue la dose ou on ajoute un chouia de sédatif pour diminuer son débit ! Si l'autorité compétente vous pense fou, vos symptômes sont ce que vous dites, ce que vous faites ou ne faites pas, et la maladie est ce que vous êtes ! Pour les Trochin, la voie d'accès à l'esprit est le corps, tout le corps, lequel, si vous l'avez pratiqué un minimum, fût-ce en touriste, vous le savez, ne manque ni de trous ni de bords ! Alors : comprimés, suppos, piquouses, auxquels il faut ajouter la violence, les chocs, la douleur, les humiliations et la peur.

— Ça n'explique pas le silence des victimes !

— Pour la plupart, il s'agit rarement de personnes hospitalisées de bon gré. Trochin était le père terrible : il punissait, récompensait. Il était docteur, aussi avait-il accès au corps, il était psychiatre, donc on ne devait rien lui cacher. Avez-vous remarqué que dans son bureau, il y a une table d'auscultation ?

— En effet, quoi de plus naturel pour un médecin ?

— Elle aurait dû se trouver dans une salle de soins. Les choses devaient se passer progressivement, d'abord des entretiens où il forçait la confidence de ses patientes, tandis qu'il dosait leur mal-être et leur angoisse avec des drogues. La source de la culpabilité était l'auscultation elle-même. Il devait la commenter d'une manière particulièrement perverse : « Ah, coquine ! Je vois que vous ne détestez pas quand on vous touche ! » « Racontez-moi ce que vous éprouvez ! » « Est-ce moins agréable ici que là ?... » Dès lors, il instillait son propre désir en l'autre... Et séance après séance, il progressait dans l'horreur.

— Ma parole, vous y étiez !

— Je ne crains pas d'imaginer, tout simplement ! Quand j'étais petit, j'ai joué au docteur. Pas vous ? Était-ce le savoir médical qui titillait le petit Mathieu, ou ce que recelait la culotte de la polissonne ? Croyez-vous qu'il suffit de devenir médecin pour éteindre le désir infantile de jouer au docteur ? Quand un enfant est séduit par un adulte, comment les choses se déroulent-elles ? Pourquoi la bouclent-ils la plupart du temps ? Ne percevez-vous pas, dans mon propos, la trame des histoires sordides qu'un flic qui a de la bouteille ne peut ignorer ?

Sur l'autoroute du nord, Gambié poussa la voiture à cent dix, mais dut se résigner à lâcher le camion qui nous ouvrait la route. La bouche en cul de poule bouchonnée par son clope, il se martyrisait de la main gauche une boucle qu'il finit par transformer en épi. Il jeta son mégot par la fenêtre et bougonna :

— Pensez-vous que les assassinats sont finis ?

— J'aimerais, vous vous en doutez ! Mais je crains qu'il n'y ait encore du monde sur la liste : moi, bien sûr, et quelques autres !

— Qu'est-ce qui vous fait supposer que ces règlements de comptes ne sont pas terminés ?

— La glose du meurtrier, pour parler comme vous. On peut imaginer que Trochin avait des copains, des tordus dans son genre, qui ont participé à ses bacchanales et partouzes thérapeutiques... Enfin, je me trompe peut-être, mais notez qu'il avait une nature partageuse...

— Si vous dites vrai, en lisant la presse demain, ils vont se méfier et du coup ils ne seront pas faciles à surprendre...

— Mais dans une semaine ? Dans un mois ou deux ? S'il s'agit de psychiatres, ils consultent ! Trochin ne fréquentait pas les prolos. Il devait frayer avec le notaire ou l'huissier du coin. Ces petits notables reçoivent, donc ça craint ! Je vous le demande : qu'est-ce qu'il y a de plus facile à saisir qu'un huissier ? Un rendez-vous pour un constat, et couic !

— Ce matin, vous avez entendu parler d'un psychiatre parisien que Trochin avait pour ami ?

— Oui, vaguement.

— Je me mets en chasse dès demain, il faut l'identifier ! Il tapota la poche de son manteau. J'ai son carnet d'adresses... Je ferai tirer des photos à ses obsèques et à celles des trois autres.

— Quand seront-ils inhumés ?

— Dès que les corps auront livré aux légistes tout ce qu'il y a à savoir. Ça devrait aller vite...

— Qu'avez-vous trouvé aux domiciles des victimes ?

— Trochin emporte le pompon, et de loin. Les trois autres avaient des photos épouvantables... Ces mecs ne pouvaient pas voir un orifice sans le torturer. Aucun visage n'apparaît sur les centaines de clichés que nous avons trouvés ; on ne voit que des bas-ventres, des godemichés, dont certains, cyclopéens, sont enfoncés jusqu'à la garde dans un vagin, un anus, ou les deux. Benjamin m'a dit que l'autre de mes adjoints, celui qui a perquisitionné chez Groffin, a trouvé chez lui des photos de jeunots. Une collection de mines réjouies, de grimaces obscènes ou douloureuses. Des fions d'Adonis, sous tous les angles, des trous du cul que notre docteur se plaisait à dilater du poing et de l'avant-bras. Je crois bien que cet art a un nom.

— Si l'on voit des visages radieux sur ces photographies, c'est qu'il ne s'agit pas de jeux pratiqués avec des personnes hospitalisées.

— On a Groffin sur la pellicule, en train de se faire fouetter les fesses au sang ! Curieusement, ce garçon collectionnait les objets de culte. Mon second a trouvé à son domicile des crucifix, chandeliers, bénitiers, tableaux religieux et missels en quantité. Il aimait les cuirs moulants, mais aussi les combinaisons amples laissant les fesses à l'air, les barboteuses bouffantes. Dans un de ses placards, on a trouvé des capes et des cagoules. Ou il se rendait à des messes noires, ou il jouait les Ninjas ! Les draps de son lit sont marron foncé, les murs de sa chambre aussi : avouez que ce n'est pas ordinaire ! Cet étron avait le mérite de la véracité et le sens de l'unité : un intérieur à chier et une âme de merde... pouah ! Aucun des quatre hommes assassinés n'était marié, aucun ne s'est reproduit, et en cela, tous méritent un bon point. Groffin a ses parents : deux retraités dont il était le seul enfant.

— Retraités de quoi ?

— Groffin père était naturaliste.

— Taxidermiste ?

— Oui. Le plus réputé des empailleurs de la baie de Somme. Quant à Trochin, sa mère est hospitalisée dans son service depuis deux ans : quatre-vingt-six ans, démence sénile... Eugénie Trochin est bouclée dans une chambre coquette. Elle a fait très peur à Benjamin. Édentée, le regard fixe, elle ne répond plus à son nom et passe son temps à se masturber dans des postures obscènes.

— Classique chez les grands détériorés !

— J'ignorais. Son mari était avoué, il avait vingt-cinq ans de plus qu'elle ; jeune veuve, elle a élevé son fils seule. Trochin père lui a laissé une bonne rente. Cette honnête femme a consacré sa vie à des

œuvres caritatives, triste fin pour une dame patron-
nesse...

— Magnifique ! Alors que cette pauvre vieille n'a
plus rien à donner, elle donne encore ! Généreuse
mais indigente, elle n'a plus que du plaisir à offrir,
mais coupée du monde, à qui d'autre qu'à elle-même
faire ce don ? Je me demande comment une si belle
âme a pu engendrer un aussi vilain garçon ! Ne
dit-on pas pourtant que les chiens ne font pas des
chats ?

— Octave, vous êtes abominable, cynique, brrr,
que votre âme est noire ! Comment peut-on dire des
horreurs pareilles ?

— Je suis un tenant de l'association libre... Je dis
les choses comme elles me viennent. Je n'aime pas
le laisser-aller, mais j'ai un faible pour le « laisser-
dire ». Je tais seulement ce qui pourrait blesser, mais
choquer, sachez que je m'en contrefous !

— Tous vos collègues sont aussi tordus que
vous ?

— Ils sont en nombre à n'avoir que des bonnes
pensées. Des euclidiens de confession freudienne !
Vous cherchez un divan sur lequel vous épancher,
vous voulez que je vous refile une adresse ? Les
mauvais penchants, les inclinations crapoteuses
filent à certains psys le vertige ! Croyez-moi, Gambié, penchez-vous sérieusement sur les courbes : il
n'y a rien au monde de moins tordu !

— Octave, j'aimerais vous coffrer !

— L'autre aussi, mais dans une boîte en sapin !
C'est très pénible d'être désiré de la sorte...

La porte de la Chapelle était déserte. Les essuie-glaces crissaient ; un tapin qui avait la silhouette de Trochin, planté sur des talons aiguilles et engoncé dans une fourrure synthétique à col rose, trépignait pour se réchauffer au coin des extérieurs.

— Je vous dépose chez vous, me dit Gambié. Après quoi je prendrai un taxi, j'ai mille choses à faire.

Je tenais le passage Molière pour le plus romantique des coupe-gorge ; les pavés, par endroits déchaussés, y luisaient comme des lames et de chaque encoignure avaient dû maintes fois surgir des détrousseurs et des assassins. Je cloutais mes souliers pour le bruit qu'ils faisaient en égratignant la pierre. Quelques pavés répondaient mieux du talon que de la pointe ; j'avais mes préférés, et j'en évitais certains. Du coup, dans le passage, j'évoluais la plupart du temps en zigzaguant. En jouant bien, j'entendais, dans les échos multiples, des bruits des temps révolus. Je finis mon concert par une volte-face et un double talonnement. Gambié, qui était resté planté derrière moi, m'observait les bras croisés. Il m'interpella :

— C'est un numéro de claquettes ?

— Plutôt une marelle conjuratoire.

— Une adjuration muette, voyez-vous ça ! Ainsi, vous craignez les démons ?

— Bien sûr, Gambié, bien sûr !... Sauf le succube, cette diablesse qui met l'âme et la chair des hommes en feu !

— Tiens donc !... Vous savez quelque chose concernant les bûchers de la Sainte Inquisition ?

— L'Inquisition torturait des hystériques et brûlait des sorcières en s'absolvant de leurs aveux luxurieux. La question s'adressait directement à la chair : des coups d'aiguilles, des brûlures au fer rouge. L'autorité religieuse tenait les zones d'insensibilité du corps des femmes pour une preuve irréfragable de possession diabolique.

— Oui... Savez-vous qu'il est dit dans un manuel célèbre à l'usage des inquisiteurs que « les désirs charnels de la femme sont immondes et insatiables », au point que l'incube fornicateur ne pouvait parvenir à la faire jouir comme personne, sans se tuer à la tâche !

— Attention, comme vous formulez les choses, « personne » s'écrit avec une majuscule !... Vous me surprenez, Gambié. Ainsi, vous connaissez le démoniaque secret du mot « encore »... Pauvre de vous ! Mais ce n'est ni le lieu ni l'heure pour débattre d'un sujet pareil, vous avez des âmes à sauver. Je sens qu'une question vous brûle les lèvres, je me trompe ?

— Vous la connaissez ?

— Est-ce que par hasard, vous ne chercheriez pas à savoir si j'ai lu l'ouvrage que vous venez de citer sans le nommer : le *Malleus Maleficarum* ?

— *Le Marteau des Sorcières*... Une bien étrange traduction. C'était le livre de chevet des inquisiteurs... Il date de la fin du XVᵉ siècle et a été réédité au moins six ou sept fois...

194

— Vous êtes loin du compte : une trentaine de fois !

— Peu de gens connaissent ce texte, proféra Gambié en s'approchant de moi.

— Ne croyez pas ça. S'agissant de la description des attaques hystériques, des somatisations extravagantes et, globalement, de la façon dont le refoulé peut trouver à s'exprimer dans le corps, personne n'a fait aussi bien que les culs bénits qui ont rédigé ce manuel. J'ai à mon tour une question à vous poser : savez-vous quel rapport entretient la bulle d'Innocent VIII *Summis desiderantes affectibus* avec le *Malleus Maleficarum* ?

— On dit que cet ouvrage s'en inspire largement.

— Absolument pas ! À quoi jouez-vous, Mathieu ?

— Je laisse dériver mes filets au petit bonheur, Octave.

— Et vous comptez m'y prendre ?

— Allez savoir ! Comment gober que des personnes appartenant au petit monde de la psychanalyse, et travaillant sur les mêmes sources anciennes qui n'intéressent quasiment plus personne, ne se connaissent pas ? Octave, mettez-vous à ma place, avouez que c'est troublant !

— J'en conviens... Charcot n'a rien fait d'autre que de cartographier le corps des hystériques, détourant à l'aiguille les zones insensibles ou hypersensibles. Les inquisiteurs opéraient de même et...

— Charcot n'a brûlé aucune de ses patientes, que je sache !

— Il en a fait se consumer combien ?

La situation avait quelque chose d'étrange et de risible. Gambié, immobile, les mains dans le dos et les jambes croisées, me fixait comme un oiseau de proie affamé, tandis que campé les pieds joints sur un pavé convexe, je jouais de mes bras comme un volatile empoté. Nous déclamions dans le passage désert sous une pluie froide et si fine qu'elle était invisible, même au plus clair de la lumière des réverbères.

— Octave, à Prémont, dans la chambre, vous auriez dû me dire que vous n'ignoriez rien de cette bulle papale qui traînait. Vous avez gardé pour vous qu'elle était une sorte d'introduction, ou d'encouragement à la rédaction du *Malleus*... Pourquoi vous être tu ?

— Ne pensez-vous pas que j'en ai assez fait pour aujourd'hui ? C'est vous le flic !

— L'assassin parle comme vous, Octave. Cette proximité, comment dire... intellectuelle... non, c'est trop vague... lexicale ! Voilà le mot juste ! Cette proximité, donc, me tracasse. Je n'arrête pas d'y penser. J'ai l'intime conviction que vous connaissez le meurtrier !

— Eh bien, non ! Et figurez-vous que j'en ai autant à votre service : je trouve étrange de tomber sur le seul flic de France et de Navarre qui en sache autant sur la question et ses tourments... Je vous suspecte, inspecteur, je vous suspecte...

— Elle est bonne celle-là ! Et de quoi ?

— J'ai acquis la certitude que vous connaissez le meurtrier !

Gambié grommela des excuses en prenant un appel :

— Oui, Benjamin, je t'entends. Il n'a pas réapparu... Ça ne m'étonne pas ! Personne n'a fait attention à lui... Tu as eu les collègues de Beauvais ? Ouais, c'est clair, il ne se fera pas piéger aussi facilement. Freder se pointe demain matin à Prémont pour établir un portrait-robot... Bien joué, c'est le meilleur... Deux flics de la Criminelle de Beauvais le guettent à son domicile ? Ils peuvent dormir tranquilles, il ne remettra jamais les pieds chez lui. Quoi ? Ils revendiquent cette affaire ! Qu'ils aillent se faire foutre !

Gambié, silencieux, s'offrit une longue ablution en présentant son visage au crachin.

— Je vous laisse à vos pensées, Mathieu. Je vais dormir.

— Octave, si je vous suspectais, je ne vous parlerais pas comme je le fais. Pensez aux gens que vous avez fréquentés dans ce milieu, il est impossible que vous n'ayez pas rencontré ce Fondencourt. Ce qui est sûr, c'est que lui vous connaît, il a même les clés de votre appartement et de votre 203 ! À un poil près, on mettait la main sur lui. Je vous dois la découverte de ce passage souterrain. Mon sentiment est que, d'un coup, les choses se sont emballées ; il a commis une erreur en vous téléphonant lorsque vous étiez sur ce tertre. Depuis, il ne vous a plus contacté, rien ! Pas même un petit mot sur votre pare-brise.

— Mathieu, je ne vous cache pas que je suis trempé, glacé et fatigué.

— Je vous accompagne.

— Inutile !

— J'ai envie de vous dire d'être prudent et, en même temps, j'ai le sentiment que vous ne courez pas le moindre risque... Octave, encore une question, la dernière, et je vous laisse aller vous coucher : va-t-il encore tuer ?

— Enfin, Mathieu, vous ne posez pas la bonne question. La bonne question est : qui va-t-il tuer ?

— Oui... Alors qui ?

— Celui qui devrait être à ma place sur la liste !

— Vous pensez à qui ?

— Mathieu, enfin... À celui qui gagne vraiment plein de pognon avec le Cogécinq !

— Nom de Dieu ! Je n'y avais pas pensé ! Vous ne m'auriez rien dit si...

— Non ! La réponse m'est venue avec votre question.

— Mais c'est vous, Octave, qui m'avez demandé de la poser !

— Ma réponse ne vous suffit pas ? Nous allons devoir débattre du pourquoi de la question que je vous ai invité à me poser ?

— Octave, je sens gros comme une maison que je vais bientôt vous mettre le grappin dessus pour...

— On ne va pas recommencer avec ça ! Je vais au dodo... bonne nuit !

Une fois sur deux, je m'obligeais à monter les cinq étages à pied, et cet exercice était le seul sport que je pratiquais encore. Je fis, comme d'habitude, une pause au troisième, avant d'attaquer les trente-six dernières marches deux à deux.

J'eus une appréhension en poussant ma porte. J'attendis quelques secondes avant d'appuyer sur l'interrupteur. La forte odeur d'encaustique et d'ammoniaque me soulagea, mon salon était nickel, la femme de ménage n'avait pas rendu son tablier.

Vieux réflexe d'enfant inquiet, je n'éteignis pas la lampe de chevet après m'être laissé choir de tout mon long sur le lit. Les bras en croix, les yeux rivés au plafond, je pensais aux derniers événements, à ces vies qui avaient été soufflées comme les bougies d'un gâteau d'anniversaire.

Mes derniers mots avec Gambié me contrariaient, je comprenais qu'il trouve suspect le fait que ce criminel et moi évoluions dans le même champ de connaissances. Je me dis que bon nombre de psys avaient lu ou au moins entendu parler du *Malleus*. J'avais aimé lire que les convulsions hystériques sont les retentissements des coups de boutoir de l'amant satanique, impalpable et invisible, et que le paroxysme de la crise était le moment de l'orgasme. La possédée devait comparaître devant les inquisiteurs nue, les poils pubiens rasés, et marcher à reculons. J'avais consulté l'ouvrage à la Bibliothèque nationale, sept ou huit ans auparavant. En bon historien, Gambié avait établi un lien entre la bulle d'Innocent VIII, le *Malleus* et le commentaire de l'assassin sur l'hystérie. Combien de flics étaient capables d'un tel prodige ? Les premiers mots d'une bulle papale lui donnent son nom et *Summis desi-*

derantes affectibus était indéfectiblement lié à la chasse aux sorcières, au *Malleus*.

Ces trois mots de latin sur la table de chevet de celui que j'avais si bien pisté m'avaient sauté aux yeux, et j'avais instinctivement tu ce que j'en savais. Gambié avait raison de me suspecter de quelque chose... Pourquoi m'étais-je tu ? Je ne le savais pas moi-même. En y songeant, je me dis que j'étais resté coi pour protéger Geneviève. Le *Malleus*, la bulle, et cette femme qui m'émoustillait, je ne trouvais aucun lien. J'essayai de me remémorer ses propos, et je finis par m'endormir, bercé par ses paroles, dans ses pensées.

Le téléphone me réveilla, Gambié, très maternel, voulait savoir si j'allais bien :

— Il est dix heures passées, je commençais à m'inquiéter, j'ai laissé sonner vingt fois !

— Rappelez-moi dans un moment, je ne suis pas encore complètement réveillé.

En sirotant mon café, je songeais à l'alchimie de l'âme. Je m'étais endormi en cherchant un lien logique, et je m'étais réveillé en érection. C'était le signe que les cartes seraient bonnes. La détumescence gagnait, j'étais bien, je pensai à mon repas du soir avec Geneviève. Je craignais comme à l'habitude d'entendre le téléphone sonner pendant que je prenais ma douche, mais il n'en fut rien. Dix heures et demie, le temps était aussi exécrable que la veille. De la fenêtre de la cuisine j'avais une vue plongeante sur un vieux couple de fourreurs dont le salon servait d'atelier. À leurs machines, leurs poitrines creuses en vis-à-vis, j'aimais regarder leurs doigts slalomer au ras des terribles aiguilles. L'été, lorsque les fenêtres étaient ouvertes, je les entendais se crier dessus en yiddish. Parfois, ils levaient les yeux en tournant la tête, cherchant par-dessus mon toit le seul petit coin de ciel visible de chez eux. Juste avant que leurs regards ne se perdent dans la nue, j'avais droit à un petit signe amical et las. Ils cousaient là, paraît-il, depuis plus de quarante ans ; j'éprouvais un immense plaisir à les voir, en même temps que mes pensées s'assombrissaient lorsque je me demandais laquelle de ces deux machines allait la première s'arrêter de vrombir pour toujours.

J'étais sûr que c'était Gambié qui appelait. Je laissai sonner onze fois, pour le plaisir, avant de décrocher :

— Gambié... Réveillé ? Vous en mettez un temps, avant de répondre.

Le pauvre vieux n'avait dormi que deux heures. Il me lança ironiquement :

— Toujours vivant, toujours suspect !

Il m'informa de ce dont je me doutais : l'agrégé de lettres n'avait remis les pieds ni à Prémont ni à Beauvais.

— Il a enseigné...

— Oui, au lycée Larroche d'Amiens. Ceux qui l'ont connu en donnent une description bien différente de celle que nous avons : un petit homme roux, un ancien tubard si chétif qu'il peinait à se lever de sa chaise à la fin de ses cours. L'agrégé, Fondencourt, le vrai, a pris sa retraite il y a quatre ans, et a quitté Amiens pour Beauvais en coupant tous les ponts. Il est parti en demandant avec insistance à ses collègues et élèves qui l'adoraient de ne pas chercher à le revoir, au prétexte qu'il aspirait à une retraite quasi monacale. C'est le terme qu'il a employé, ce qui en surprit plus d'un, venant de ce lettré maospontex puis trotskiste. Il réside dans une petite bicoque tristounette et plutôt isolée. Inutile de vous dire qu'il est très attendu. Benjamin a commencé à fouiller, tous les vêtements dans les armoires sont à sa taille. Sa bibliothèque est bourrée de textes grecs et latins et d'ouvrages philosophiques. Platon, Aristote, Hegel, Marx... bref, le genre de lectures que vous devez apprécier ! Si ce que je viens de vous raconter ne vous a pas complètement réveillé, ouvrez la radio. Plusieurs journaux ont reçu les photos commentées de Trochin en tenue, de Mareigne transpercé et de la double pendaison...

— Les pendus éjaculent avant de mourir, mais les estrapadés ? Voulez-vous demander au légiste si Groffin et Fouillard ont arrosé la mandragore, cet homoncule, cette herbe que les sorcières allaient cueillir à la lune, au pied des potences.

— Octave, je trouve votre question déplacée !

— C'est le propre des questions !

— Pfft... ! On ne parle pas de vous, par contre. Cette histoire fait un foin, je ne vous dis pas ! À l'entrée de l'hosto de Prémont, les journalistes font le siège et les gendarmes qui en limitent l'accès ne savent plus où donner de la tête. Le service public est accusé de laisser des nazis jouer avec les malades. Le ministre de la Santé est sommé de s'expliquer, et celui de l'Intérieur est à deux doigts de gicler. Quant à mon patron, il parle de me désintégrer si je ne mets pas la main sur Fondencourt. Le Cogécinq fait délirer la France entière et je ne suis pas certain qu'il y ait, à cette heure, beaucoup de psychiatres pour le prescrire ! Parce que, tenez-vous bien, le faux agrégé a fait savoir que sa boucherie n'est pas finie, loin s'en faut ! On doit me faxer d'un moment à l'autre son portrait-robot ; dès que je l'aurai, je rapplique illico. Aussi, ne bougez pas de chez vous !

— Mathieu, je ne resterai pas bouclé !

Il y eut dispute, je raccrochai après l'avoir gentiment envoyé paître.

105.5 racontait le massacre : quatre morts et d'autres à venir. Le journaliste avança que la police pensait avoir affaire à une organisation criminelle composée d'anciens patients du service de Trochin, et peut-être même de soignants révoltés. Sévices et viols, chocs prétendument thérapeutiques, meurtres, tels étaient les mobiles.

Sur la chaîne d'infos, le professeur de psychiatrie Brombay-Grugen était en piste. Ce comportementaliste craignos ne jurait que par les vertus du châtiment et de la récompense, cette dernière se réduisant tout simplement à l'absence de punition. Ce vieux débris préconisait le choc pavlovien pour les mômes qui s'attardaient à pisser au lit. Il avait mis au point un récepteur d'urine qui, placé dans le lange du chérubin, déclenchait une décharge électrique dès le début de la miction. Tant de violence pour contenir un petit pipi laissait présager le pire s'agissant des pollutions nocturnes de l'adolescent. C'est la vision même du polisson calciné à coups de kilowatts qui avait valu à cet être lamentable le surnom de « Papy cent mille volts ». Brombay-Grugen était si idiot, si fou, qu'il ne parvenait jamais à me mettre en colère. À la télé, j'aimais guetter les soubresauts de ce mérinos incapable de se résigner à laisser pisser, et dont l'état général laissait augurer qu'il allait devoir sous peu recourir à sa propre invention, pour combattre les productions de sa vieillesse oublieuse. Au nom de la Science, ce Trochin était pour les chocs en tout genre, pour les neuroleptiques, et contre la psychanalyse.

À l'autre bout du fil, Charles était dans tous ses états :

— Quel raffut, la télé et les radios ne parlent que de ça ! Je viens d'avoir le directeur de l'hôpital : motus sous peine de sanctions administratives. Il paraît que les flics ne peuvent pas empêcher un certain nombre de journalistes et de paparazzi d'escalader le mur d'enceinte. On joue aux gendarmes et aux voleurs autour des pavillons, et tout particulièrement celui des défunts...

Je me dis que le mur d'enceinte, ce garde-fou que les camisoles chimiques avaient déclassé, reprenait du service, mais à contresens. Du jamais vu : des allumés, arrivant de partout, voulaient rejoindre les emmurés. La raison défaillait, l'axiome de la logique du bon ordre, du chaque chose à sa place, avait flanché. Le Dieu de la Référence avait rendu l'âme, le désordre n'était plus « l'ordre » précédé du signe de la négation, il existait sans contraire, sans limite, il était bien plus qu'un mot faisant que le dedans et le dehors se confondaient. La bouteille de Klein, le pire des complots jamais ourdis contre la Raison, triomphait. J'étais aux anges.

— Octave, je sais que tu dois la fermer, réponds-moi juste par oui ou par non... Ce tunnel, l'avez-vous trouvé ?

— Je me suis engagé à me taire !

— Juste oui ou non...

— Charles... enfin ! « Je me suis engagé à me taire », n'est-ce pas une réponse ?

Il maugréa :

— Le fait est que si tu dois taire quelque chose, c'est qu'il y a quelque chose à dire ! Alors, pas trop angoissé ? Le meurtrier a dû adresser un communiqué bien détaillé à la presse. Ils disent à la radio que le carnage n'est pas terminé ! À part ça, mon standard est débordé par les appels de personnes qui demandent que leur parent soit immédiatement transféré loin d'ici. À en croire ce qui est raconté sur les ondes, Prémont n'est ni un hôpital psychiatrique ni un asile, mais une boîte à partouzes tenue par des SS ! Tu imagines les débordements fantasmatiques : la descendance des vieilles s'imagine que maman ou grand-maman se fait déchirer le cul du matin au soir et des parents exigent que les fions des ados soient contrôlés au pied à coulisse ! Bref, c'est l'horreur ! Et toi ?

— ... Aucun appel, plus de menaces, et comme tu l'entends, je suis toujours vivant. J'aimerais vivre encore un peu, figure-toi que Geneviève passe la soirée avec moi !

— Ah ! Je m'en doutais... fais gaffe ! Je suis persuadé qu'elle n'a pas consommé depuis des années. Pour tout te dire, je ne l'ai jamais vue avec un mec. Elle paraît très désinhibée comme ça, et elle l'est... Elle appelle un chat un chat et n'envoie pas dire les choses. Mais les mecs la queue à la main, c'est clair, ça la gonfle ! Tu me connais... Il y a quelques années, je n'ai pas résisté et je lui ai balancé la paluche. J'ai pas été déçu du voyage, elle m'a salement envoyé me faire foutre ! Surtout, pas un mot à Annette ! Cette fille est une thérapeute de première bourre, elle fait un boulot extraordinaire avec les malades et les familles, elle a une écoute exceptionnelle. C'est même tout ce qui me fait bander chez elle. J'ai une sensibilité quasi physiologique aux qualités professionnelles, j'ai un test d'efficience centimétrique dans le falzar ! Quand je recrute une interne ou une infirmière, si elle me fout la trique, c'est qu'elle est bonne ! Et crois-moi, je peux afficher vingt et un centimètres avec une pouffe, un boudin, un laideron ou une vieille, et ne pas mieux noter une bombe !

— Et lorsque tu recrutes un mec ?

— Idem ! Je l'écoute, et passé un moment j'entends sa mère, puis je l'imagine et...

— Tu as connu le mari de Geneviève ?

— J'en ai seulement entendu parler. Il est dentiste à Lille, et comme il se doit, elle a une dent contre lui. Elle a raconté à Annette qu'elle lui avait payé ses études et qu'ils se sont séparés. J'ai juste gardé en mémoire, dixit Geneviève, qu'il n'avait jamais eu pour elle la moindre attention et que ses seuls cadeaux furent deux ou trois chaudes-pisses et une vérole. Bref, son arracheur de dents l'a gravement plombée ! La syphilis fut, semble-t-il, la goutte d'eau... Octave, tu la fermes, hein... J'aime vraiment beaucoup cette femme.

— Moi aussi.

— Tu sais... non, tu ne sais pas encore... J'aimerais savoir comment elle est au pieu. Je ne compte plus les nanas que j'ai sautées dans ma vie, mais à chaque fois, j'aurais pu te dire comment elles allaient se comporter. Geneviève, je ne parviens pas à imaginer son rapport au zob. Parfois, je me dis qu'elle est complètement phobique de l'objet, et cinq minutes plus tard, je peux m'être persuadé qu'elle en est folle ! C'est bête, mais de ne pas parvenir à caler ma pensée, comment exprimer ça... ce balancement me dérange !

— Comme je te comprends ! Pourquoi ne lui poses-tu pas la question ?

— Je l'ai fait... Elle m'a répondu qu'elle pouvait jouir comme une folle d'un rien ! C'est quelque chose, une réponse pareille.

— La question, c'est très inquisitorial. Les réponses aussi peuvent faire très mal ! Moi, j'ai renoncé à faire jouir depuis belle lurette. Si une nana veut s'envoyer en l'air avec bibi, je considère que ce n'est pas mon problème, qu'elle se démerde avec ce que je n'ai pas. Mais pour le moment, comme tu le sais, j'ai d'autres préoccupations, je balise !

— Il y a de quoi avoir peur ! J'aimerais pas être à ta place... Ah, devine qui je vois... Bye, vieux ! Je te la passe !

Geneviève me confia que malgré sa fatigue, elle comptait se rendre en début d'après-midi chez sa fille.

— Ce souterrain existe-t-il ? me demanda-t-elle.

— Oui.

Notre rendez-vous du soir restait à confirmer. Elle promit de me joindre avant dix-neuf heures. Sa voix semblait lasse, et elle ne me dit pas un mot sur le tintouin que faisait l'affaire Trochin. Elle prit le temps de me demander si je supportais l'épée de Damoclès suspendue au-dessus de ma tête. Elle entendit le coup de sonnette à ma porte et mit fin à notre causerie.

— Vous ouvrez sans même demander qui est là ! s'exclama Gambié. Il farfouilla dans une serviette de potache, relâchée comme les babines d'un basset artésien et ridée comme la peau d'un centenaire. Regardez ! me dit-il en me mettant sous le nez le fax sur lequel était crayonné le visage de Fonden-court.

Il était comme l'assistant l'avait décrit : le visage rond, légèrement ridé, des cheveux bouclés, des lunettes ovales finement cerclées, un nez bourbonien et des grands yeux à l'éclat terni par la lassitude. Gambié fit claquer la feuille en la martyrisant de pichenettes.

— C'est du monochrome, mais je peux vous dire que ses yeux tirent sur le vert et que sa tignasse est toute blanche ! Alors ?

— Je n'ai jamais vu cette tête, inspecteur. Ce visage ne me dit rien.

— Merde ! bougonna-t-il en envoyant promener le A4.

— Café ?

Le flic fit la moue. Il semblait très contrarié.

— Et cette bobine ne vous dit absolument rien, vous en êtes sûr ?

— Un café ?

— Et voilà le fameux club, marmonna-t-il.

Gambié changea d'avis et reposa la tasse qu'il allait porter à ses lèvres :

— De toute façon, il n'ira pas loin !... Qu'en pensez-vous ?

— Qu'il n'est pas du genre à se faire prendre à Pigalle au volant d'une américaine rose bonbon !

— Mais encore ?

— Vous avez clairement affaire à une association de... malfaiteurs et...

— Octave... J'entends que vous avez du mal à dire « assassins ». On est entre nous, si vous préférez les qualifier de chenapans, ou de sacripants, ne vous gênez pas pour moi... Désolé, poursuivez !

— Ce type peut rester dans un trou noir sans dire un mot pendant des mois. Il est chez un complice et n'en sortira pas de sitôt ! Et quand il le fera, sans doute aura-t-il, comme dans toutes les histoires de mecs en cavale, un look différent : des cheveux noirs, une moustache... ou des frisottis et des accro-che-cœurs, des porte-jarretelles... Il aime le maquil-lage, il aime carnaval et carême-prenant... Songez à Trochinou. Mais dites-vous qu'il a un tempérament d'ermite. En vérité, pour vivre, et vous le savez bien, cet homme n'a besoin que de livres et d'un peu de lumière... *Habent sua fata libelli*, les livres ont leur destinée, les livres le protègent... À votre place, je ferais circuler son portrait-robot dans le milieu psychanalytique.

— On attaque les secrétariats des différentes éco-les, et sa bobine sera diffusée demain dans la presse.

— Et l'agrégé de français dont il a pris l'identité ?

— J'ai ma petite idée !

— Et le numéro de série du chargeur, vous en avez tiré quelque chose ?

— On a trouvé une facture téléphonique au domi-cile de l'agrégé. Il a acheté un portable il y a trois mois dans un magasin de Beauvais. Le chargeur, le téléphone, la ligne, tout correspond, tout, sauf une chose : la description de l'acheteur ne colle pas ! (Gambié pointa le fax du doigt :) Cet inconnu a pris l'identité de Jacques Fondencourt !

— Vous avez son numéro de téléphone, c'est ori-ginal ! L'avez-vous appelé ? Ou tentez-vous discrè-tement de piéger un complice en recherchant les numéros d'appel ?... Et sur sa messagerie ?

— Je ne peux rien vous dire !

— Mathieu ! Vous me prenez pour un con ?

— Octave, vous n'avez aucune raison de prendre les choses ainsi !

— Il n'y a pas une ligne au nom de Fondencourt, mais trois ou quatre ! S'il avait laissé ses acolytes acheter des téléphones à leur nom, en cas de gros pépin dans le genre de celui qui vient de se produire, vous les épingliez tous ! Ce bonhomme a pensé à tout ! Alors, il y a une ligne au nom de Fondencourt, ou plusieurs ?

— Quatre !

— Et dans les boîtes vocales, vous n'avez relevé que des messages codés du genre « 17 oui ou non ! », « oui ou non » est même de trop ! Toute la liste de ce qui est à faire ou à ne pas faire est chiffrée et tous connaissent cette correspondance par cœur ! Alors Mathieu, ils papotent beaucoup entre eux par téléphone ? Et hier soir, n'a-t-on pas composé d'un des postes le numéro de tous les autres en laissant chaque fois le même message qui tient en un phonème ? Un phonème, un phonème... même pas ! Un coup ou deux de cuillère à café sur le micro suffisent, hein ? Pas de localisation possible non plus... Tous sur Prémont, et ils ne répondent jamais à un appel, ils écoutent leur répondeur... Ils écoutent, ils écoutent... ils écoutaient, car depuis hier, ils n'écoutent plus !

— Ça commence à bien faire, je vais vous serrer, Octave ! Vous en savez trop ! Le bon numéro est « 20 » prononcé deux fois, point final ! Depuis, plus un appel. Il semble que ce soit la voix de la vidéo, mais le propos est si bref que le traitement numérique du son ne donne rien.

— « 20 » répété, ça nous fait deux phonèmes. La signification du message est : « Détruisez et faites disparaître immédiatement les téléphones mobiles ! » Il va de soi que cet impératif implique la mise en place d'un nouveau système de communication.

— Ah oui ! Lequel ?

— Chacun peut avoir son numéro de cabine, avec des jours et des heures précis d'appel. Ce système de secours représente un réel danger. Il est certain que leur code a changé. Ils vont peut-être se parler de tonton untel, ou de tata machin ! Vous avez mis toutes les cabines et le central téléphonique de l'hôpital de Prémont sur écoute, n'est-ce pas ?... Il y a, c'est certain, plus efficace et moins risqué... Mais quoi ? Après tout, c'est votre boulot !... Et les dirigeants du laboratoire qui commercialise le Cogécinq, que racontent-ils ?

— Ils parlent d'obscurantisme. Le chef de produit, un médecin, a fait une conférence de presse radiodiffusée il y a une demi-heure. Grosso modo, il a soutenu que le Cogécinq matérialise l'humanisme et que l'on doit à la chimiothérapie la disparition partielle ou totale des états morbides au nombre desquels il faut compter le comportement antisocial. Ce toubib a, comme vous, cité Paracelse : « Tout est poison, rien n'est poison, tout est question de breuvage ! »

— Il a dit « breuvage » ou « dosage » ?

— Breuvage !... Ah, voilà pourquoi en l'écoutant, ce bon mot m'a semblé moins pertinent que lorsqu'il est sorti de votre bouche !

— Il tient cette formule de moi. Ce zigoto a mal tourné, il est devenu publicitaire, créatif... il transmue des aphorismes en slogans. Cet idiot est probablement en danger...

— On peut se poser la question. Mais s'agissant de vous, elle ne se pose pas, vous l'êtes !

Gambié répondit à l'appel en écrasant du pouce une touche patinée. Il pâlit.

— Les pronostics ?... Le Samu est sur place... le centre antipoison... bien. Comment sont-ils ?... La bouteille d'eau dans le bureau du toubib qui a parlé à la radio ! Qui a bu de cette flotte ?... Ouais, au labo dare-dare ! Tu confisques tout ce que contiennent les frigos et les tiroirs de la maison, tout ce qui s'ingurgite, tout ce qui se suce... Ce n'est pas le moment de déconner ! Tu me tiens informé ! Un paparazzi en blouse blanche a réussi à filer à l'anglaise avec sa pellicule ! Un malin, un mec qui savait qu'il allait se passer quelque chose chez Pimol Pharma... C'est la cata !

Gambié était déboussolé. Les yeux rivés au plafond, il s'y reprit à deux fois avant de parvenir à entrer son portable dans la pochette de sa veste en velours.

— Je ne sais plus où donner de la tête. Tout va trop vite, beaucoup trop vite, cette affaire me file le tournis !

— Qu'est-il arrivé ?

— Le staff du labo a été empoisonné !

— Ils sont morts ?

— Ils sont dans un sale état, de vrais zombies ! Contractures musculaires, mauvaise coordination des mouvements, ils ne tiennent plus debout. Ils hallucinent et délirent à pleins tubes, les yeux au

ciel... Les yeux au ciel, ils ne peuvent pas s'en empêcher, n'est-ce pas étrange ?

— Ils « plafonnent » : c'est le terme médical
consacré !... À moins qu'il s'agisse d'un sublime
élan de foi, ou d'une bouffée d'humanisme...

— Octave, je vous en prie ! Deux des cinq intoxi-
qués respirent difficilement, tous grelottent, et à en
croire le collègue qui devait veiller sur eux, ils mous-
sent tels des escargots qui dégorgent... Ils sont comme
des marionnettes. Le burlingue dans lequel ils sont
réunis est la scène d'un épouvantable théâtre : hallucinés agonisants ils se changent en femmes saoules,
délirent, puis tombent en panne sèche, repartent pour
un tour, et le tour ne dépasse pas les cinq minutes,
vous imaginez le manège... C'est du Cogécinq qu'on
leur a fait ingurgiter, n'est-ce pas ?

— À tous les coups, et une dose d'éléphant !
Ah, ce que j'aimerais voir ça... Espérons qu'une
« bombe à retardement » dans le genre de celle qui
a tué Trochin n'a pas été ajoutée au cocktail. C'est
dans la bouteille d'eau minérale qu'il avait dans son
frigo de cadre sup que le Cogécinq a été versé,
n'est-ce pas ? Qui a bu de cette flotte ?

— Le président, le directeur de la communication,
celui de la promotion, le toubib dont on a parlé, et
une assistante. C'est du sale boulot, la femme de
ménage aurait tout aussi bien pu s'empoisonner...

— J'en doute ! C'est certainement elle qui, hier
soir, a versé la mixture dans la bouteille. Mais n'ayez
crainte, aucun de ces zigues n'est en danger de
mort.

— Vous croyez ?

— Je le parierais !... Mais ces oiseaux vont mettre du temps à redescendre !

— La femme de ménage, vous pensez que c'est elle qui...

— La remplaçante de celle qui fait habituellement les bureaux de la direction générale. Qui voulez-vous que ce soit ?

— Vous connaissez toutes ces personnes ?

— L'industrie pharmaceutique est un milieu où ça bouge beaucoup : deux trimestres sans croissance et les managers dégagent. En dix ans, il a dû en passer du monde ! La citation de Paracelse si joliment estropiée est une signature ; j'ai connu le toubib, mais s'agissant des autres, si vous ne me donnez pas de noms, il m'est impossible de vous répondre.

— Une overdose de Cogécinq, il y aura des séquelles ?

— Absorber en une fois une telle quantité de lien social, on peut craindre un réel traumatisme. L'efficacité managériale de ces cocos va s'en ressentir. Quoi qu'il en soit, les insurgés ont réussi un « quine » comme on dit dans les lotos du Sud-Ouest. Si de gros actionnaires du labo avaient participé à cette réunion, c'eût été un « carton plein » !

— Octave, s'il vous plaît..., protesta l'inspecteur, il y a tout de même une pauvre fille qui gagne honnêtement sa vie dans le lot !

— Vous avez fait des études d'histoire, alors vous n'êtes pas sans savoir que les institutions, les industries, les usines à gaz, les camps n'ont jamais employé que des innocents ! « On ne faisait qu'obéir aux ordres ! » Tout vient toujours d'en haut ! Qui est tout en haut ?... Mathieu, vous avez mille trucs à faire !

— Je ne sais pas par quoi commencer !

— Je vais vous aider : qu'est devenu l'agrégé, le vrai ? Quels liens unissent cet agrégé et celui que vous traquez ? Où peut-on trouver l'original de la bulle *Summis desiderantes affectibus* ? Les copains de Trochin, et en particulier ce psychiatre dont le surveillant a parlé, sont très certainement en danger de mort...

— On l'a trouvé, et il est sous haute protection !

— Ah ! Et moi ?

Gambié rouscailla :

— Cette bulle m'intrigue, vous savez des choses que j'ignore à son sujet. Hier soir, lorsque je vous ai dit qu'elle avait inspiré les auteurs du *Malleus*, vous m'avez répondu : absolument pas ! Dites-moi ce que vous savez, Octave, avant que je me décide à vous coffrer pour... pour mille raisons !

— Rien de moins ? Soit... La bulle d'Innocent VIII n'a pas *inspiré* les auteurs du *Malleus*, elle préfaçait leur texte. Elle leur fut adressée en 1484, deux ans avant la parution de leur ouvrage. Elle les invitait à reprendre la chasse aux sorcières et les procès qu'ils avaient dû interrompre à la suite de conflits de pouvoir. Lorsque Institoris et Sprenger, les auteurs, sortirent leur in-folio, ils ne le signèrent pas. Le bouquin fit un tabac. Ils signèrent par contre la seconde édition en prenant bien soin, ce qui valait plus encore qu'un imprimatur, de placer la bulle d'Innocent VIII en préface. Avez-vous entendu qu'à un moment, sur la vidéo, Trochin est nommé « Jacques-Henri ». J'ai vérifié, ce sont les prénoms de ces fameux dominicains.

— Évidemment vous avez ce bouquin ?

— Tenez...

Gambié me prit le livre des mains.

— L'éditeur qui l'a fait traduire connaît forcément le petit monde des médiévistes spécialisés.

Le flic rangea le livre dans sa sacoche et se leva.

— On a un témoin oculaire, deux femmes en deuil ont été vues dans le sous-sol de Mareigne, me confia-t-il sur le pas de la porte.

— Grand deuil ou demi-deuil ?

— Je ne comprends pas votre question...

— Étaient-elles tout de noir vêtues, ou portaient-elles un zeste de violet ou de mauve ?

— Elles étaient en noir, chapeautées et voilées, pas très jeunes d'allure... leur accoutrement y est certainement pour beaucoup. Le noir, est-ce important ?

— Mareigne, lorsqu'il s'est retrouvé à terre, a dû voir si sous leurs jupes elles étaient en collants ou en porte-jarretelles !

— Et alors ?

— Le porte-jarretelles, Gambié, c'est l'écrin de l'infini !

Il sourit :

— Ah ! vous aussi êtes émoustillé par ce truc...

Les jeunes sont insensibles à cet accessoire, est-ce croyable ?

— C'est bien normal. Leurs mères et les amies de leurs mères n'en ont jamais porté !

Mes deux patients avaient bien travaillé. J'étais satisfait d'être parvenu à laisser mes inquiétudes de côté, pour n'occuper mes pensées que des leurs. À dix-sept heures, la chaîne d'infos rapporta les derniers rebondissements de l'affaire. Les dirigeants du labo étaient tous hors de danger. Du coup, on ne parlait plus d'empoisonnement, mais d'intoxication. Je me demandais pourquoi Fondencourt et sa clique m'en voulaient plus qu'aux zozos qu'ils venaient de vacciner contre la psychose en leur refilant la maladie pour quelques jours.

Fallait-il forcément que la gravité de la faute augmente avec les émoluments ? L'innocence allait-elle de pair avec la pauvreté ? Jean Pimol, le PDG de Pimol Pharma, ne savait rien de son médicament, moi si. Je finis par me convaincre qu'il était coupable de son « savoir rien », de sa méconnaissance.

Passage Molière, la nuit tombait bien avant la fin du jour. Le temps s'était légèrement arrangé, il ne pleuvait plus.

Je cherchai des yeux un flic en faction devant ma porte, je ne vis que des passants glissant comme des bouchons au fil de l'eau. Rien n'allait, ce n'était pas mon jour, et je me mis à douter que la petite rousse se rendrait libre le soir.

Quelque chose de mon destin se jouait, je décrochai le combiné comme un guignard file sans y croire la carte de la dernière chance. Geneviève, la voix enjouée, me fit l'inventaire de ce qui occupait ses jours : Prémont, les fous et leurs soignants incurables, son isolement, sa solitude qu'elle ne rompait que pour rendre visite à sa fille. Elle voulait sortir. La mauvaise chance tournait.

— Où comptez-vous m'emmener ? me demanda-t-elle.

Elle ne me laissa pas le temps de répondre :

— J'aimerais aller au cercle où vous jouez au poker, celui où Charles invite parfois Annette. Il paraît que le cadre y est étonnant et la cuisine excellente.

Ce rendez-vous me sortit de ma morosité. Trois heures devant moi ; j'hésitai à me laisser choir sur le club. Je songeais à Trochin, à ses yeux de possédé, à ses convulsions, à ses attitudes obscènes. À ma place, l'inquisiteur aurait vu l'incube fornicateur en acte tandis que Charcot n'aurait rien relevé de sexuel. Quelle avait été la nature de mon regard ? Je n'en savais rien.

Il était convenu que Geneviève me demande à la réception du Baron-Haussmann, à deux pas du théâtre de la Michaudière. Gambié pesta lorsque je lui fis part de mon rendez-vous du soir. Il me fit promettre de me laisser accompagner par l'ange gardien qui veillait sur moi. Il me la décrivit :

— Vingt-cinq ans, une blonde maousse avec une queue-de-cheval.

— Encore un travelo ?

— Octave, je parle de sa crinière !

— Du nouveau ?

— Oui. Jacques Fondencourt, celui que nous avons failli alpaguer hier, fait vingt centimètres de plus que le vrai. Celui dont il a chipé l'identité a écrit une étude comparée sur des ouvrages de l'Inquisition : le *Malleus, Pratica Inquisitionis* de Bernard Gui et le *Manuel de l'inquisiteur* de David d'Augsbourg. Le bouquin n'est pas encore en librairie et aura pour titre : *Filiation : de la femme au diable d'Augsbourg à l'hystérique de Charcot*. Cet érudit reste introuvable. Les quelques voisins de ce « monsieur très distingué », ainsi qu'ils le qualifient, en font la même description que celle donnée par les fournisseurs des téléphones mobiles... Bref, c'est l'homme du chassé-croisé d'hier. L'agrégé Fondencourt, lui, s'est désagrégé et volatilisé à compter du moment où l'autre s'est emparé de son identité. Il y a trois mois environ, il a cependant adressé le manuscrit remanié à son éditeur. Il y a joint un petit mot disant qu'il partait à l'étranger, et qu'il serait quelque temps impossible à joindre. Pour vous livrer le fond de ma pensée, j'ai à l'idée que ce médiéviste est mort depuis deux bonnes années et que celui que je pourchasse, tout aussi érudit que le disparu, a pris sa suite. Je ne serais pas étonné que Fondencourt, le vrai, ait été atteint d'une maladie grave... Je fais creuser la cave de sa bicoque et j'enquête du côté des hôpitaux. Je vous quitte, Octave, je suis très demandé.

La jeune condé lisait le journal à une table d'où rien de ce qui arpentait le passage ne pouvait lui échapper. Elle sursauta et posa à la hâte sur le zinc quelques pièces de monnaie lorsque je lui adressai un petit coucou qui fit se tourner toutes les têtes. Elle afficha la mine défaite d'un espion grillé par la stupidité d'un alter ego.

— Le patron m'a dit que vous ne bougeriez pas de chez vous, me dit-elle à mi-voix.

— Tout est changé ! Je vous emmène ?

La queue-de-cheval au repos dans la capuche de son anorak, la poupée, qui avait une carrure de déménageur, ne pipa mot dans le taxi qui nous conduisait à mon club.

— On ne se connaît pas, me dit-elle à l'oreille, avant d'ouvrir la portière.

Elle montra négligemment sa carte de police au physionomiste, qui lui souffla :

— Les jeux ?

Elle ne répondit pas.

Dans la salle de chemin de fer où se trouvait le bar, des bouche-à-oreille et des coups d'œil en coin provoquèrent des petits frissons en chaîne qui suivirent la voie hiérarchique. Un des directeurs aborda la fille et lui chuchota quelques mots auxquels elle répondit par la négative, d'un solide mouvement de tête. Le gradé, tout sourire, lui assura qu'elle était ici chez elle. Harrisson, dit « Steak Love » dans le milieu des flambeurs, m'interpella :

— Octave ! Cave à mille, il y a une place, la partie est chaude comme de la braise... Je suis à 30 % dans ta main, tu joues ?

La salle de poker était indépendante. Il n'y avait jamais affluence avant vingt-trois heures, comme si le temps du jeu ne pouvait qu'empiéter sur celui de la nuit, du sommeil et du rêve. À la table en forme de haricot, le croupier célébrait l'office comme un automate. Les joueurs exhibaient leurs piles de jetons dont les hauteurs affectaient leurs bobines, comme l'air du temps les grenouilles. J'aimais voir le Chinois psychopathe et millionnaire se faire plumer. Tendu comme une arbalète, cassant comme du cristal, la perte rendait cette petite peste haineuse.

Lorsqu'on lui prenait un coup, un petit sourire de satisfaction, fût-il imperceptible, était le pire des affronts qu'on pouvait lui faire. Ce sourire, il le guettait, surtout lorsque celui qui lui avait attaqué le capital empilait méticuleusement les centimètres de jetons dont il se sentait raccourci. Le nabot avait été baptisé « Tonkiki », depuis qu'un joueur qui l'avait dépouillé avait répondu à ses menaces en lui chantant *La Tonkinoise*. Sa colère était pour tout le monde une sorte de bonus, une prime, un spectacle. Le nabot commençait par perdre de la hauteur en se levant de sa chaise et, tremblant comme un enfant caractériel, il se répandait en mandarin d'une voix de châtré.

Un de mes copains était assis à côté de lui. Ce géant placide était un calculateur prodige qui ne passait par les mots que les résultats de ses comptes. En période de déveine, cet arithméticien compensait ses écarts à la moyenne en somatisant des trucs intestinaux qui le clouaient des heures durant aux w-c. Je le connaissais parfaitement et, en combinant le temps qu'il me disait avoir passé assis sur la cuvette des chiottes à se tordre avec le nombre de ses onomatopées les plus parlantes, je parvenais à déduire au poil près le montant de ses pertes. Ce matheux disait ne pas être un veinard et ne rien désirer d'autre que de voir le hasard respecter les lois humaines des probabilités.

Il m'adressa un petit sourire douloureux auquel le Chinois résista.

— Tu t'assieds ? mâchouilla, sans ôter son Montecristo de la bouche, une frappe dont l'activité de maquereau devait être une couverture.

À côté de lui, « la coiffeuse » gloussa ; les mots forts, les actes virils provoquaient chez ce garçon des orgasmes fugitifs. Je pris place à côté de l'avocat véreux, un fiscaliste qu'on disait frappé d'anorgasmie, et qui faisait commerce d'influence et d'impunité.

Je pensais à la chasse aux sorcières, lorsqu'un mauvais sort poussa ma première cave vers le Chinois qui eut un ricanement sadique. La coiffeuse ne m'aimait pas, le fiscaliste et le Pékinois non plus. L'évanouissement de mes masses les fit jubiler. Mon copain, en bon pro, n'était pas mécontent de voir mes jetons aller grossir le tapis le plus facile à prendre.

Les cartes faisaient écran à mes pensées, et toutes mes inquiétudes se fondirent dans la crainte de voir le croupier retourner, avec la dernière carte d'un stud, les huit chances sur quarante-quatre que j'avais contre moi. Gagné ! Le Chinois vibra comme une coupe cristalline que l'on heurte, tandis que la coiffeuse se passa la main sur la tête en prenant soin de ne pas tasser les vagues que faisaient ses cheveux permanentés. Mon tapis avait été payé deux fois, le signe avait changé, j'étais passé d'un coup de moins à plus le même montant.

Je sursautai. Geneviève se tenait les yeux écarquillés au bas de l'escalier en marbre qui conduisait au restaurant. Je me levai.

— Tu te casses avec notre oseille ! s'écria la frappe.

Le Chinois eut un tic qui lui descendit la tête dans les épaules. Les cartes données en pâture au collectif firent qu'instantanément, pour eux, je n'existais plus.

— Depuis quand êtes-vous là ?

— Pourquoi parlez-vous si doucement ? me demanda-t-elle, le nez dans mon cou.

J'inspirai son parfum.

— À proximité des tables de poker, pendant les coups, il est de règle de ne pas troubler la narcose induite par le tirage des cartes.

Elle ne chercha pas à rompre l'intimité qui faisait que chaque mot que nous prononcions touchait l'autre du bout des lèvres.

— C'est comme ça que vous voyez les choses ?

Je la fis répéter. Notre petit jeu énerva la coiffeuse qui eut un air ostensiblement agacé. Cette péto- charde, qui craignait plus que tout de se faire défri- ser, instillait aux grandes gueules ce qu'il leur fallait d'irritation pour qu'ils soutiennent à sa place ses propres revendications.

L'arsouille écrasa son cigare entre les dents et émit un bruit de nez puissant. Rendue téméraire par ce qu'elle prit pour un soutien, la coiffeuse, la bou- che en fion de volaille, caqueta son mécontentement.

— Quoi ? dis-je méchamment en la fixant.

La pondeuse gloussa et regarda ailleurs. Elle jouissait sournoisement.

Geneviève me prit le bras.

— Octave, je vous propose que le temps du repas, on oublie l'affaire Trochin.

— On peut essayer. Mais ce sera une grande victoire si cette résolution tient le temps d'avaler les hors-d'œuvre !

— Quelle différence entre un cercle et un casino ?

— Il faut être parrainé pour jouer ici.

Elle eut un air entendu et marmonna :

— N'entre pas qui veut ?

— Il y a des règles strictes : vous pouvez avoir tué, ou vendu et livré père et mère, mais le port des baskets est interdit !

Elle pouffait encore lorsque le maître d'hôtel nous installa à table.

— Geneviève, vous n'imaginez pas le boulot que c'est de tenir une maison pareille. Malgré les apparences, c'est un hôpital de nuit. Baccara, chemin de fer, black jack, poker, rami, les cartes règnent ici. Chaque soir, ils sont des centaines à venir prendre leur dose.

— Leur dose de quoi ? me demanda-t-elle tandis qu'elle hésitait entre un strogonoff et un chateaubriand.

J'avais imaginé qu'elle serait en bas noirs et, en montant les escaliers, la vue de ses collants de laine m'avait refroidi.

— Octave, me dit-elle doucement en posant sa main sur la mienne, je vous ai posé une question, où êtes-vous donc ?

— Pennefleur, est-ce votre nom de jeune fille ?

— Oui... Vous avez enquêté sur moi ?

— Charles... Ou peut-être l'ai-je lu sur votre boîte aux lettres, je ne sais plus. De quoi parlions-nous déjà... de dessous ?

— Hein...

— ... Je songeais à votre question, à cette histoire de dose... au dessous des cartes, au temps suspendu tandis qu'on les dévoile... C'est cet instant-là qui se paie ici, un instant qui est une dose d'oubli, une sorte de parenthèse dans laquelle toutes nos pensées, tous nos désirs s'évanouissent. Cet intervalle est un psychotrope phénoménal...

— L'oubli de quoi ?

— Dans les jeux de hasard, « hasard » devrait s'écrire avec une majuscule, tout comme « destin » : ce sont les prête-noms de Dieu, du Tout-Puissant. Tous ceux qui se frottent à la bonne fortune posent inlassablement la même question au Maître du néant : quel est le sens de la vie ? Pourquoi dois-je mourir ? Pourquoi suis-je manquant, inachevé, désirant de tout et de rien ? Et tandis que la carte se retourne, que le dé se fige, que la bille vient mourir dans le cylindre, le joueur est un égaré sans identité, un sans-nom, un débaptisé ! Il n'est que « ni » : ni gagnant ni perdant, ni heureux ni malheureux, ni chanceux ni guignard. Ce sont des questions effroyables qui font tourner les loteries des fêtes foraines. Qui suis-je, d'où me viennent mes questions ? Voilà ce qu'on demande à la roue multicolore, aux dés qui roulent, aux cartes qu'on va retourner. Et au mieux, vous quittez le stand avec, pour toute réponse, un ours en acrylique ou un kilo de sucre en vous faisant rebaptiser d'heureux veinard par un romano !

Geneviève me fixait bouche bée, une asperge blanche à la main.

— Vous ne mangez pas ?

L'air grave et les yeux dans les miens, elle étêta la vivace du bout des lèvres en omettant de faire trempette.

— Geneviève...

La bouche pleine, elle cessa de tirer sur la tige charnue avec l'air d'un bébé qui se refuse à rendre le mamelon.

— ... Quand un jour on gagne beaucoup et que le lendemain on perd des queues de cerise, on dit : j'ai reperdu. On ne rencontre jamais que des perdants. Cela tient à la répétition. Que veulent les flambeurs ? Se refaire ! « Se refaire », rien que ça ! Je ne l'invente pas, dans les jeux d'argent, c'est le terme consacré !

La femme flic qui mangeait à deux tables de là hochait la tête, l'oreille collée à l'écouteur de son appareil. Geneviève eut soudain l'air amusé. Elle me fit signe de me pencher et me dit discrètement :

— Octave, je vous crois, tous les mecs qui sont ici sont des perdants. Mais s'agissant des nanas, j'ai repéré un certain nombre de petites gagneuses. Dites-moi, elles viennent flamber l'argent du jour, ou palper celui du boulot de nuit ?

— Elles commencent par jouer et si ça ne sourit pas...

Elle porta à la bouche la plus grosse des asperges.

— Octave, je vous adore !

— C'est trop de plaisir... Allons, avalez, sans quoi vous allez vous en foutre partout !

Un copain fit une halte à notre table. Ce généraliste avait abandonné la médecine pour le poker. Il ne jouait qu'à des grosses tables sur lesquelles un gain moyen payait une maison de campagne. Il m'expliqua qu'il était « très noir », très malchanceux.

— Hier, il m'est venu à l'esprit un truc intéressant, expliqua-t-il. Chaque fois que je me dis : « Pourvu que ça ne soit pas un pique ou un trèfle à la retourne », ça ne rate pas, il sort ! J'ai demandé à Patrick le nom du plus euphorisant des antidépresseurs afin de ne plus mentaliser que les bonnes cartes !... Je n'ai pas le choix, j'ai perdu plus d'un million en quinze jours. Ou bien je prends un truc qui rend mes pensées positives, ou je vais me faire « dépoudrer » par un gros black bien membré dans une allée du bois de Boulogne ! (Il réalisa soudain la présence de Geneviève et bredouilla :) Je vous prie de m'excuser, l'habitude, le lieu...

— Que signifie « dépoudrer » ? lui demanda-t-elle.

— Quand un joueur a la poisse, on dit qu'il est « poudré » ou « noir » !

Celui que tous nommaient le Corbeau posa sa grosse paluche sur l'épaule du toubib et geignit :

— Je suis ensorcelé ! Tu ne peux pas imaginer les coups que je prends dans la gueule... Ils sont inracontables... Je suis envoûté, poudré, noir... Mon ex a dû enterrer, quelque part dans le Berry, une poupée piquée d'aiguilles qui me représente !

— Ne me touche pas, nom de Dieu ! s'écria le Corse, tu vas aggraver ma poisse ! Trop tard... Merde !... À propos de magie noire, vous avez entendu qu'un des mecs de Prémont a été occis à coups d'aiguilles à tricoter ?

Ils tournicotèrent autour du maître d'hôtel et s'assirent à la même table.

— Cette affaire est sur toutes les lèvres...

Elle n'en dit pas plus.

Son verre était vide, elle se versa du bordeaux et me fit tendrement remarquer que j'étais en dessous de tout. Elle reposa la bouteille de médoc, une question lui brûlait les lèvres.

— Chapeau, pour le souterrain... Je sais, je sais que vous vous êtes engagé à vous taire...

— Je savais que votre résolution ne tiendrait pas. « Trochin and Co », cette histoire a quelque chose d'irrésistible.

— Ce n'est pas moi qui ai commencé ! Le surveillant piqué à mort, c'est votre ami qui en a parlé... L'overdose des dirigeants du labo, c'est cocasse, ne trouvez-vous pas ?

— Les prescriptions des soi-disant antipsychotiques vont chuter... quelque temps, pas plus. On va débattre sur les effets de ces drogues, et c'est une bien bonne chose.

— Et que va-t-il se passer, Octave, selon vous ?

— Rien !

— Comment ça, rien...

— À l'époque du plein-emploi, les fous étaient ceux que leur état mental rendait inaptes au turbin. Aujourd'hui, les exclus du « métro-boulot-dodo » sont quelques millions, à quoi sert-il d'y ajouter quelque cent mille zèbres « inculpabilisables » ? Cent mille zozos qui ne sont pas assez cons pour passer des jours à torcher une lettre de motivation, et trop savants pour suivre une formation psychologique supposée leur apprendre à se promouvoir en tant qu'objet. Soyez « tout cuir » s'il le faut, aguichez, vendez-vous ! Affirmez votre moi ! Le monde asilaire compte plus de soignants et d'administratifs que de dingues, n'est-ce pas fou ? Geneviève, dans les asiles, il n'y a que les fous qui ne sont pas à leur place !

— Où est leur place ?

— Justement, ils sont ce qu'ils sont de n'en avoir pas voulu. Alors, autant qu'ils servent à quelque chose en suscitant des vocations et en faisant marcher le commerce ! Qu'ils fassent bosser des docteurs, des chimistes et des alchimistes du verbe, des ergothérapeutes, des comptables et des aides-comptables, des pharmaciens et des labos.

Tout ça pour vous dire que si les médecins-chefs des asiles décrétaient qu'il est temps, par humanité, d'évacuer le navire des fous embarqués de force, à mon avis, vous seriez étonnée du résultat. Les institutions sont insensées ! Par exemple : savez-vous que la plus importante production littéraire antisémite vient de cet autre peuple élu que sont les Japonais ? Ils n'ont pourtant jamais vu un juif ! Eh bien, si les hôpitaux psychiatriques étaient délestés de tous leurs internés, les soignants restés à bord continueraient à produire autour de leur objet manquant... tout comme l'empire du Soleil-Levant !

— Comment pouvez-vous dire des choses pareilles ? s'étonna Geneviève, l'air ahuri.

— N'est-ce pas vous, ce matin au téléphone, qui me parliez de l'univers de la folie et de ses soignants incurables ? Qu'ai-je fait d'autre que déployer votre pensée, comme on ouvre un éventail ?

— Vous croyez qu'il n'y a rien à faire, que c'est sans espoir ?

— Mais qui espère ? Et quoi ? Enfin, ne voyez-vous pas que les internés ne sont que des ex-voto de chair, des offrandes votives faites à la Raison qui nous gouverne ?

— Octave, si vous aviez su, auriez-vous tué Trochin et ses acolytes ?

— ... Possible... peu probable... Qui sont les assassins selon vous ?

— Je ne sais pas ! Mais je peux vous garantir que si je le savais, je préférerais m'arracher la langue plutôt que de parler ! Ils ont fait ce que j'ai rêvé mille fois de faire : débarrasser la terre d'êtres immondes !

— J'ai du mal à me sentir solidaire de ces justiciers. Ils ont fait le choix de secouer les dirigeants du groupe pharmaceutique qui commercialise le Cogécinq, très bien, je trouve ça drôle... Mais qu'ils veuillent me zigouiller, ça me dépasse, je ne comprends pas, et je déteste ne pas comprendre !

— C'est pour vous, me dit à l'oreille la femme flic en me passant son appareil.

Gambié pestait :

— Octave, vous auriez pu penser à prendre votre téléphone !

— Comment vont les hallucinés ?

— Bien, ils sont totalement hors de danger. On les transfère demain en psychiatrie. Le toubib a le regard fixe et parle, comme s'il était saoul, d'un trou qu'il aurait dans la tête ; le PDG tremble de tous ses membres en tenant des propos sans queue ni tête. Le patron de médecine que j'ai eu au téléphone m'a parlé de troubles circulaires et d'état confusionnel : ils ont tous des moments de stupeur, suivis de périodes d'agitation et de délire, puis après une crise d'angoisse, ils retombent dans une profonde hébétude.

— Ah, cette expérience va les aider à trouver le moyen d'élargir le champ des indications de leur merde ! Que vouliez-vous me dire ?

— J'ai retrouvé la trace du vrai Fondencourt à l'hôpital Saint-Antoine. Chimiothérapie et rayons il y a trois ans, un cancer du poumon. J'ai eu le pneumo qui l'a soigné en ligne, sa maladie ne laissait aucun espoir, six mois tout au plus. Il se souvient très bien de ce petit bonhomme très drôle et très courageux, que sa mort imminente n'affectait pas. Ses soins ont duré deux semaines, puis il a quitté l'hôpital pour ne jamais y revenir. Le spécialiste a ajouté : « Je n'ai même jamais été contacté par un confrère, peut-être est-il parti se faire traiter à l'étranger. » S'il est mort, sachez qu'il n'a pas été enterré dans sa cave. Bon, je sais que vous êtes en galante compagnie, alors je ne vais pas vous garder des heures au téléphone... Mais pas de blague, hein, n'allez pas guincher avec votre copine je ne sais où ! Parce que... comment vous dire... je suis terriblement embarrassé, Octave... Voilà, je ne voudrais pas vous gâcher la soirée, mais il n'est pas impossible que la petite Geneviève soit dans le coup ! Non, pas directement, elle ne peut avoir participé à aucun des meurtres, excepté celui de Trochin. Quoi qu'il en soit, ce n'est pas elle qui vous l'a livré à domicile, elle n'a pas son permis de conduire. Octave... je ne suis pas encore convaincu que vous ne soyez pas personnellement impliqué.

— Mon rôle dans cette affaire consiste à me suicider à la fin, c'est tout !

— Octave, je trouve que c'est une excellente idée !

— Et le portrait-robot ?

— Il sera dans la presse demain. Je compte beaucoup dessus pour épingler le bonhomme.

— Les veuves piqueuses ?

— Ah, les entomologistes... Évaporées ! Je les aurai en mettant la main sur le manager de l'équipe. Une dernière chose avant de vous quitter : surtout fermez-la ! Ne vous laissez pas aller aux sous-entendus, comme ce matin au téléphone avec votre ami Koberg !

— Quoi ! Je suis...

— Plus un mot, Octave ! Je ne veux pas que Pennefleur sache que vous êtes sur écoute, même si elle s'en doute ! À plus tard.

— Qui est la Normande qui vient de vous passer une communication ? me demanda Geneviève.

— Mon ange gardien, un flic.

— Ce soir, je n'ai pas bu ma petite gorgée de bourbon, aussi je prendrais bien un calva, ou un cognac. Vous m'accompagnez, Octave ? Sachez que c'est une des manies de la vieille fille que je suis !

— Êtes-vous venue en voiture ?

— En train, je n'ai pas le permis.

— Où avez-vous prévu de dormir cette nuit ?

— Qui a dit que les sentiments sont toujours réciproques ? M'abriteriez-vous ?

Je restai sans voix.

— Démentiriez-vous l'adage freudien ? me demanda-t-elle, le regard plongé dans la serviette qu'elle tortillait entre ses doigts.

— Vous me faites un immense plaisir...

Elle sourit :

— « Immense », tant que ça ? À quand remonte votre dernier plaisir océanique, Octave ?

— Geneviève, vous me gênez !... Mon dernier petit orgasme remonte à cinq semaines ! Rien d'immense...

Elle alluma calmement une blonde et me dit, la tête dans un nuage :

— Avec la pouffiasse sur votre gauche qui ne cesse de me lorgner, n'est-ce pas ? Il vous a coûté combien, ce moment ? Elle rit de mon embarras et posa sa main sur la mienne. Alors, vieux garnement, combien ?

— Geneviève, s'il nous faut payer, n'est-ce pas en le faisant avec de l'argent qu'on s'en tire le mieux ? Savez-vous que votre aisance a quelque chose de monstrueux ?

Elle me fixa avec un regard tendre et soupira :

— Octave, je m'étonne moi-même, ce n'est pas dans mes habitudes de me comporter de la sorte. Sachez que je n'ai pas baisé depuis dix ans ! Est-ce que cela vous fait peur ?

— Non, non, ça ne me fait pas peur... ça me fait très peur !

— Eh bien moi, j'ai eu peur que vous m'invitiez chez vous à boire un dernier verre, avec ces yeux de merlan frit propres aux mecs bouffés par l'envie de jeter leur gourme. C'est insupportable de voir le visage de celui avec qui vous dînez se congestionner avec la viande rouge et bouffir au dessert.

— Enfin, suis-je cramoisi ? Violacé ?

— Vous êtes plutôt pâlichon ! Je suis désolée, il ne s'agit pas de vous, mais de réminiscences, de souvenirs merdeux... de merdeux !

— Pennefleur, est-ce le désir qui vous colore ainsi les joues, ou la colère ? Vous ne me surprendrez jamais avec ce regard concupiscent que vous décrivez si bien ; ni avant et encore moins pendant. Sans doute aurai-je une expression triste après, il ne faudra pas m'en vouloir, hein, vous savez que vous n'y serez pour rien !

Le boulevard des Capucines était calme, les restaurants bordant les cinémas avaient résorbé leurs files d'attente. Dédé, un joueur de poker volubile, me tomba sur le paletot :

— *Psartek* la mobylette, fils ! s'exclama-t-il en m'ouvrant les bras. Octave, je suis une merde ! Le baccara me tue ! Hier, j'ai perdu ma tête, j'me suis fait déchirer grave ! Pourtant, j'avais juré sur ma vie de plus toucher à ce putain de jeu ! Maintenant que j'ai la tête dans le sac, il faut que j'me refasse, pas le choix !

Il se contorsionna comme s'il avait la colique et fila, pressé comme un lavement, en direction du Baron-Georges.

— *Psar*... quoi ? La mobylette ? Vous pouvez me traduire ce qu'il a raconté ? me demanda Geneviève en se collant à moi.

— *Psartek* signifie « bravo » et la mobylette, c'est vous !

Sa bouille dans mon trench, m'enserrant la taille, elle souffla de l'air chaud contre ma poitrine en éclatant de rire. Elle pouffait encore lorsqu'elle entra dans le taxi.

— Ça fait plaisir d'entendre rigoler, s'exclama le chauffeur. Toute la journée je n'ai chargé que des gens avec des têtes d'enterrement !

Le bonhomme commenta le désordre mondial avant de fixer ses pensées sur les meurtres de Prémont.

— Ces docteurs, quelle bande d'enfoirés ! En stoppant sa voiture au coin de la rue Quincampoix et du passage Molière, il s'écria rageusement : tuer des gens pareils, ça ne mérite pas la prison, mais la Légion d'honneur ! Vous ne croyez pas ?

Il prit certainement mon généreux pourboire pour un acquiescement.

J'avais un tas de fois rêvé me retrouver blotti contre une femme excitante dans l'ascenseur. Je partageais ce fantasme très ordinaire avec tous mes patients. Les hommes rêvaient de panne en compagnie d'une vamp, d'une bourgeoise, d'une grosse ou d'une maigre, d'une jeunette ou d'une vieille, d'un garçonnet, et mes patientes avaient pour la plupart, à un moment ou à un autre de leur analyse, imaginé s'y trouver coincées avec moi. Dans cette cage, les femmes plus que les hommes semblaient savoir ce qu'elles voulaient.

Les voisines des étages inférieurs m'avaient plutôt incité à prendre l'escalier. Deux d'entre elles ne pouvaient y entrer que de biais ; et j'avais vu la troisième, prof de philo un peu psy sur les bords, troquer, en l'espace de trois ans, ses robes bigarrées contre des sacs à pommes de terre, et ses bas à reliefs contre des chaussettes de montagnard.

— À quoi pensez-vous ? me dit Geneviève, serrée contre moi.

— À toutes les fois où j'ai rêvé de me retrouver dans cette situation.

Elle trouva le moyen d'appuyer sur le bouton d'arrêt d'urgence.

— Les lits sont les échaudoirs du désir, soupira-t-elle avant d'écraser ses lèvres contre les miennes, et de passer sa langue entre mes dents.

Ses collants de laine étaient des bas de danseuse qui ne montaient qu'à mi-cuisse. Le haut de sa robe rejoignit le bas sur ses hanches, son soutien-gorge et son slip recouvraient ses chaussures. Les tétons à la traîne, sa poitrine glissa contre mon ventre, ses mains s'attardèrent sur mes hanches après qu'elle m'eut enflammé le nombril de baisers. Puis elle rapetissa jusqu'à ce que ses seins se calent contre mes cuisses. Elle déglutit plus que je ne m'étais répandu. Un résidu de colère récurrent comme une fièvre qui avait l'âge de ma mémoire s'évanouit. Je l'avais effleurée, et j'ignorais tout d'elle. Déculotté, détumescent et sans force, je sombrai et la rejoignis à genoux. Elle entreprit de me suçoter l'oreille.

— Je vous ai à peine touché...

— Vous m'avez touché l'âme ! Je me suis laissé aller à mon désir. J'aime à penser qu'au lit, vous n'aurez plus que la force d'être tendre !

Ses seins de rousse ballottaient au rythme de ses mots, que ses mamelons, en me frôlant, scriptaient en une langue impossible.

Je rangeai ses dessous dans les poches de mon manteau, elle pesta, chercha à les reprendre, mais je tenais bon. Nous nous rajustâmes tant bien que mal. Geneviève sortit en premier, je l'entendis marmonner un « bonsoir » embarrassé. Gambié sifflotait, jambes et bras croisés, adossé à ma porte.

— Figurez-vous, jeunes gens, que je viens de me farcir cinq étages à pied et que je suis arrivé avant vous ! Pas mal pour un quinqua, hein ?

— Mathieu, ce n'est pas une heure...

— Est-ce beaucoup vous demander à tous les deux de prendre le temps de boire un verre avec moi ? Dix minutes, pas une de plus...

Geneviève trépignait au seuil de la salle de bains.

— Ne comptez pas revoir votre soutien-gorge et encore moins votre Petit-Bateau !

— Octave ! Enfin ! Vous ne pouvez pas faire une chose pareille, vous êtes malade ! Mais... qu'allez-vous en faire ?

— Les snifer !

Gambié avait les traits tirés.

— Les flics de Beauvais veulent récupérer l'affaire Trochin. La pression est très forte, et sur ordre de mes supérieurs j'ai dû lâcher un certain nombre d'informations à la presse. Le ministre de l'Intérieur est dans tous ses états, celui de la Santé perd la boule ! Outre la publication du portrait-robot, qui d'après les soignants de Prémont a la qualité d'une photo d'identité, vous lirez que j'ai été à deux doigts d'épingler l'instigateur de ces meurtres. Je me suis accaparé la découverte du tunnel. J'ai préféré vous laisser en dehors de cette histoire. Trochin a été abandonné, drogué et travesti, dans le quartier Beaubourg, voilà tout. Gambié se pencha à mon oreille. Vous n'avez rien dit à Pennefleur ?

— Je n'ai pas encore osé !

Il se recula, l'air surpris.

— Osé quoi ?

— Lui faire savoir qu'elle me fait chavirer !

L'inspecteur maugréa et l'arrivée de Geneviève l'obligea à ravaler ses mots et la fumée de sa cigarette. Il toussota.

— Octave, je ne peux pas rester comme ça... Rendez-moi au moins mon soutien-gorge, chuchota Geneviève dans mes cheveux.

— Les alcools sont dans le placard de la cuisine, lui répondis-je, comme si de rien n'était.

Elle reparut, enserrant entre bras et mamelles quatre bouteilles. La mine un tantinet défaite, elle proposa à la cantonade :

— Cognac, armagnac, malt ou bourbon ?

— Voyons le brandy, grommela Gambié en cherchant à lire ce qui était écrit sur l'étiquette. Hors d'âge ! Fichtre ! Je n'hésite pas...

— Idem.

Geneviève se posa dans le club. Son verre de bourbon entre ses mains en prière, elle s'efforçait tant bien que mal de rehausser ses seins avec les avant-bras. Il me tardait que le flic décampe. Essoré, j'éprouvais une sorte de pure envie, sans objet, un élan d'eunuque, un penchant pour le rien. Je songeais à Origène, à son accablant désir de jouir proprement de l'amant céleste. Nous sirotions en silence. Gambié avait le regard perdu dans l'ambre du cognac, Geneviève m'adressa un sourire tendre et trempa ses lèvres dans l'alcool.

— *Je suis comme les miroirs qui réfléchissent mais ne pensent pas...* Aragon, quel poète ! s'exclama Gambié, l'air absent.

Je n'avais aucune envie d'entendre le flic déclamer de la prose ou des alexandrins. Il soupira en reposant son verre :

— ... *Qui réfléchissent mais ne pensent pas* ; jamais le moindre trouble, jamais !

— Ce n'est pas l'avis des anciens, rétorqua Geneviève.

— Ah, et que racontaient les anciens ?

J'eus un mauvais pressentiment.

— Ils prétendaient que lorsque les miroirs sont purs, ils se troublent en présence d'une femme qui a ses règles !

— Où avez-vous lu ça ? demanda Gambié impavide, le regard toujours noyé dans le verre qu'il tenait à hauteur des yeux.

— Je ne sais plus, dit-elle en souriant. Je ne suis pas certaine de l'avoir lu, sans doute l'ai-je entendu.

— C'est dans le *Malleus Malleficarum*, *Le Marteau des Sorcières*. Vous avez certainement entendu parler de ce livre...

Les yeux d'aigle de Gambié s'étaient détournés

des profondeurs du cristal. Il la fixait sans sourciller. Elle était troublée.

— Ce nom me dit quelque chose...

Un silence de mort s'était installé. Gambié, prêt à fondre sur sa proie, semblait chercher à la convaincre que chercher à fuir était inutile.

— Enfin, Mathieu, m'exclamai-je, c'est une phrase d'Aristote ! Tous les psychologues ont lu *Des rêves*. Qui ne l'a pas entendu cent fois...

— Moi ! maugréa-t-il.

— Rien d'étonnant pour un historien, ce n'est pas une idée qui fait date !

— Vous dites n'importe quoi, Octave. Est-ce histoire de détourner la conversation ?

J'aurais parié que le flic avait parcouru l'incunable, et qu'il y avait relevé quelques pensées obscures avec lesquelles il avait monté une sorte de piège poétique. Il avait amorcé avec Aragon, tandis que les mots « trouble » et « miroir », si aptes à tournebouler l'âme d'une femme, étaient les esches frétillantes qui dissimulaient son hameçon. Il avait ferré et tenu au bout de sa ligne une prise, et il m'en voulait d'avoir décroché son poisson à coups d'épuisette. Geneviève tremblotait ; le visage défait, elle avala deux gorgées de whisky, et s'empressa de changer de sujet :

— Octave, avez-vous joué mes numéros au loto ?

Je la fixai les yeux écarquillés, les sourcils au milieu du front. Gambié ne pouvait surprendre mon regard. Je m'approchai d'elle sans modifier ma mimique et, en appui sur les accoudoirs du club, je baisai ses lèvres doucement en murmurant :

— Surtout, taisez les chiffres du loto que vous m'avez donnés !

Elle eut un regard éperdu, presque désespéré, elle voulut parler, mais je soufflai entre ses lèvres un « chut » inaudible et interminable qui l'empêcha d'émettre un son. Sa main caressa ma joue, je sentis ses lèvres et le bout de sa langue matérialiser mon prénom. Son regard se troubla, puis les yeux grands ouverts sa tête chavira. Elle lâcha son verre, et la main qui me caressait tomba.

— Que se passe-t-il ? s'écria Gambié.

— Je ne sais pas ! Elle respire ! Appelez le Samu ou les pompiers ! Vite !

Le flic hurlait au téléphone.

— Police, bordel ! Gambié ! Grouillez ! Oui, passage Molière ! Dix minutes ! Une voiture de police sera au coin de la rue Saint-Martin et vous escortera ! Comment va-t-elle ? me demanda-t-il en reposant le combiné.

— Le pouls est faible mais régulier. Elle semble respirer normalement, mais on dirait qu'elle n'a presque plus de tonus musculaire.

— Elle ne paraît pas bien lourde, bredouilla Gambié tandis que je la déposais sur le lit. Il s'empara du verre renversé, puis de la bouteille qu'il déboucha et renifla avec insistance. Ça sent le whisky...

L'état de Geneviève semblait stationnaire, je lui fermai les paupières comme on fait à quelqu'un qui vient de rendre l'âme.

— Je descends, autant que les zigues du Samu ne perdent pas de temps à chercher.

Gambié ne referma pas la porte derrière lui. Soixante pulsations, le pouls était régulier, cela me rassura. Le téléphone sonna.

— Mistigri ?

J'éclatai :

— Connard ! Tu me gonfles avec ton valet de pique ! Cinq piques !... Non, quatre ! Tu te souviens ? Tu ne pouvais pas continuer à faire du travail propre ? Geneviève est en train de mourir ! Qu'as-tu foutu dans le whisky ? Vite !

— Geneviève... Qui est-ce ?... Donnez-lui de l'eau sucrée et si elle est dans l'incapacité de boire, mettez le liquide dans votre propre bouche et faites-le couler dans la sienne. Si elle l'inspire au lieu de l'avaler, arrêtez ! Dites au médecin qu'elle est en hypoglycémie provoquée : barbiturique, Nozipam et Insuline per os expérimentale... et... oubliez... enfin, je ne comprends rien à votre histoire de valet de pique !

Il coupa.

J'essayai en vain de la faire boire. Son coma était profond, elle ne déglutissait pas ; elle fit un gargarisme de l'eau sucrée que j'avais recrachée dans sa bouche. Le liquide menaçait de passer dans la trachée, je la retournai, et l'oreiller absorba ce qui aurait pu la ranimer. Le bruit du moteur de l'ascenseur et celui d'un tintamarre lointain me soulagèrent. Gambié tiqua en m'entendant informer le toubib :

— Insuline per os expérimentale, barbiturique et Nozipam !

— Vous êtes sûr ? me demanda le médecin. C'est

une tentative de suicide ? Vous avez trouvé des flacons ou des tubes vides ?

— Dépêchez-vous de faire quelque chose !

Le toubib protesta :

— Hors de question ! Et si ce ne sont pas ces médicaments-là ! Injecter du glucose, je veux bien, c'est sans conséquence, mais pour le reste, c'est non !

— C'est sous ma responsabilité, s'exclama Gambié d'un ton péremptoire. Cette femme a été intoxiquée avec les produits dont il vient d'être question. Agissez en conséquence !

Geneviève fut emportée sur un brancard.

— Prenez l'escalier ! ordonna le médecin, l'ascenseur est trop étroit et je préfère qu'elle reste en position horizontale.

— Centre antipoison ! ordonna Gambié.

— Puisque vous êtes sûr de vous quant aux produits ingérés, les soins intensifs de l'Hôtel-Dieu suffiront, répondit le praticien.

Gambié donna la bouteille de bourbon à un flic en uniforme :

— Vous escortez l'ambulance puis vous filez faire analyser ça au centre antipoison. Les résultats sont à communiquer aussi vite que possible à la réa de l'Hôtel-Dieu !

— Quel est le pronostic ? demandai-je à l'urgentiste.

— L'alcool potentialise l'effet des barbituriques et des sédatifs. Si elle s'en est tenue aux seuls produits que vous m'avez cités, ça ne devrait pas être méchant. Reste les doses... Si elle avait été seule, elle ne se serait jamais réveillée ! Une question : d'où sort cette insuline orale, cette forme galénique n'est toujours pas au point, que je sache ?

Je lui fis signe que je n'en savais rien. Gambié me fixait d'un drôle d'air :

— Vous avez réussi à obtenir du criminel le nom des produits qu'il a foutus dans votre whisky ? C'est fort ! Comment vous y êtes-vous pris ?

— Je lui ai posé la question.

— Il a hésité à vous répondre ?

— Pas plus d'une seconde.

— Ça alors... Comment était sa voix ? Celle d'un homme traqué ? Il vous a semblé nerveux ?

— Je n'ai pas prêté attention à son humeur !

— Eh bien, Octave, vous auriez siroté seul dans votre coin, vous y passiez !

— Ouais ! Trois bourbons faisaient possiblement trois morts ! Le cognac que nous avons bu contient peut-être une saloperie à effet retard ?

— Je... Je n'y ai pas pensé !

— C'est tout à votre honneur, Mathieu, c'est l'oubli d'une belle âme ! Soyons joueurs, parions que nous ne courons aucun risque !

— Mais vous êtes cinglé ? Pas question ! Je porte la bouteille à analyser. Balancez tout ce qui s'avale ici, liquide, bouffe... tout ! Vous ne bougez pas ?

— Je file à l'Hôtel-Dieu.

Dans l'ascenseur, Gambié pouffa :

— Pardonnez-moi, Octave, je ne peux pas me retenir de me marrer ! Une association d'idées malvenues... je n'y peux rien... j'en ai mal au ventre ! Hou...

— J'ai hâte de partager votre hilarité.

— Une histoire d'ascenseur et de climats, je pensais à votre aller et retour dans cette cage : torride à la montée, glacial à la descente ! Et du coup, il m'est revenu cette définition rigolote du statisticien : « C'est quelqu'un qui vous dit que si vous vous mettez la zigounette dans le four et les fesses dans le congélateur, en moyenne, vous serez à bonne température ! » Un psychanalyste peut comprendre, n'est-ce pas ? Vous ne m'en voulez pas, j'espère ? Il riait comme un bossu et se confondait en excuses. C'est nerveux !... Pardonnez-moi !... J'ai mal !... Octave, je suis vraiment désolé !

À la sortie du passage, côté Saint-Martin, Gambié hoquetait encore. Il me demanda, en essuyant ses larmes :

— Vous avez pris votre bigophone ? Vous avez écouté vos appels ?

Je consultai ma messagerie et m'emportai :

— Devant ma porte, chez moi, dans mon ascenseur, sur mon répondeur, nuit et jour : Gambié, Gambié, Gambié ! Vous êtes plus redoutable qu'une femme jalouse !

Il monta dans une voiture banalisée qu'il avait garée n'importe comment.

En route pour l'Hôtel-Dieu, les mains dans les poches et la cigarette aux lèvres, j'essayai de faire le point. Tuer à l'aveuglette, ce n'était pas le style de

Fondencourt et de son équipe. J'étais convaincu qu'il m'avait dit la vérité au sujet des composés de sa préparation. La vie de Geneviève n'était pas en péril. Gambié n'était pas inquiet, sinon il ne se serait jamais laissé aller, comme il l'avait fait, à se fendre la pêche.

Je n'aimais pas le whisky, et tout ce qui manquait dans la bouteille avait été bu par des amis et par ma femme de ménage, qui de temps à autre, et elle ne s'en cachait pas, ne crachait pas sur un petit remontant. Un piège aussi aveugle qu'une chausse-trape : cela ne collait pas. Trochin et les autres avaient été fauchés avec une diabolique précision, il y avait eu réquisitoire, et quel réquisitoire, alors que cette fois, la mort aurait pu frapper au petit bonheur.

La rue Rambuteau était déserte. L'index pointé dans le néant, un zigoto en haillons, sale comme un pou, déclamait en zigzaguant sur l'esplanade du centre Pompidou : « Hé ! Barbouille, j'vais t'dire : si tu gagnes bien ta vie, faut faire construire ! Tu m'entends ?... Pfff ! T'es comme ta frangine, t'écoutes pas ton père ! » Un instant, j'enviai ce type, je l'enviai de ne pas s'entendre. En croisant son regard, je tressaillis, c'était le mien.

J'étais scotché à ce bourbon changé en cocktail lytique : attendre que je me serve un whisky ? Chez un vieux garçon, on met le poison dans le lait, ou dans la bouteille de sirop posée sur la table de nuit. La mixture avait forcément été versée lorsqu'on avait déposé Trochin chez moi. C'eût été multiplier bêtement les risques de revenir pour le faire. Certes, j'aurais pu me servir un petit verre pour me remettre de mes émotions. « Incompréhensible », marmonnai-je, le nez collé à la vitrine d'un marionnettiste. Je discernai un diable et, suspendue à côté de lui, une poupée maléfique. J'avais ma dose et repris ma marche. Un peu plus loin, un caviste proposait des alcools et des millésimes d'enfer ; je passai mon chemin et repris le fil de mes pensées.

Je ne me souvenais pas d'avoir vu de livre d'Aristote dans la bibliothèque de Geneviève, et j'aurais remarqué la présence du *Malleus* à sa tranche noire et brillante. Elle avait affirmé n'avoir jamais lu ce bouquin. « Les femmes au moment de leurs règles troublent la pureté des miroirs. » Lorsque Gambié lui avait demandé d'où elle sortait ça, elle avait immédiatement changé de conversation. Avant de sombrer dans le coma, elle avait voulu bafouiller quelques mots au sujet du loto, et je l'avais fait taire sans trop savoir pourquoi. À Prémont, elle m'avait dit : « Quatre-vingts... Ah non, c'est trop ! », et elle avait arrêté son choix sur le quatorze et le quatre. C'était une manie chez moi, je ne pouvais pas m'empêcher de compter, ou d'essayer de tirer quelque chose des nombres que les gens énonçaient sans y penser. « Les chiffres, les nombres énoncés au hasard ont une détermination inconsciente », Lacan avait extrait l'axiome de l'aphorisme freudien : « Le hasard est inimitable ! » Je songeais à ce copain pour qui tout allait par douze : « un mètre douze les bras levés » pour dire « nain », « cent douze ans » pour dire « vieux ». Le « treize », que ce « pardouzeur » prononçait *Thé...rè..ze* en précisant, mais pas toujours, qu'il s'agissait de celle qui rit quand on la baise, n'était nullement comme on aurait pu le croire le chiffre de la chance, mais à la fois le petit plus de la douzaine et le prénom de sa libidineuse crémière.

Je devais ma relative réussite au poker à l'attention que je prêtais aux nombres. Lorsqu'un flambeur avait un fort jeu, ou lorsqu'il bluffait, les montants de ses relances différaient toujours. Selon leur tempérament, certains joueurs misaient plus en bluffant qu'en ne bluffant pas. Les combinaisons étaient multiples et changeantes. Un joueur pouvait relancer de mille, et le coup d'après de mille deux cent cinquante. Le petit plus était à interpréter. Je tenais pour une certitude que personne n'était imprévisible pour quelqu'un d'attentif. Lorsque les dernières enchères se jouaient en tête à tête, j'optais pour une technique simple : suivant ce que j'avais en main, je relançais ou surenchérissais en renvoyant à l'autre ce que je pensais être son propre codage inconscient. Cette martingale ne m'avait coûté de l'argent qu'avec les éméchés et les idiots.

Lorsque Geneviève avait été piégée par Gambié, j'avais pressenti que dans son désarroi elle allait répéter « quatre-vingts » puis, en se moquant d'elle-même, « quatorze » et « quatre ». J'avais mémorisé le nombre « mille quatre cent quatre-vingt-quatre », et 1484 datait la bulle d'Innocent VIII.

Au pied de la tour Saint-Jacques, je me demandai si Gambié aurait à coup sûr entendu *Summis desiderantes affectibus* et donc *Malleus*, si mon baiser n'avait pas refoulé ce qu'elle allait avouer à son insu. Ce flic était tout de même surprenant. Il n'était pas psy et pourtant il associait les idées comme un homme de l'art. J'imaginais qu'il prenait la mesure d'un suspect en causant avec lui de tout et de rien, trois petits tours, et c'était dans son propre filet que le mirmillon piégeait le rétiaire. Gambié, le regard perdu dans l'ambre du cognac, Gambié jouant les absents... Son histoire de miroir, de « trouble » semant le trouble avait quelque chose de satanique.

Adossé au parapet du pont Saint-Jacques, j'allumai une cigarette et regardai la Conciergerie. Gambié soupçonnait Geneviève. L'empoisonnement dont elle avait été victime devait brouiller ses pensées, mais il avait en tête qu'elle était une des pièces du puzzle qu'il cherchait à reconstituer.

Gambié devait se demander si Geneviève n'avait pas elle-même empoisonné le whisky, et s'il n'y avait pas encore d'explication, il la chercherait sans s'accorder de répit.

La préparation soignée des meurtres n'avait pas laissé la moindre chance aux victimes et j'étais bien vivant. Gambié avait raison, Fondencourt était certainement mort et avait laissé son identité à son héritier testamentaire, à son ayant cause. Les deux hommes étaient des érudits, ils travaillaient sur les mêmes textes médiévaux : *Filiation : de la femme au Diable à l'hystérique de Charcot*. Fondencourt, le vrai, était agrégé de lettres, et l'autre devait être philosophe ou historien. Quelqu'un du groupe travaillait forcément dans un labo expérimentant une insuline orale... Mes pensées se condensèrent : un cartel ! Ils forment un cartel. Un petit groupe travaillant sur l'hystérie à travers les siècles : du *Malleus* à Charcot !

— Elle va très bien, me dit le réanimateur dans le couloir désert. On a pompé ce qu'elle avait dans l'estomac, son pouls et sa respiration sont parfaits, elle émergera dans quelques heures... Savez-vous si elle est actuellement traitée pour une maladie quelconque ?

— Je peux me renseigner.

Je passai Charles à l'anesthésiste.

— Rien de chronique, dites-vous, pas de traitement au long cours. Elle est en parfaite santé ! Aucun médoc... bien ! Alors, il n'y a plus qu'à attendre. Vous voulez la voir ?... Il y a déjà quelqu'un, un flic, me dit-il en me rendant mon portable.

Je supportai les tuyaux dans le nez, les perfusions, mais les bips et les tracés me glacèrent. Gambié, à son chevet, examinait minutieusement tout ce que contenait son sac.

— Que cherchez-vous, Mathieu ? Votre façon de faire est-elle réglementaire ?

Il me fixa en se massant le menton.

— Je ne sais pas ce que je cherche, mais je cherche... J'ai déposé la bouteille de cognac au centre antipoison et je suis venu ici sans attendre les résultats. Ils viennent de me joindre, le meurtrier vous a dit la vérité sur sa préparation. Quant au cognac, il ne nous tuera pas. Je vous raccompagne chez vous !

— Non. N'oubliez pas de lui faire les poches !

— Ah, mon indiscrétion vous fâche... Octave, vous savez ce que j'ai en tête, n'est-ce pas ?

— Évidemment, puisque c'est moi qui vous l'ai mis !

Le visage de Geneviève était détendu, je le caressai et quittai la chambre sans piper mot. Mathieu me rattrapa devant le carré des infirmières et me retint par l'épaule :

— Octave, c'est mon boulot... Laissez-moi vous déposer chez vous, d'accord ?

— Gambié, désormais de l'officiel, rien que de l'officiel ! Ne me téléphonez que pour des motifs professionnels. Notre relation amicale n'aura été que de courte durée. Pour me parler, enfin, pour que je vous réponde, il vous faudra avant de me poser votre question me montrer un mandat, ou me convoquer en bonne et due forme.

— Octave, ça ne va pas ?

— Un mandat, une injonction, un papier officiel, ou je vous enverrai paître !

Le toubib nous avait rejoints. Il me tapota l'épaule :

— Allez vous reposer, vous êtes pâlichon ! Ne soyez pas inquiet. Elle va roupiller plus que d'habitude, voilà tout ! Rentrez chez vous. Vous voulez un petit truc pour vous détendre et vous aider à dormir ?

Je relevai mon col, le ciel zonait par terre ; il bruinait, la nuit était londonienne.

La rue Quincampoix était déserte. Au 70, alors que j'allumais une cigarette, quelqu'un stoppa son Solex juste devant moi et coupa le moteur. Un pied sur le trottoir, le conducteur se retourna sans lever les fesses de la selle montée sur ressorts. Arrivé à sa hauteur, sur mes gardes, je ne fus pas étonné d'entendre le type m'interpeller :

— Octave ?

La capuche de son duffle-coat recouvrait un casque vieillot. En deux tours de main, il défit l'écharpe qui lui enserrait le cou.

— Demain, mon portrait sera partout, m'annonça-t-il aimablement. Vous m'offrez une cigarette ?

— Fondencourt, alias Traxler, n'est-ce pas ?

— Ah ! Traxler... ça m'est venu comme ça, lorsque vous m'avez demandé mon nom.

— *De roi en pion, quelle promotion, ma petite reine !* J'ai tiqué en entendant ça. Joueur d'échecs, fan des romantiques, n'est-ce pas ?

— J'ai beaucoup joué l'attaque Traxler.

— Vous ne me demandez pas de nouvelles de Geneviève ?

— Lepgorin, ce que j'ai à vous dire doit rester entre nous, ai-je votre parole ?

— Et si vous n'étiez pas... Comment commence la bulle apostolique d'Innocent VIII ?

— Désirant de tout cœur, comme le requiert la sollicitude de Notre Charge Pastorale, que la foi s'accroisse et s'épanouisse partout et au-dessus de tout en notre temps, et que toute perversion hérétique soit expulsée loin des frontières des fidèles...

— C'est bien vous ! Le flic qui vous pourchasse a désormais des raisons de penser que je ne collabore plus comme je le devrais et c'est un sacré malin, d'où...

— Mon nom est Corwell, Jonathan. Je suis agrégé d'histoire. Tout se serait passé sans encombre si... J'ai votre parole ?

— Vous l'avez ! Cette histoire de Mistigri, de valet de pique, et le coup de téléphone de l'autre nuit à Geneviève... « Ma chérie » vous informait de ma présence et j'étais le cinquième pique, n'est-ce pas ? Que me vaut de faire votre connaissance ?

— Geneviève ne risque rien. Il fallait qu'il manque vous arriver quelque chose de grave pour ne pas éveiller les soupçons. Lorsque vous êtes reparti de Prémont, il était clair, pour un esprit avisé, que nous étions revenus sur notre décision de vous tuer. Qui d'autre que Geneviève pouvait s'être fait votre avocat auprès de nous ? « Cet empoisonnement n'est qu'un mauvais rafistolage ! » lui ai-je répété sur tous les tons, mais elle n'a rien voulu entendre. C'est le médecin de la bande qui a préparé la potion. Elle ne devait en boire qu'une gorgée, sur la base d'une dilution de la totalité de la préparation, dans une bouteille de 0,75 pleine...

— Si elle n'a pas vidé les deux tiers de la potion

dans l'évier, elle a absorbé six fois ça ! Et à la vitesse
où sont allées les choses, il y a toutes les raisons de
penser qu'en plus des deux gorgées qu'elle a absor-
bées devant moi, elle avait déjà bu dans la cuisine.

— Pour quelle raison ?

— Une grosse frayeur ! Le flic était là, et elle a
prononcé quelques paroles de trop. Rien de bien
méchant, Gambié n'a aucune preuve, mais il a
acquis la conviction qu'elle est mêlée à ces meurtres.

— Le petit Gambié... Lorsque j'ai entendu son
nom à la radio, ça m'a vraiment fait quelque chose !
Il y a vingt-cinq ou trente ans, j'étais son prof d'histoire médiévale. Hier, derrière le carreau de ma
chambre, quand je l'ai vu passer dans le couloir, je
l'ai tout de suite reconnu. Je me demande s'il m'a
identifié en voyant mon portrait-robot ?

— Non.

— À l'époque, je portais la barbe, et mes cheveux,
évidemment, n'étaient pas blancs. Il était très doué,
ce môme ! Il avait un esprit d'analyse phénoménal.
Il aurait eu l'agreg les doigts dans le nez. Quel dommage que le latin l'ait rebuté... J'ai dû quitter le
pavillon à la hâte... et ce polycopié que j'ai laissé
sur place... Je me suis demandé combien de temps
le petit Gambié allait mettre pour faire le lien entre
ce texte et moi...

— Il y a dix ans, Geneviève est passée entre les
mains de Trochin, et alors qu'elle était démolie et
folle, elle m'a vu avec lui, bras dessus, bras dessous,
n'est-ce pas ?

— Tout juste, Octave. Trochin l'a droguée, hospitalisée et traitée deux mois dans sa citadelle pour une prétendue bouffée délirante. Remarquez, elle a fini par la faire ! Il tira sur sa cigarette... Vous avez visité le sous-sol, alors vous savez... Nous formions un petit groupe et nous nous sommes réparti les tâches. Geneviève devait vous tuer à Prémont. On ne comprenait pas trop cette fixation qu'elle faisait sur vous. Peut-être votre mercantile indifférence à la douleur du monde, ou plus vraisemblablement à la sienne... Bref, elle a changé d'avis. Hier, elle voulait vous supprimer, aujourd'hui elle vous aime... Pauvre garçon ! Substituer un chemin de croix à une mort violente, ce n'est pas ce que j'appelle commuer une peine ! Aujourd'hui, elle est en danger ; je sais qu'elle ne dénoncera jamais les autres, mais Dieu sait de quoi elle serait capable si, suspectée, on la cuisinait... Pour preuve, ce soir, se sentant piégée, elle n'a pas simulé son suicide... Sachez qu'elle n'a tué personne et n'a participé à aucune exécution. Une fois, elle a tenu à voir Trochin, elle lui a parlé, c'est tout. Ce que cette ordure lui a fait endurer dans un état de demi-conscience fut innommable... Fondencourt, lui, est mort il y a deux ans ; il faisait bien sûr partie de notre groupe. Sa sœur est passée chez Trochin, comme ma compagne... Très troublé, il pompa le mégot, puis reprit en toussotant : Roseline, ma compagne, est morte il y aura bientôt trois ans. Ce n'est que peu de temps avant sa disparition qu'elle m'a parlé de son calvaire entre réalité et cauchemar. Elle disait : « C'est impossible que j'ai halluciné des choses pareilles. Les cauchemars sont des rêves au plus près d'un désir innommable, mais cet innommable qui me trotte dans la tête, je sais qu'il n'est pas le mien ! Je n'ai pas cauchemardé !... Je sais que je n'ai pas cauchemardé ! » Les trois autres avaient aussi un grave contentieux.

— Trois ?

— Peu importe combien nous sommes, oubliez ! Après la mort de Roseline, j'ai décidé d'en savoir plus. J'ai cherché à rencontrer des personnes travaillant ou ayant travaillé chez Trochin. Lorsque je suis tombé sur Geneviève, je savais déjà pas mal de choses. Fondencourt, avec qui je me suis lié d'une profonde amitié, enquêtait comme moi. Sa sœur cadette était morte subitement... Officiellement, une complication cardiaque à je ne sais quoi. 23e secteur : les Charmilles... Un bien joli nom, et qui ne manque pas de charme !

Fondencourt et moi, en bons latinistes, partagions la même passion pour les textes anciens. Nous travaillions sur les manuels de l'Inquisition et sur l'histoire de la folie. Mais il était malade, ses jours étaient comptés. Il a loué une maison dans un quartier tranquille de Beauvais, au beau milieu de la zone qui dépend du 23e secteur. La suite est facile à deviner : lui et moi avons constitué un groupe de travail dont Geneviève faisait partie. Nous nous réunissions deux fois par mois. Nous avons poursuivi l'étude des textes médiévaux après la mort de Jacques, mais en même temps, nous préparions minutieusement les exécutions. Espionnage, habitudes et horaires de chacun... Je me suis fait hospitaliser aux Marronniers. J'ai vu les allées et venues dans la cave. Les empreintes de la serrure, et j'ai eu ma clé ! J'ai découvert le souterrain en fumant une nuit au bas de l'escalier.

— Pourquoi ne pas en avoir rendu compte à la police de...

— Vous le saurez demain !

— Nous sommes demain...

— On n'est jamais demain !... L'affaire Trochin aurait été étouffée ! Il étira son gant de laine et regarda sa montre. Fichtre ! J'y vais. Adieu, jeune homme, et prenez soin de...

— Merde, Gambié ! Mettez votre capuche et entourez le bas de votre visage avec votre écharpe !

— Octave, me dit le flic, je venais m'assurer de la présence de...

Corwell se tenait près de moi, accroché à son guidon, un pied sur le trottoir. J'apostrophai le flic :

— Allez vous reposer, vous en avez assez fait pour aujourd'hui !

— Quel sale caractère vous avez, Octave ! Et puis ce n'est pas une heure pour faire la causette... Avec le temps qu'il fait !... Un Solex, ça alors...

— Gambié, vous ne dormez donc jamais ?

— ... J'en ai eu deux quand j'étais étudiant ! s'exclama-t-il en caressant le levier du bloc moteur. Vous l'avez depuis longtemps ? demanda-t-il à Corwell.

— Trente-cinq ans ! Mais j'ai changé quatre fois le moteur, quatre fois les roues, deux fois le cadre et la selle, et cinq ou six fois la chaîne !

Gambié éclata de rire, et s'exclama à nouveau en se penchant sur son interlocuteur :

— Oh ! et le casque est d'époque ! En fac, j'ai eu un prof d'histoire qui, je crois, avait exactement le même. Il roulait en Solex par tous les temps ! Chaque fois qu'il notait mal, on lui dégonflait les pneus ! Pauvre vieux... Sa pompe à vélo ne chômait pas ! Octave et vous, devriez monter un club de nostalgiques des années cinquante !

J'étais très mal à l'aise. Corwell était étonnamment calme. Le visage au ciel, il rajusta sa capuche qui était tombée en arrière, et l'écharpe qui bordait ses yeux dut éponger quelques larmes panachées au crachin de la nuit. Il se reprit :

— Je dois y aller ! C'est mon dernier jour et j'ai beaucoup à faire !

— Et après ? demandai-je.

— Une longue nuit sans rêves, murmura-t-il.

Gambié se bouffait un ongle.

Le moteur ronronna au premier tour de roue. Je ne savais pas quelle contenance prendre. Tétanisé, le flic semblait ne pas savoir où regarder. Allait-il bondir ? Corwell stoppa à quelques mètres de nous, se retourna et fit gentiment signe de l'index à Gambié de venir le rejoindre. Le flic s'avança tête baissée, aussi troublé qu'un môme qui va devoir rendre compte d'une grosse bêtise. Le vieux prof farfouilla dans une sacoche qu'il tenait à l'abri sous son duffle-coat, et déposa dans les mains du flic une pompe à vélo.

Je l'entendis lui dire :

— À part le joint et le flexible, tout est d'époque !

Le Solex démarra. Choqué, Gambié resta sur place un long moment à restituer à la brume ce qu'il lui prélevait en pompant.

Il revint sur ses pas et s'arrêta à ma hauteur. Le regard perdu, il me fixa sans me voir, puis s'éloigna sans prononcer un mot.

J'étais tombé sur mon lit tout habillé et j'avais mal dormi. Les comptes de Corwell n'étaient pas soldés. S'en fallait-il d'une âme ? De deux ? J'avais à l'esprit que j'aurais pu empêcher que le couperet tombe encore, mais finalement, cela m'était complètement égal. Gambié, n'ayant été gratifié d'aucune confession, devait en ce moment même débrouiller l'écheveau.

Charles me sortit de ma léthargie pour me dire qu'il avait joint l'Hôtel-Dieu. Geneviève était toujours dans sa nuit, mais son état ne suscitait plus aucune inquiétude. Elle allait quitter les soins intensifs pour le service de médecine d'un moment à l'autre.

J'appris à la radio que les hallucinés du labo qui commercialisait le Cogécinq recouvraient leurs esprits. Un expert de la chimie de l'âme, une sorte de paraclet particulièrement rigide, répondait à une question pleine de bon sens : se pouvait-il qu'une substance destinée à traiter les fous puisse rendre malade une tête bien faite ? Malgré les apparences, toujours trompeuses, le savant était formel : non !

Prémont était pris d'assaut. Le service de feu le docteur Trochin était rebaptisé le « pandémonium », l'« antre des diables », et la petite église, la « chapelle des deux pendus ».

Gambié se refusait obstinément à tout commentaire. Les questions fusaient concernant le droit des internés. La loi de 1838 et l'insuffisance de ses amendements de 1990 étaient sous le feu des projecteurs. Les causeries allaient bon train. Un infirmier qui avait rendu son tablier expliquait que la « toute-impuissance » des médecins-chefs des hôpitaux psychiatriques découlait de leur rage à ne rien comprendre à la folie. « Ils commencent par souffler de plus en plus fort dans l'oreille des fous, comme on cherche à dépoussiérer une mécanique d'horloge, puis en viennent aux coups de tatane rageurs. Voilà la logique des chocs, voilà résumée toute l'histoire de la thérapeutique psychiatrique du XIXᵉ siècle à nos jours ! Le Cogécinq, c'est comme une droite dans la tronche, mais elle arrive de l'intérieur ! » J'aimais. « Le jour où ils ne dépendirent plus du ministère de l'Intérieur, mais de celui de la Santé, les asiles d'aliénés furent tous changés, mais sans que pourtant rien ne change, en hôpitaux psychiatriques », dit un psy atypique, qui ajouta : « L'aliéniste réfléchissait l'aliéné comme un miroir, remplacé par un vrai docteur, ça a forcément fait de l'autre un vrai malade ! » « Il n'y a pas de remède à la folie, n'empêche qu'il y a des médicaments ! Qu'est-ce qu'on soigne avec ? » demanda un ancien interné.

La question de savoir si les bons en avaient fini avec les méchants était sur toutes les lèvres. Existait-il beaucoup d'autres Trochin ?

La journée avait été paisible. Trois analysants étaient venus s'allonger sur mon divan et Gambié ne m'avait pas appelé.

Geneviève émergeait péniblement. Elle avait trouvé la force de me prendre la main et de la tenir. Ensuquée, les mots ne sortaient pas de sa bouche mais des pensées l'agitaient. Elle fixait le lilas, hors saison et sans odeur, que j'avais déposé sur sa table de chevet. La vieille pipelette au menton en galoche avec laquelle elle partageait sa chambre stationnait au pied de son lit et fulminait :

— Vouloir en finir avec la vie quand on est si belle ! Je vois dans ses yeux que c'est une bonne fille. Moi, on m'appelle « la sorcière ». Oui monsieur, la Sorcière ! Ne vous inquiétez pas, Octave, je la surveille !

— Vous connaissez mon prénom ?

— « Octave... Octave », cette petite n'a que ce mot-là à la bouche depuis qu'on l'a portée ici !

Geneviève sombra dans un sommeil profond.

— Ne vous tourmentez pas, me dit la vieille en me prenant la main, je suis là !

Au seuil de la chambre, je lui demandai :

— Savez-vous pourquoi on vous nomme la Sorcière ?

— Mon menton en galoche ? Mes cheveux gris ?... Mon look d'enfer, de mauvaise mère ? Elle pouffa et me fit signe d'approcher mon oreille de sa bouche. En vérité, j'en suis une pour ceux qui m'appellent ainsi ! C'est en nommant ce qui n'existe pas que ce qui n'existe pas en vient à exister ! Magique, vous ne trouvez pas ?

J'étais interloqué.

— Aristote ?

— Un diable d'homme !

— Qui êtes-vous, madame ?

— Sauvez-vous maintenant, me répondit-elle. Tout va bien.

La nuit était tombée. Cette Sorcière m'avait troublé. Je n'avais pas d'appétit et aucune envie de tenir des cartes. Je poussai en direction du Pont-Neuf, mais l'idée que Geneviève partage sa chambre avec une vieille folle me dérangeait. Je revins sur mes pas, décidé à faire ce qu'il fallait pour qu'elle soit déplacée.

La surveillante me rigola au nez :

— Enfin, que me racontez-vous là ? Et en poussant la porte de sa chambre, elle ajouta : voyez, Mme Pennefleur est seule, le deuxième lit n'est pas même défait !

Une aide soignante lui donnait la becquée. Je n'eus pas à insister pour obtenir l'autorisation de tenir le manche de la cuillère. La chaleur du bouillon lui rendait des couleurs, elle ne me quittait pas des yeux. Elle finit son bol sans prononcer un mot. La tête relevée, son regard dans le mien, elle se laissa aller contre moi. Je lui caressai la joue.

— Octave, me dit-elle, c'est la première fois que j'aime comme ça ! Jusque dans mon sommeil de plomb, ma mémoire ne s'est pas délestée du son de ta voix, de ton odeur, de ton goût. L'amour fou est ensorcellement !

— Geneviève, si tu pouvais un temps laisser tomber les références dans le texte au *Marteau des Sorcières* ! À ce propos, il y avait une vieille dans ta chambre...

— Je n'ai vu personne ! Il faut que tu saches, Trochin...

— Chut ! nous avons tout le temps.

— Il faut que tu saches...

— Je sais...

— Gambié aussi alors ! Je suis perdue ?

— Il ne sait rien, ou presque. Il se doute. J'aimerais que tu me promettes que tu nieras toujours toute participation à cette affaire.

— Pourquoi ?

— C'est le prix de la réciprocité de tes sentiments !

— Un pacte, tu me proposes un pacte ?

— Oui !

— Es-tu bien certain... prends le temps, Octave.

— J'ai dit oui !

— Alors, je n'avouerai jamais, même avec des charbons ardents dans les mains ! Mais si tu me quittes, si tu me délaisses, la Sorcière, la Dame de pique, ce sera moi... J'éclipserai d'un clin d'œil toutes tes pensées, et tous les mots que tu sais ne te serviront plus qu'à détourer sans fin le même cauchemar !

Un ange passa.

— Geneviève, comment comptais-tu me tuer ?

Elle promena sa main sur la mienne :

— Comptais ? Un passé ! Mais je compte bien te liquider !

— Comment ? lui demandai-je, amusé.

— Je viens de te le dire... en substance. Mais sans doute veux-tu savoir quand et où... Bientôt, bientôt...

Elle s'était rendormie.

Avant de quitter la chambre, je jetai un œil sur le lit voisin et me demandai d'où avait pu sortir cette vieille femme si étrange. Je conclus qu'il s'agissait d'une voisine de chambre.

Gambié attendait adossé au mur du couloir, la mine défaite.

— Alors, comment va-t-elle ?

— Encore quelques jours, et elle pourra sortir d'ici.

— Vous avez mangé ?

— Je ne peux rien avaler.

— Idem. Octave, on essaie quand même ?... Je n'ai nulle part où aller...

— Lacrima-Christi, chambré !

Ce furent les premiers mots du flic après vingt minutes de marche.

— Des nouvelles ? lui demandai-je, le nez dans mon verre.

— On a le signalement de la femme de ménage qui a versé le Cogécinq dans la bouteille d'eau minérale : une vieille aux cheveux gris, avec un menton en galoche ; une sorcière... On n'en sort pas ! Elle est entrée avec les femmes de ménage tout simplement. Elle a offert des bonbons et des gâteaux secs à ses collègues. Elle a fait une impression d'enfer ; ils l'adorent ! Elle s'est mise en tenue et a passé l'aspirateur, le chiffon, vidé les poubelles et les cendriers et tout ça en chantonnant dans une langue qui semblerait être de l'allemand. Elles ont toutes cet air mélancolique dans la tête, écoutez. Gambié fredonna. Quelque chose ne va pas ? Vous êtes tout pâle d'un seul coup !

— Mathieu, les paroles de cette chanson sont intraduisibles en allemand !

— Comment ça ?

— C'est une monodie en yiddish, la langue assassinée. Elle s'accompagnait de caresses sur le visage de l'enfant que sa mère endormait. Il n'y a plus personne pour chanter ça...

— Si, la preuve... Cette femme n'a pas fait semblant, elle n'est partie qu'une fois le boulot terminé, en même temps que les autres !

— Un menton en galoche, disiez-vous ?

— Oui, elle est prognathe.

— Il y a longtemps, j'ai vu un film policier dans lequel il y avait un « faciliteur », ou un « effaceur », quelque chose comme ça. C'est quelqu'un qu'on envoie pour résoudre un problème qui menace de faire capoter une opération... Cette femme me fait penser à ça ! Si vous deviez descendre ou voir un malade que vous supposez gardé, en quoi vous déguiseriez-vous pour entrer dans l'hôpital, en médecin ?

— On a voulu tuer Geneviève ?

— Pas du tout ! Au contraire !

— Au contraire ?

— Mathieu, répondez à ma question !

— Se déguiser en médecin ou en infirmier ce n'est pas bien malin... Pyjama, charentaises et robe de chambre, c'est beaucoup mieux !

— Ça ne fait pas l'ombre d'un doute ! Et le portrait-robot, quelles nouvelles ?

Il eut un air embarrassé.

— On a reçu des centaines d'appels. Une dizaine de personnes ont reconnu un agrégé d'histoire, un médiéviste... L'éditeur m'a confirmé que cet historien avait travaillé avec Fondencourt. Ils ont été quelques-uns à préciser qu'il se déplaçait très souvent en Solex.

Gambié attaquait son deuxième verre de vin sans avoir touché à sa pizza.

— L'appétit ne vous vient pas ?

Un appel téléphonique ne lui laissa pas le temps de me répondre.

— Oui, Gambié. Il pâlit comme un mort. Où ça ?... Combien ? Et Corwell ?... mon Dieu ! Oui, va sur place... Non, je n'ai rien à y faire.

Le flic avait des larmes plein les yeux et respirait difficilement. Il fixa le plafond, l'air hébété, et bredouilla des excuses.

Je devinai la catastrophe et restai silencieux.

— Trois morts ! Il a fait péter les couilles d'un psychiatre, d'un magistrat et d'un sous-préfet ! Leur bridge du jeudi soir... Il a épargné un substitut en lui disant qu'il ne valait certainement pas mieux que ses amis, mais qu'il n'était pas sur sa liste. Il a ajouté, en lui balançant un Valet noir qu'il a ramassé sur la table : « Quelle ironie du sort, monsieur, songez que vous occupiez la place du mort ! » Il a dénoncé l'associé du psychiatre qui par chance est en vacances. Et il est parti, le plus tranquillement du monde... En voiture. Gambié était anéanti, il se prit la tête dans les mains et gémit : mais pourquoi... pourquoi, Octave ? Pourquoi ?

— Mathieu, ne pleurnichez pas ! La nuit dernière, rue Quincampoix, le temps pour vous de comprendre avec qui vous conversiez, et le Solex démarrait. Moi, j'ai eu droit aux aveux de votre prof d'histoire. Mon fardeau est bien plus lourd que le vôtre, car j'ai eu tout le temps de la réflexion. J'aurais pu le ceinturer, le raisonner, j'ai décidé de le laisser faire !... Lacrima-Christi, une larme ?

— ... Octave, mais que me racontes-tu ?

— Que je t'échangerais avec plaisir la confession de Corwell contre la pompe à vélo qu'il t'a offerte !

ÉPILOGUE

La PJ de Beauvais avait récupéré l'affaire. Corwell, dont l'identité avait été découverte, était introuvable. Il avait adressé un courrier à la presse, détaillant les abominations auxquelles ses trois dernières victimes s'étaient livrées, en compagnie de Trochin. Il avait ajouté en post-scriptum que le psy qui avait échappé au carnage ne perdait rien pour attendre. Harcelé de questions, l'homme, un quinquagénaire obèse et dégoulinant de sueur, en pleine déroute, faisait part de son étonnement et disait ne pas comprendre. Il connaissait Trochin, un confrère méritant et savant, un être odieusement assassiné par un psychopathe. Il ne doutait pas que l'enquête — il disait l'*avenir* — lui rendrait justice. Mais l'historien ne l'avait pas loupé en produisant un tiré à part dans lequel ce psy avait affirmé que pour le traitement de certaines affections mentales, la douleur, la peur et les chocs devaient être considérés comme des médicaments.

Corwell citait les noms des médecins qui, jusqu'aux premières décennies du XXe siècle, avaient pratiqué l'excision dans les cas de troubles hystériques graves, troubles qui, selon eux, découlaient d'un excès d'excitation du « nerf honteux ». Le psychiatre rescapé ne se disait pas partisan de cette pratique extrême, mais il demandait que l'on soit reconnaissant à ces praticiens qui croyaient pouvoir extirper au bistouri la honte dans la chair, d'avoir eu le courage d'essayer. Ces chercheurs, affirmait-il, devaient être reconnus non comme des monstres, mais comme les pères de la psychiatrie moderne et les vrais découvreurs de la théorie psychosomatique.

Le psy, qui n'était pas du genre à lâcher le morceau ni à se pendre, était foutu. Il avait quelque chose du poisson hors de l'eau, de la baleine échouée. À le voir, à l'entendre, on percevait que le temps qui le séparait du premier coup d'équarrissoir était celui de son agonie. Il n'y avait plus qu'à attendre, férocement, sans impatience, elle avait commencé.

Un soir, chez les Koberg, dix jours après la mort de Trochin, Charles commenta le réquisitoire de Corwell et s'étonna de son mot de la fin : « J'ai vécu » ; quelque chose le dérangeait, quelque chose qu'il qualifia dix fois de décalé. Son trouble m'intriguait, je sentais mûrir une intuition. La tablée, silencieuse, attendait la suite, et comme elle ne venait pas, peu à peu les causeries avaient repris. Soudain, un verre à la main, Gambié leva des bras de vainqueur et s'écria :

— Corwell fait savoir qu'il est à La Rochelle, ou bien dans ce coin-là !

Un silence pesant fit écho à sa déclaration tonitruante.

Geneviève frissonna, et une amie des insulaires, une psychiatre atypique un peu hippie sur les bords, se couvrit de chair de poule. Gambié, qui n'avait rien perdu de l'effet urticant de son exclamation, posa tendrement sa menotte sur celle de la soixante-huitarde qui, assise en face de lui, se troubla derechef.

— Mais que racontez-vous ? bredouilla Charles, qui l'air de rien tentait de chasser l'ange qui passait.

— Une libre interprétation, un peu folle, répondit Gambié en se marrant : figurez-vous que les Romains de la Rome antique n'aimaient que les nombres impairs, sauf le 17, car écrit, il a pour anagramme « VIXI » et « VIXI » signifie j'ai vécu ! Et le 17, c'est la Charente-Maritime ! Vous songez à m'interner ?

Charles fronça les sourcils. L'air dubitatif, il devait songer à l'effet qu'avait produit sur les filles l'extravagante démonstration du flic. Mastiquant au ralenti, il hochait la tête. À ses mimiques, je devinais que le joueur d'échecs, le surdoué de l'analyse rétrograde, reconsidérait les événements engrenés, en recasant les morts parmi les vivants. Il fixa longuement Gambié, et d'un air mi-admiratif mi-complice, lui décocha :

— Quel joueur de poker vous feriez, et quel psy... Nom de Dieu !

Le lendemain, à Prémont, Gambié et moi nous promenions dans le parc désert. Il disait chercher un Solex qui allait avec une pompe. Il regarda sa montre, il était presque onze heures. De la cheminée du crématorium, un smog très chargé de suie, noir et lourd, peinant à s'élever, encrassait le ciel : Trochin, le premier, partait en fumée.

— Mathieu... Prémont, j'aimerais que ce feu en brûle tout, jusqu'aux cendres des pierres !

— Octave, Octave... Tu sais bien que ce « tout » ne te suffirait pas !

POSTFACE

« Non, pas aux Capucines, pas aux Capucines... »
C'est une jeune fille, les yeux bouffis de larmes, qui
crie cela, entraînée par une infirmière qui la tire par
le bras, dans un service d'un hôpital psychiatrique de
campagne, en 1966. Je viens d'arriver, je suis le nou-
vel interne du service, je ne connais rien aux hôpitaux, à la psychiatrie, à la folie. Je ne comprends rien
à ce que crie cette jeune fille, avec des regards et des
gestes qui montrent une véritable terreur. Je suis venu
là pour apprendre, et accessoirement pour soigner. En
fait, faute de médecins, l'interne fait ce qu'il peut,
pare au plus pressé, poursuit d'abord les traitements
de ses prédécesseurs, puis s'efforce de savoir et
d'innover. L'inertie de l'appareil est immense, la
routine est partout. L'institution psychiatrique est
énorme, solide, pétrie de sa mission : soigner, géné-
ralement malgré ou contre eux, des citoyens que l'on
a qualifiés de fous ou de malades mentaux.

Malgré les réticences des infirmières à l'expliquer, j'arrive à savoir ce que sont les Capucines. Il
s'agit d'une aile lointaine de l'hôpital (qui couvre

plusieurs hectares, avec des dizaines de bâtiments) : on y met les agitées. Vocable vague qui peut recouvrir n'importe quoi, n'importe quel emportement, n'importe quel comportement qui déplaît, qui trouble la tranquille ordonnance de ces lieux. Ce qui s'y passe, on ne le sait pas précisément. Une prescription de calmants suffit, du point de vue médical. Pour le reste... Lorsque les équipes se relaient, le mot de passe est d'ailleurs « tout est calme ». Passer la relève sur un autre constat que celui-ci avouerait l'échec, le mauvais travail. Ce ne serait pas convenable. Alors on fait ce qu'il faut pour que tout soit calme, étrange paradoxe d'un lieu consacré à l'accumulation des égarements et des angoisses...

Pour que tout soit calme l'asile dispose de bien des moyens : l'architecture, par la disposition des cours et des bâtiments, par les murs et les fossés. La relation humaine, par l'abîme qui sépare les soignants des soignés, par l'insondable incompréhension qui écarte la raison de la folie. Et la thérapeutique, par ses innombrables inventions, par le génie souvent hasardeux des aliénistes puis des psychiatres.

Michel Steiner m'a demandé d'ajouter quelque chose à son texte, à son roman noir. Il me l'a demandé parce qu'il a lu, il y a déjà longtemps, un livre où je recensais les démarches du corps médical, depuis environ deux cents ans, pour assujettir et dominer le corps des malades. Corps collectif et théorique des médecins, contre corps physique et sensible des malades. J'avais choisi de faire médecine et de devenir psychiatre pour m'approcher de la folie, telle que me l'avait représentée la littérature. Puis je m'étais trouvé pris dans un engrenage de pratiques sociales de confinement, et de pratiques médicales plus ou moins codifiées, au gré des dernières découvertes thérapeutiques. Un engrenage où l'enchaînement des activités quotidiennes engluait la réflexion sur la finalité réelle de ces activités. Ma recherche sur l'histoire des traitements inventés et mis en œuvre par les médecins chargés des maladies mentales déboucha sur ma thèse de médecine, et devint un livre [1]. C'est ce livre qu'a lu un jour Michel Steiner. Et lui que je ne connaissais pas vient me dire aujourd'hui que mon livre a contribué à l'éloigner de la pratique psychiatrique, et qu'il en résurge quelque chose dans le texte que vous venez de lire.

En effet certaines des horreurs clandestinement pratiquées dans l'asile imaginaire du roman s'inspirent nettement de quelques inventions très en vogue à tel ou tel moment, et présentées en leur temps devant des Académies par des savants fort estimés. Pourtant l'histoire des établissements consacrés aux maladies mentales ne me semble pas avoir gardé la trace d'une quelconque arrestation pour mauvais traitements à malade : comment cela aurait-il été possible, voire même pensable, puisque l'objet de l'enfermement était précisément le traitement. Mauvais ou bon, allez savoir la différence... C'est aux savants de savoir, aux médecins de soigner, aux infirmiers de gérer leur

---

1. *La raison du plus fort. Traiter ou maltraiter les fous ?*, Le Seuil, 1973.

infirmerie, et aux malades de recevoir leurs traitements. Quant aux autres, à ceux qui sont en dehors
de l'asile, aux normaux, que voulez-vous qu'il leur
revienne, sinon la confiance et l'abandon. S'il fallait
se mêler de tout ce qu'on ne comprend pas...

Les institutions psychiatriques ont beaucoup
changé, nous dit-on. Elles se sont ouvertes, des murs
de toutes sortes ont été mis à bas. Il n'y a plus d'abus.
En tout cas, c'est évident, elles sont retournées à un
certain silence politique. Elles ne sont plus cet archi-
pel que l'on a montré du doigt comme une survivance
inquiétante des temps anciens. Elles ne sont plus
l'affaire de tous, comme la pointe menaçante de tant
de formes de mise à l'écart. Elles sont redevenues
l'affaire des spécialistes. Les théories et les pratiques
ont changé : un peu moins de médicaments et un peu
plus d'inconscient, moins de murs et plus de dispen-
saires, la ville et l'asile estompent leurs frontières.
Donc ce que faisaient les aliénistes du XIXᵉ ou du
début du XXᵉ siècle ne serait plus possible aujour-
d'hui, et les méfaits inventés par Michel Steiner relè-
veraient de son imagination, il faut bien quelques horreurs caractérisées pour faire un roman noir.

Peut-on s'en tirer si aisément ?

Je suppose que la plupart des lecteurs de cet
ouvrage auront ressenti quelque malaise. Le mien a
été réel et profond. Mémoire d'un long séjour
révolté dans un lieu semblable, sans doute, mais
aussi retour à une réflexion de fond, celle-là même
qui a découragé tant de soignants : quelle est la frontière où se termine la prise en charge thérapeutique,

et où commence l'abus de droit ? Quelle est la frontière où finit la souffrance infligée pour le bien du malade, et où commence le plaisir de dominer le corps et l'esprit de l'autre ? La question que chaque responsable pédagogique se pose (comment faire la part de l'éducation et de la répression), chaque soignant ne peut que se la poser aussi, démultipliée par l'étendue du pouvoir qui lui est confié. Remis aux aliénistes lors de la Révolution de 1789 par un pouvoir civil à la fois compatissant et indifférent (Fais-en ce que tu voudras), les aliénés étaient devenus l'objet de toutes les manipulations possibles et imaginables, au sein d'un cercle clos, hors de tout contrôle. Et, plus personne ne saurait le nier, certains sadismes n'ont pas été absents de telle ou telle invention, de telle ou telle pratique. Qu'il est commode de pouvoir se draper dans de belles dignités (C'est pour son bien) tout en profitant de troubles jouissances sur lesquelles nul n'a droit de regard !

Les choses ont changé : les institutions psychiatriques se sont ouvertes, les soignants se sont formés, les malades eux-mêmes et leurs familles sont informés. Les sombres horreurs d'autrefois ne pourraient plus tenir leur légitimité d'une société indifférente, au bénéfice de quelques petits potentats médicaux délirants.

Mais quelque chose d'autre a surgi, qui apparaît clairement dans certaines parties du roman de Michel Steiner. Le débat s'est déplacé, il n'est plus entre le fort et le faible, le savant et l'ignorant. Il est souvent au sein même de la mémoire du patient, au cœur de sa vérité. « Que m'est-il arrivé ? » devient la question clé de nombreuses situations d'égarement. La perte de la mémoire qu'entraînent bien des situations thérapeutiques, à force de drogues anxiolytiques ou neuroleptiques, débouche souvent sur l'angoisse, par le manque difficile à combler d'un morceau de temps, d'une partie de vie. Ce qui s'est vraiment passé n'appartient plus à personne, faute de temps pour l'expliquer et le comprendre. Il est pourtant difficile de faire le deuil d'une partie de soi-même, et ce sont là des plaies ouvertes qui ne se referment guère, entretenant le cercle vicieux des bonnes questions et des mauvaises réponses.

Il n'est pas indispensable pour cela d'avoir été victime d'un médecin sadique. L'organisation dispersée des responsabilités suffit largement à déposséder chacun de ce qui devrait lui revenir. Les invraisemblables querelles récurrentes sur le dossier médical en sont notamment le témoin : qu'on débatte encore à la fin de ce siècle du droit ou non pour un malade de connaître son propre dossier est proprement hallucinant ! Survivance des privilèges de savoir et de pouvoir d'une caste sur l'ensemble des citoyens... Au nom de la protection du malade, bien entendu, au nom de son bien-être et de sa sécurité.

Les romans sont heureusement là, qui nous rappellent qu'il faut parfois nous protéger de nos protecteurs.

BERNARD DE FRÉMINVILLE

DU MÊME AUTEUR

Aux Éditions Baleine

MAINMORTE, 1998 (Folio Policier n° 302)

PETITES MORTS DANS UN HÔPITAL PSYCHIATRIQUE
  DE CAMPAGNE, 1999 (Folio Policier n° 315), édition revue par
  l'auteur

Aux Éditions Lignes noires

RACHEL, LA DAME DE CARREAU, 2000

Aux Éditions Gallimard

LES JOUETS, 2001

LA MACHINE À JOUIR, 2003

Composition IGS
Impression Novoprint
à Barcelone, le 23 octobre 2003
Dépôt légal : octobre 2003
ISBN 2-07-042591-6/Imprimé en Espagne.